CAÏN FUT LE PREMIER

"Actes noirs"

DU MÊME AUTEUR

L'IMPOSTURE DU MARRONNIER, Actes Sud, 2021 ; Babel noir n° 289.

Titre original :
Primo venne Caino
Éditeur original :
Adriano Salani Editore, Milan

ISBN 978-2-330-17739-3

MARIANO SABATINI

Caïn fut le premier

Traduit de l'italien
par Marguerite Pozzoli

ACTES SUD

pour Aldo qui,
j'en suis sûr,
lit toujours

1

Lorsqu'il la vit sortir, il serra le manche du maillet en caoutchouc qu'il cachait dans la poche de son pantalon Cargo. La fille à la peau noire sortait par la porte cochère. Les écouteurs sur les oreilles, elle rajustait son tee-shirt moulant et le glissait dans son short en jean coupé très court, juste au-dessous de l'aine.

Elle ne l'entraperçut même pas, caché qu'il était dans l'ombre d'un magasin fermé, dans la rue faiblement éclairée.

Son petit ami n'avait pas mis longtemps à la baiser : ils étaient entrés là ensemble une demi-heure plus tôt, pas plus. À onze heures et demie du soir, environ.

Tant pis pour eux. Lui, il aurait su comment passer le temps avec cette bombasse aux lèvres pulpeuses, aux seins pointus et durs.

Il les avait entendus chuchoter et rire en entrant dans l'immeuble, sans se douter qu'un souffle empoisonné frôlait leur nuque.

Ce soir, l'un des deux mourrait.

Il surveillait Simon depuis des semaines. Il était sûr de ne pas se tromper en supposant que personne n'aurait contrecarré son travail. En tout cas, si cela arrivait, celui qui s'y serait hasardé s'en repentirait. Il était prêt à tout.

Arrivé devant la porte cochère, il la vit s'ouvrir : il en sortit un couple de quinquagénaires. Distraits, l'esprit occupé par la perspective de leur soirée galante, ils ne lui prêtèrent aucune attention, mais il pencha quand même la tête pour éviter – on les interrogerait peut-être plus tard – qu'ils se souviennent de son apparence physique, ou d'avoir croisé un individu suspect.

Il était invisible, invisible il voulait rester.

Il savait où aller. Il frappa à la porte et on la lui ouvrit sans poser de question.

— C'est toi, Mila… tu as oublié quelque chose ? Ah, non… Le jeune homme s'avança pour mieux voir l'hôte inattendu, dans la faible lumière du couloir. Oh, pardon, je croyais… mais qu'est-ce que tu fais ici à une heure pareille ?

Il ne vit pas le bras qui se levait et s'abattait sur sa tête, aussi inexorable qu'un engrenage industriel.

La première chose qu'il fit fut de lui retrousser son tee-shirt pour voir le tatouage sur le torse. Il le caressa, presque voluptueusement.

Quand Simon reprit connaissance, ce fut pour peu de temps. Et sans aucune possibilité de salut.

En voyant l'agitation et l'expression soucieuse de Lucia Simoncini lorsque celle-ci se présenta dans son bureau, le major* Walter Sgrò en conclut qu'ils devaient avoir trouvé une autre victime du Tatoueur. C'était ainsi qu'ils l'avaient surnommé.

— Que se passe-t-il, brigadier ?

— On doit y aller, monsieur !

Trois voitures de carabiniers se dirigèrent, sirènes hurlantes, du poste de la piazza del Popolo vers le quartier général de San Lorenzo.

* Grade important dans le corps (l'Arma) des carabiniers. *(Toutes les notes sont de la traductrice.)*

Ils avaient reçu un appel téléphonique d'une femme qui pleurait et criait : "Venez vite, venez… mon fils… il est mort, il est mort… mon Dieu, mon Dieu, il est mort…"

Le cadavre était celui d'un jeune homme de vingt ans à peine, Simon Intrieri, étudiant en droit à l'université de La Sapienza.

Sa mère l'avait trouvé dans une des caves, transformée en salle de répétitions, de l'immeuble où ils habitaient depuis toujours, au 72, via dei Sassaresi.

Le jeune homme n'était pas rentré de la nuit. À neuf heures, la signora Elena Marianelli avait décidé d'aller jeter un coup d'œil dans cette pièce de trois mètres sur quatre que Simon considérait, selon les termes de sa mère, comme sa tanière.

Une lumière blafarde, reliée à une minuterie, éclairait l'escalier hélicoïdal en pierre sombre qui donnait accès au sous-sol et contournait la cage de l'ascenseur. Le couloir conduisant au local insonorisé appartenant à la famille Intrieri était lui aussi éclairé par une lampe de faible intensité. Ils avaient trouvé la porte blindée fermée, mais non verrouillée.

Là-dedans il faisait frais, et on sentait une légère odeur de moisi.

Seuls les sanglots de la femme brisaient le silence dans lequel se déplaçaient et travaillaient les carabiniers, aidés par une équipe de la police scientifique. Quelqu'un lui avait apporté une chaise. Le brigadier Simoncini lui avait posé une main sur l'épaule. Ils avaient aussi fait venir un médecin au cas où la femme, pâle et abattue, aurait eu un malaise.

Prostrée, le visage enfoui entre ses mains, elle marmonnait des propos quasi incompréhensibles :

— Pourquoi… pourquoi… Comment est-ce possible… Mon fils… si jeune, si jeune…

Après avoir échangé avec deux copropriétaires qui, apparemment, n'avaient rien vu ni entendu, le major Sgrò ordonna à Lucia Simoncini d'accompagner la signora Marianelli à son domicile, un étage au-dessus.

— Restez avec elle, faites tout votre possible pour la réconforter en attendant que je monte lui parler. Et téléphonez au mari, s'il y en a un…

Dans des circonstances comme celles-ci, le vieux gradé se félicitait de pouvoir compter sur l'assistance d'une femme, habituée à certains rôles. Ou peut-être plus disposée à s'en charger, tout simplement.

Comme il pouvait le voir, l'immeuble de la via dei Sassaresi était en piteux état, pour ne pas dire délabré. La porte d'entrée fermait mal : si on ne la tirait pas assez fort pour déclencher la serrure, elle demeurait entrouverte. La façade et le hall d'entrée, ainsi que les escaliers, auraient eu besoin d'un ravalement en bonne et due forme. L'éclairage était minimal, et il n'y avait pas de concierge.

Rien d'étonnant, du point de vue des habitants de San Lorenzo.

Des gens qui se vantaient d'habiter un des quartiers les plus huppés de Rome, dans la saleté, entourés de dealers, de drogués et d'étudiants – ou de pseudo-étudiants – venus d'un peu partout. Sans parler des hipsters qui, pour se sentir vivants, se contentaient de humer l'excitation nocturne de ces rues, soulagés, au fond, de ne pas y prendre part.

Le major Sgrò aurait aimé les comprendre, mais il avait l'impression que pour beaucoup d'entre eux, respirer l'atmosphère du quartier leur suffisait – une atmosphère d'indolence, mais aussi de corruption et d'immoralité – pour être fidèle aux vieilles poussées de fièvre contestataire avec lesquelles ils avaient dû composer. Et cela l'agaçait beaucoup.

Au centre de la pièce, en boxer et tee-shirt blanc maculé de sang au niveau de la poitrine, Simon Intrieri était ligoté à une chaise, les mains derrière le dos, la tête enfilée dans un sac en plastique transparent serré autour du cou par du ruban adhésif, que l'assassin avait également utilisé pour le bâillonner. Mort par suffocation, en déduisit Sgrò, et le médecin légiste le lui confirma.

Avec ses murs peints en blanc et recouverts de posters de groupes musicaux et de chanteurs célèbres, le local ne contenait aucun meuble, à part trois étagères chargées de biographies de popstars et de CD, et quelques sièges pliants contre le mur. Au fond, une estrade avec une batterie au grand complet, reliée à des baffles puissants. Dans un coin, des fils et des rallonges électriques, et une caisse contenant des bouteilles d'eau minérale. Dans l'angle opposé, des canettes vides sur un seau dont les parois présentaient des coulures de peinture, et un cageot de fruits renversé sur lequel étaient posées, en vrac, des piles de partitions. Devant la porte, un lit pliant avec un protège-matelas, sans draps, sur lequel gisait un plaid. Sur le sol, des jeans clairs, des manuels scolaires et deux gros cahiers aux feuilles détachables.

Comment la signora Marianelli avait-elle défini ce lieu ? Une tanière.

Cela ressemblait plutôt à une chambre à soi, un endroit où se retirer et se protéger du monde, peut-être en rêvant à un avenir différent de la grisaille quotidienne. Une telle coquille, privilège que bien peu de jeunes pouvaient s'offrir, aurait dû rester inviolée. Alors que quelqu'un avait osé la souiller, la transformant en un antre funeste où donner libre cours à sa propre férocité. Loin des yeux et des oreilles indiscrètes, Simon était mort seul, à quelques pas de sa famille.

Après avoir pris les précautions d'usage pour ne pas contaminer les éventuelles traces laissées par l'assassin, Sgrò resta là à fixer le cadavre. Il essayait de voir au-delà des apparences, celles d'un jeune homme frêle, à la peau diaphane et aux cheveux blonds, transformé en un pantin sinistre. Au même moment, il ressentit une douleur aiguë au foie.

Je plains les parents, je n'aimerais pas être à leur place, se dit-il. Et, comme toujours, il se félicita de ne pas avoir d'enfants.

Peu de temps avant de mourir d'une hémorragie cérébrale, sa femme avait exprimé le regret, récurrent, de ne pas avoir pu être mère. Il avait beau s'efforcer de la comprendre, il n'avait jamais partagé réellement le sentiment de vide qu'elle éprouvait.

Certes, il lui arrivait à présent de se sentir seul face à des journées trop longues, à remplir sans être effleuré par un ennui insupportable qui se transformait parfois en tristesse. Toutefois, rien de tout cela n'aurait pu le faire changer d'avis sur la paternité. Il n'aurait pas été un bon père.

Il avait acquis cette conviction au fil du temps, car son travail l'exposait à toutes sortes d'aberrations. Il était devenu excessivement sévère, voire répressif, en réponse aux mauvaises habitudes, aux incivilités, au comportement délictueux des gens en général, et des mineurs en particulier.

Il se ressaisit et, s'agrippant à la rampe, se mit à monter l'escalier. Pour retrouver la famille Intrieri à l'escalier C, il dut traverser la cour avec ses plates-bandes bien entretenues et ses arbres aux abondantes frondaisons. Aux balustrades des balcons était suspendu du linge qui séchait au soleil, et il y avait aussi des cascades de pélargoniums rouges, violets et roses.

Il demanda au carabinier en faction, qui se mit aussitôt au garde-à-vous, à quel étage il devait monter par l'ascenseur.

— Au quatrième, major.

En traversant le palier, il voyait les portes s'entrouvrir, et les voix se transformaient en murmures. Les Intrieri occupaient l'appartement du fond.

La porte n'était pas fermée, mais il frappa.

— On peut entrer ?

Lucia Simoncini vint à sa rencontre.

— Entrez, entrez.

— Comment va-t-elle ?

— Le médecin dit qu'elle est sous le choc, mais qu'elle peut répondre à quelques questions. Soldano Intrieri, le père, est arrivé lui aussi. Il a un bureau d'expert-comptable tout près d'ici. Je voulais vous demander, major, si vous jugez utile de faire venir le frère de la victime…

Sgrò inspira bruyamment.

— Quel âge a-t-il ?

— Quinze ans, presque seize. Il est en seconde. Il s'appelle Giulio.

Il envisagea rapidement la possibilité de faire convoquer l'adolescent par un carabinier, dans le camping de Toscane où il se trouvait. Il imagina les regards curieux des camarades scrutant ses réactions.

— Laissons-lui encore quelques heures de sérénité… Nous trouverons le moyen de lui parler plus tard.

Lucia Simoncini approuva en silence la décision de son supérieur, qui monta un peu plus dans son estime. Cela ressemblait beaucoup à de l'engouement.

Ils rejoignirent les Intrieri au salon.

Le mobilier était typiquement bourgeois : bibliothèques, tapis, beaux meubles, deux canapés tournés vers la fenêtre. Le père et la mère, hébétés, étaient assis l'un en face de l'autre, sans se regarder. La femme avait une main posée sur sa bouche. Sgrò se sentit gêné par la lumière du soleil qui inondait la pièce. Il aurait voulu demander à Lucia Simoncini de tirer les volets, en signe de respect pour la douleur qui régnait dans la pièce.

Mais il se contenta de s'éclaircir la voix, luttant contre son instinct qui lui disait de les laisser gérer leur angoisse à leur façon. Il se sentit en devoir de se justifier :

— Je comprends parfaitement que vous ayez besoin de rester seuls. Ce n'est pas le meilleur moment pour vous poser des questions… mais je ne peux pas remettre à plus tard…

L'homme, cheveux blancs coupés en brosse, fit un effort, se mit debout et alla à la rencontre du major, la main tendue.

— Excusez-moi, je suis Soldano Intrieri. Asseyez-vous, je vous prie.

Sgrò vit devant lui un homme détruit. Les yeux, humides de larmes retenues, étaient rouges et exorbités.

Après les politesses d'usage qui, en un tel moment, devaient lui sembler absurdes, Elena Marianelli regarda les gens qui l'entouraient, sans les voir réellement. Son mari s'assit près d'elle et prit les mains de sa femme entre les siennes.

Le major s'installa en face d'eux. Malgré ses nombreuses années de service, il était toujours gêné de jouer les intrus.

— Tâchez de comprendre… il est important que nous ayons une idée précise du déroulement des faits. Le brigadier Simoncini enregistrera ce que vous direz.

Intrieri prit la parole pour deux :

— Faites ce que vous devez faire, major. Ma femme et moi, nous vous aiderons le mieux possible.

Elena Marianelli fondit en larmes, et son mari lui posa un bras autour des épaules, en la serrant contre lui.

— Votre femme nous a dit que cette nuit, Simon n'a pas dormi à la maison et que, à neuf heures, il est descendu dans la salle de répétitions… Il lui arrivait souvent de ne pas rentrer ?

— Pas souvent… Cela s'est produit quelquefois seulement… ces derniers temps, surtout.

— Pour quelle raison ?

Soldano sourit, mais seulement avec les lèvres.

— Une petite amie… vous savez ce que c'est…

— Je n'ai pas d'enfants. Pardonnez-moi, mais je ne sais pas ce que c'est.

— Aujourd'hui, ils ne perdent pas de temps. Ils se voyaient dans la salle de répétitions pour être seuls, dans l'intimité…

— Procédons par ordre, je vous prie. Depuis combien de temps étaient-ils ensemble ?

Soldano se tourna vers sa femme pour qu'elle réponde. Elle s'essuya les yeux et se moucha avant de prendre la parole.

— Depuis Noël dernier, il me semble. Oui, je m'en souviens parce que Simon m'avait parlé du cadeau qu'il voulait lui faire. Un sweat-shirt de je ne sais plus quelle marque…

— Vous connaissiez la jeune fille ?

Elena Marianelli acquiesça sans desserrer les dents. On n'arrivait pas à savoir si elle avait été une belle femme.

— Elle est même venue à la maison, ajouta son mari. Elle mangeait avec nous, et il lui est arrivé de dormir ici, jusqu'à ce que…

La mère de Simon eut un sursaut de fierté :

— Jusqu'à ce que les parents de Jamila décident que cette relation était allée trop loin… Ils trouvaient que nous les encouragions en leur permettant de faire ce qu'ils voulaient chez nous.

— Vous avez dit "Jamila" ? Elle est étrangère ?

— Somalienne.

— Vous en avez discuté ?

— Non, dit Intrieri. Le coup de fil du père nous a suffi. Mais interdire à Simon et Jamila de passer la nuit ensemble a fait qu'ils sont allés dormir dans la salle de répétitions…

— Et cela a permis à l'assassin de tuer notre fils, l'interrompit Elena d'une voix tremblante. Je préfère ne pas penser que, si mon fils était resté ici, il serait toujours en vie.

Mais pour combien de temps ? Sgrò décida de ne pas formuler cette pensée à voix haute.

— Ne vous tourmentez pas, madame. En ce moment, notre seule certitude est qu'il y a peu, ou pas du tout, de certitudes.

Intrieri semblait partagé entre l'envie de parler et de se taire. Il finit par se lancer et posa la question qui, de toute évidence, le gênait.

— Est-il possible que Jamila… ou plutôt ses parents aient quelque chose à voir avec ce qui s'est passé ?

— Nous ne négligerons aucune hypothèse, soyez-en sûrs. Quel est le nom de famille de Jamila ?

Mari et femme se regardèrent. Ils ne connaissaient pas l'identité exacte de la jeune fille que leur fils aimait.

— Soyez patient, major, répondit Intrieri. Nous vous le ferons savoir… Nous ne nous en souvenons plus. Le père de Jamila dirige l'agence bancaire derrière notre immeuble, on peut le retrouver facilement.

Sgrò eut un mouvement de surprise.

— La banque ? Il est italien ?

— Oui. Jamila a été adoptée.

— Ses parents sont italiens ?

— Père romain et mère d'origine somalienne, née ici, je crois. Oui, Italienne, expliqua Elena Marianelli. Italienne de deuxième génération.

Plus par scrupule que pour toute autre raison, le major demanda :

— Vous avez des ennemis ? Je veux dire… Quelqu'un pourrait-il vous en vouloir et avoir tué votre fils pour des raisons que j'ignore ?

La mère semblait anéantie à l'idée qu'une de leurs connaissances puisse être soupçonnée.

— Je n'en ai aucune idée…

— Et vous, monsieur Intrieri ? Un client mécontent de vos services ?

— Je ne crois pas, dit l'homme en secouant la tête, presque hébété. J'y réfléchirai.

— Excusez-moi, mais comme je vous l'ai dit, nous devons envisager toutes les hypothèses. Réfléchissez et faites-moi part de tout soupçon éventuel.

— Très bien, major, nous le ferons. Intrieri ne savait pas comment poursuivre. Pouvez-vous nous dire, concernant Simon… son assassin… comment il est mort ?

Il avait enfin réussi à formuler sa question. Elle perturba surtout sa femme, qui se remit à pleurer, tout en restant pétrifiée. Silencieuse.

Le major répondit comme il le pouvait, en se taisant sur ce qu'il devait taire.

— Je pourrai être plus précis après avoir parlé avec le médecin légiste, qui a déjà pris en charge le corps. À première vue, je dirais que votre fils est décédé par hypoxie, à cause du sac sur sa tête.

— Hypoxie. Le père répéta ce mot, avec une expression hébétée.

— Étouffé, traduisit la mère dans un murmure.

Si elle l'avait pu, Elena Marianelli aurait remis Simon dans son ventre, en lieu sûr. Elle était déchirée par une souffrance qui ne la quitterait plus, jusqu'à son dernier souffle.

Le major se dit qu'il devait poursuivre, pour empêcher les émotions de prendre le dessus.

— À présent, je voudrais savoir, concernant ce local… Qui peut y avoir accès ?

— Il est à nous, répondit Intrieri. Mais Simon l'utilisait, c'était son lieu de prédilection, son refuge. Vous savez, il était passionné de musique, il voulait en faire son métier. Il suivait des cours depuis l'âge de dix ans. Guitare et batterie.

— Vous devriez me donner la liste des amis qu'il fréquentait, qui le retrouvaient dans la salle de répétitions.

— Nous pouvons vous donner quelques noms… L'homme regarda Lucia Simoncini qui prenait des notes. Mais il est difficile d'être précis. Il arrivait à notre fils de louer le local à des groupes… pour arrondir ses fins de mois, récolter quelques euros…

— Je comprends. Nous devrions pouvoir reconstituer son réseau. Il n'avait pas un agenda dans lequel il notait les réservations du local ?

— Ce n'était pas une activité régulière. Un agenda ? Nous ne savons pas… Il faudrait que je regarde…

Le père fit mine de se lever.

— Non, laissez, vous nous direz plus tard. Il avait un autre sujet à examiner, et il devait le faire avec un maximum de prudence. Je voulais vous demander… Simon avait-il un tatouage ?

Le couple le fixa, étonné. Elena prit la parole.

— Oui. Pourquoi ?

Il ne pouvait pas leur expliquer.

— Chaque détail concernant la victime peut nous être utile. Nous ne devons rien négliger. Si ces questions devaient vous causer des souffrances supplémentaires, j'en suis désolé.

— Ne vous inquiétez pas, le rassura Intrieri.

La femme confirma :

— Simon avait plusieurs tatouages.

— Où les avait-il fait faire ?

— L'un au Tattoo du coin de la rue, j'en suis sûre. Pour les deux autres, je ne sais pas : nous n'aimions pas qu'il abîme son corps, et il le savait, précisa Madame Marianelli.

— Celui sur la poitrine m'intéresse.

Le père intervint :

— C'était le dernier en date, mais nous ne savons pas où il se l'était fait faire. Vous devriez poser la question au Tattoo…

— À quel moment, approximativement, l'a-t-il fait ?

L'homme et la femme réfléchirent. La femme hasarda une réponse :

— Il y a un an environ, pour fêter l'obtention de sa licence de Droit international.

— Ah oui, c'était presque l'été, ajouta Intrieri. Il était torse nu, en train de ranger le local après l'avoir fait repeindre. Je suis entré là par hasard, et je l'ai vu.

— Quel genre d'image s'était-il fait tatouer ?

— Un petit elfe… Ces choses-là le passionnaient. Elena Marianelli semblait parler pour elle-même. Des lutins, des elfes, des créatures sylvestres, des gnomes…

— Vous pensez que je pourrais avoir une photo ?

— De quoi ?

— De cet elfe, monsieur Intrieri.

— Je ne sais pas… peut-être sur une photo prise à la plage… Mais aujourd'hui, avec les smartphones et les iPads, on n'imprime presque plus les photos.

— C'est vrai, mais cherchez quand même, je vous en prie. Au cas où vous en trouveriez une, faites-la imprimer. Le brigadier Simoncini viendra la prendre un de ces jours, c'est important.

La signora Marianelli posa la question que Sgrò redoutait :

— Je vous demande pardon, mais elle vous servirait à quoi, cette photo ? Vous ne pouvez pas la photographier sur la poitrine de Simon ?

Le major secoua la tête en évitant le regard de la femme.

— Soyez patiente, madame, et faites-moi confiance. Je vous dirai tout le moment venu.

— Oui, Elena, nous devons faire tout ce que le major nous demande, insista le mari. C'est notre seul espoir, si nous voulons que le monstre qui a tué Simon soit jeté en prison.

— Je dois vous contredire, monsieur Intrieri, il ne s'agit pas d'un monstre… les monstres ne sont pas capables de telles atrocités. C'est un homme, et c'est bien ce qui constitue l'aspect monstrueux de cette affaire.

Ils semblèrent réfléchir aux propos du carabinier.

— Une dernière question, et je vous laisse tranquilles… Simon avait-il l'habitude de circuler pieds nus dans l'immeuble ?

— Quoi ?

— Voyez-vous, madame… dans le local, je n'ai pas vu de chaussures. Simon s'est-il rendu là-bas pieds nus ?

2

Leonardo Malinverno trouva providentiel le coup de fil de son ami le commissaire Jacopo Guerci, de l'équipe mobile de la préfecture de police, section homicides.

En effet, il ne supportait plus la mer, le sable, les maisons blanches, les jeunes surexcités. Malheureusement, il ne savait pas comment le dire à sa petite amie.

Ils s'étaient rencontrés l'hiver dernier à l'université, où il avait été invité par la faculté de Sciences de la Communication pour présenter *Poudres blanches*, son dernier livre sur le trafic de drogue.

La rencontre avait suscité une telle affluence que le recteur avait dû la déplacer dans le grand amphithéâtre. Et, en raison de l'accueil enthousiaste à la fin de la matinée et des commentaires qui avaient suivi, il avait décidé de lui confier un master sur les techniques d'enquête journalistique, ouvert à tous les étudiants en Lettres et Sciences humaines.

Quarante heures, épuisantes, de cours magistraux, avec un court mémoire final à lire et à corriger. Tout cela sans l'ombre d'un assistant. À bien y penser, ce n'était pas une bonne affaire, la rétribution prévue étant fort modeste.

Mais il avait rencontré Eimì.

Impossible de ne pas se laisser captiver par ces yeux malicieux : il les avait remarqués dès qu'il s'était assis. Des yeux vifs, qui exprimaient aussi la connaissance de siècles de littérature, de mythologie, d'exploits légendaires.

Pendant le débat, même si son propos l'amenait à regarder ailleurs dans la salle, il s'était perdu de temps à autre dans le regard de la jolie brune qui arborait une robe à petites fleurs sur fond blanc, nez droit, cheveux longs et lisses, et des lèvres qui semblaient dessinées par des mains délicates.

— Très bien, monsieur le recteur, j'accepte volontiers, avait-il dit, dans l'espoir de revoir la jeune fille.

Et il en avait été ainsi. À chaque cours, Eimì s'asseyait au premier rang et, tout en ébauchant un sourire ironique quand Malinverno se livrait à un trait d'esprit, elle prenait des notes. Contrairement aux autres étudiants, bavards et désireux d'instaurer une relation avec l'enseignant, elle n'intervenait jamais, ne s'attardait pas à la fin du cours, ne demandait pas à être reçue en particulier. Elle semblait se satisfaire de ce qu'elle avait noté dans son cahier. Alors que le mois de juin était déjà bien avancé, à leur dernière rencontre, la situation s'était enfin débloquée. Au moment où Malinverno – qui, pour de nombreuses raisons, répugnait à prendre l'initiative – ne l'espérait plus.

Eimì s'était approchée du bureau pendant qu'il rangeait ses feuilles et ses livres dans sa serviette.

— Tu m'écris une dédicace ?

Elle l'avait tutoyé spontanément.

Il s'était rassis et, pendant que les autres étudiants se dispersaient, il l'avait fixée un peu plus longuement qu'il n'était nécessaire.

— Ton prénom…

— Eimì.

— Drôle de prénom… Tu es grecque ?

— Du côté de mon père. Ma mère est romaine. Eimì signifie…

Il l'avait interrompue.

— En grec ancien, "je suis". Et il s'était mis à conjuguer le verbe être à l'indicatif. J'ai fait des études classiques et ma mère enseigne le grec et le latin, ajouta-t-il avec un sourire.

— On ne peut rien te cacher, alors !

— Tu parles bien l'italien…

— J'ai grandi et fait mes études ici.

— Quel est le nom de ton père ?

— Vardalos.

— Eimì Vardalos, ça sonne bien.

— Merci.

Tout de suite après, il l'avait invitée à boire quelque chose au bar.

Le lendemain soir, ils s'étaient retrouvés au lit.

Les nombreux scrupules et la prudence de Malinverno s'étaient évanouis à grande vitesse face à l'aisance et à la luminosité d'Eimì. Une jeune fille splendide, à la souplesse perfide et aux yeux vifs.

Leur relation aurait été parfaite s'il n'y avait eu entre eux vingt ans d'écart. À cause de ceux-ci, les doutes l'assaillaient parfois.

Depuis une dizaine de jours, ils se trouvaient dans la maison paternelle de la jeune fille, sur l'île de Santorin. Des maisons blanches aux portes et aux fenêtres bleues, en cascade, entrecoupées d'escaliers de taille variée, qui semblaient conduire de la mer vers le ciel, et vice-versa.

De leur terrasse, leurs yeux pouvaient se perdre dans toutes les nuances du bleu.

Malheureusement, Malinverno n'avait jamais aimé la mer. Et pour tout dire, il détestait les mois de juin à septembre, au point qu'il n'aurait jamais pu chanter *Summertime*.

Il allait rarement à la plage, laissant Eimì s'amuser avec ceux de son âge. Il préférait passer son temps à lire, écouter de la musique, dormir, errer dans le labyrinthe du village et faire des achats et des provisions. Tard dans l'après-midi, il allait se tremper et nager.

Son moment préféré était le soir, quand la chaleur accordait une trêve et qu'une brise agréable montait de la mer. Ils dînaient en plein air après avoir gravi, les bras chargés de vaisselle, les marches étroites menant jusqu'au toit-terrasse de la maison, face au ciel strié de violet et de rose, qui s'obscurcissait de manière poignante.

Eimì préparait de grandes salades avec des olives et de la feta. Malinverno faisait directement passer les poissons et les crustacés du barbecue à l'assiette.

La discussion commença au lit.

La jeune fille s'était allongée, la tête sur la poitrine de Malinverno, après qu'ils avaient fait l'amour.

— Ma mère arrive dans deux jours, l'informa-t-elle, avec la naïveté de ses vingt-trois ans. J'ai hâte de te la présenter.

— Et tu me dis ça comme ça ?

— Comment je devrais te le dire ?

— Je ne sais pas si je suis prêt.

Eimì se souleva pour le regarder et pour qu'il la regarde, à la lueur de la pleine lune qui resplendissait derrière la vitre de la porte-fenêtre.

— Où est le problème ? Tu ne dois pas lui demander ma main… Sois tranquille, mes parents sont des gens modernes, et ils ont ton âge.

Merci bien. Si elle lui avait donné une gifle retentissante, elle l'aurait moins vexé.

— Et on s'installe comment ? Ici, il n'y a qu'un seul lit.

— Qu'est-ce qui t'inquiète ? Eimì se mit à jouer avec les poils qui, de son nombril, descendaient jusqu'à son pubis. Elle dormira chez mon oncle, en ce moment, la maison est vide.

Il n'avait pas répliqué pour éviter de discuter, non parce qu'il avait accepté les explications d'Eimì.

Le lendemain matin, l'appel de Guerci était arrivé.

— Tu dois rentrer à Rome immédiatement.

— Je suis en vacances, que se passe-t-il ?

— Tu es avec ta lolita ? La prochaine fois, tu la choisiras à la maternelle…

— Je ne relèverai pas la provocation. Dis-moi en quoi je peux t'être utile, ou je raccroche.

— Il s'est passé des choses, des meurtres…

— C'est toi qui t'en occupes ?

— Non, mon ami le major Walter Sgrò.

Il fut surpris de cette collaboration entre le corps des carabiniers et la police nationale.

— Depuis quand cette idylle ?

— Espèce d'idiot, Walter a épousé une cousine de ma mère, c'est un ami avant d'être un carabinier.

— Tu te crois drôle ?

— Absolument pas, tu t'en rendras compte par toi-même. Et avec ce qui se passe, il n'y a pas de quoi rire…

Malinverno soupira.

— D'accord. Parle-moi de ces meurtres.

Peu de mots suffirent, et Malinverno se résolut à rentrer à Rome.

Il regrettait de laisser Eimì, mais – il y avait un aspect positif – il échapperait ainsi à la rencontre avec l'ex-madame Vardalos.

La jeune fille lui fit la tête.

— Mais quoi ? Tu pars ? Et moi ?

— Allons, tu as tes amis, et puis ta mère va arriver… Je reviens dès que possible. Sinon, on se voit à Rome.

3

En ce mois de juillet caniculaire, l'asphalte de la piste d'atterrissage de Fiumicino était au bord de la liquéfaction.

Dans le parcours menant de la passerelle d'embarquement à la navette, les chaussures des passagers, en particulier les talons aiguilles des femmes, laissaient des traces bien nettes. Passer de l'air conditionné de la cabine aux trente-sept degrés extérieurs fut un choc.

En un instant, sous la brûlure du soleil, la chemise en lin de Malinverno laissa apparaître des taches de transpiration.

Après avoir récupéré son bagage sur le tapis roulant, il fit la queue pour un taxi. Il demanda au chauffeur de le conduire à la maison. Avant de se rendre au commissariat, il voulait déposer ses bagages et se doucher.

En passant dans les rues du centre, il n'envia pas les hordes de touristes, certains avec un parapluie ouvert pour se protéger du soleil, errant à la découverte des beautés de Rome. Cette manière de passer ses vacances ne le concernerait jamais.

Son ami Gerardo Coppola avait arrosé les plantes en son absence, mais le jardin avait besoin de travaux d'entretien. Il prit la décision d'appeler l'homme auquel il s'adressait pour ce genre de services.

Le jet froid de la douche lui redonna des forces.

Ses cheveux finirent de sécher durant le trajet en scooter. Sans casque, il pria le ciel de ne pas tomber sur un agent. Il espérait que chez Jacopo Guerci, l'air conditionné serait poussé au maximum.

Mais avant de le retrouver, il décida de faire une halte à un kiosque qui vendait des *grattachecche*. Devant ces granités typiquement romains accompagnés de sirops et de morceaux de fruits frais, Malinverno était toujours partagé entre la tentation de goûter de nouvelles saveurs, et l'envie de rester fidèle aux plus traditionnelles. Pour finir, il opta pour sa saveur préférée, l'orgeat.

— J'y ajoute un poil de mangue ou de papaye ? lui demanda le serveur du kiosque.

— Laisse tomber, répondit-il, en imitant son parler.

— Des p'tits bout de coco ?

— Pourquoi pas ?

Un mélange parfait : frais, croquant, sucré.

Il le savoura assis sur le muret des bastions longeant le Tibre à la hauteur du pont Cavour, sous l'ombre bénie d'un platane séculaire. Comme toujours lorsqu'il passait par là, il ne put s'empêcher de jeter un regard désapprobateur sur l'ensemble moderne projeté et construit par l'architecte Richard Meier, dans la zone où s'élevait l'ancien port de Ripetta.

Une métropole doit être tournée vers l'avenir, se répétait-il, mais il n'aimait toujours pas le cube qui enfermait l'Ara Pacis. Pour de nombreux Romains, les vestiges du passé étaient presque encombrants, mais pour Malinverno, ce n'était pas le cas. Ancien et moderne auraient dû trouver un point de rencontre, une synthèse parfaite qui, il en était convaincu, était inséparable du sacro-saint respect de l'héritage architectural et artistique.

Il quitta à contrecœur ce havre de feuillages et d'ombre et enfourcha de nouveau son scooter, une Lambretta années 1960, bricolée et redevenue comme neuve. Il l'avait achetée à son ami Biagio Orlandi, propriétaire et gérant de la Popote Solidaire.

C'était presque la fin de l'après-midi, mais la canicule ne semblait pas vouloir desserrer son étreinte. Encore un mois de souffrance. Il attendait les premières pluies et l'automne comme un rhabdomancien.

Guerci était d'humeur exécrable. L'inspecteur Enrico Piranesi et d'autres éléments de son équipe étaient déjà en prévacances, le commissaire devait affronter tous les tracas liés à cette situation de sous-effectif.

Il l'accueillit en soupirant, le dos rejeté sur son fauteuil pivotant.

— Je veux changer de métier.

— Et tu ferais quoi ? Malinverno s'installa sur une des deux chaises en face du bureau. Ah, je sais… Tu pourrais être consultant pour un des nombreux talk-shows télévisés qui parlent d'assassinats !

— Fous-toi de ma gueule…

— Si ça ne te plaît pas, je peux m'en aller.

Il fit mine de se lever.

— Si ça ne dépendait que de moi, je sais où je t'enverrais…, dit le commissaire.

Malinverno se donna une tape sur le front.

— Mais au fait, j'oubliais… tu es déjà conseiller pour les carabiniers.

— Tais-toi, espèce de crétin. Il se leva pour fermer la porte. Mon chef me fait déjà la guerre pour ses propres affaires.

— Dis-moi, il ne verrait pas d'un bon œil ta requête pour entrer dans l'Arma, le glorieux corps des carabiniers ?

— Écoute, la situation est grave. Tu veux de l'eau ?

Guerci déboucha la bouteille d'eau minérale qui se trouvait sur le meuble derrière lui.

— Non, merci. Ce que je n'ai pas compris, c'est en quoi vous avez besoin de moi.

— Et toi, tu quittes la Grèce et tu te précipites à Rome sans avoir compris ? J'ai comme l'impression que tu n'étais pas si bien que ça avec cette nana…, glissa-t-il sur un ton malicieux.

Malinverno croisa les mains derrière sa tête.

— Eimì est une fille splendide.

— Mais ? Il y a un mais, n'est-ce pas ?

— Mais… elle est très jeune, tu sais ce que c'est…

— Non, Leo, je ne sais pas. Je n'ai jamais fréquenté de petites filles.

— Ce n'est pas une petite fille, je dirais même que c'est le contraire…

— Il ne manquait plus que ça, des détails intimes…

— Je voulais dire qu'elle est très mûre pour son âge. Et pourtant, j'ai l'impression de lui enlever quelque chose.

— Son goûter ?

— Je vois que tu es en grande forme, Jac. Bon, laissons tomber. Parlons travail, cela vaudra mieux.

— Comme je te l'ai dit, ils ont trouvé un autre cadavre, le deuxième.

Guerci lui raconta tout ce qu'il savait, et la situation dans laquelle se trouvait le major Sgrò.

— Ce que je ne comprends pas, c'est en quoi je peux lui être utile…

— Oh, mon petit, tu mets du temps à comprendre. Avec ton journal, évidemment. Comme nous l'avons fait tant de fois, toi et moi.

— Il faut que j'en sache un peu plus, je veux parler directement avec Sgrò.

— Je t'arrangerai un rendez-vous. Mais auparavant, je dois te dire une chose. Walter n'est pas comme moi… il est un peu… disons… plus rigide. Inféodé aux règles.

— Un casse-couilles, quoi.

— Tu peux l'appeler comme ça si tu veux… Bon Dieu, s'occuper d'affaires comme celle-ci peut constituer une bonne occasion professionnelle pour toi, mais je t'en prie, fais attention.

— OK, papy. Tu seras présent toi aussi ?

— À la première rencontre ? Si tu veux… Dans ce cas, nous devons l'organiser en terrain neutre, ni au commissariat ni dans leur caserne.

— Faisons-la chez moi.

— Pourquoi pas ? Nous verrons ce que répondra Sgrò.

Ils en reparleraient le soir au dîner. Ils convinrent de se voir au Marmi, la fameuse pizzeria du Trastevere, bon marché et au service rapide.

En attendant l'heure du dîner, Malinverno passa le reste de l'après-midi à la librairie de la via Nazionale.

Tous les livres, les CD et les DVD qu'il possédait avaient été détruits dans l'incendie de son appartement, incendie perpétré par les hommes de la 'Ndrangheta qu'il avait combattus*. Et donc, dès qu'il le pouvait, il s'appliquait à reconstituer sa bibliothèque.

Il acheta plusieurs CD, entre autres une compilation de Dizzy Gillespie, le film d'Ettore Scola *Nous nous sommes tant aimés* et un livre illustré sur les bonsaïs. Il prit aussi des romans de Philip Roth et de Milan Kundera et, par goût de l'éclectisme, un polar de Patricia Cornwell.

Il eut envie de faire un cadeau à Guerci. Et il choisit pour lui *Le Maître des illusions*, de Donna Tartt, qui venait de sortir et qu'il avait beaucoup aimé.

— Merci ! Je viens juste de finir celui de Murakami…, dit le policier après avoir déballé le paquet.

* Voir le précédent roman de Mariano Sabatini, *L'Imposture du marronnier* (Actes Sud, 2021).

Je ne t'embrasse pas, on nous prendrait pour un couple de vieilles pédales…

— Vieilles… tu parles pour toi ! plaisanta Malinverno, en faisant signe au serveur.

Attablés sous un parasol blanc, sur le trottoir devant le restaurant, ils jouissaient du semblant de fraîcheur que le taux d'humidité permettait, le soir.

Le vrai plaisir était celui des yeux, grâce au passage continuel de femmes et de jeunes filles aux épaules et aux bras nus, en jupe légère ou en short. L'été les incitait à montrer, avec une aisance inaccoutumée, des parties de leur corps que, en d'autres saisons, elles cachaient jalousement, avec une pointe d'hypocrisie.

Et donc, pourquoi ne pas laisser courir son regard tant que c'était possible ?

Un jeune couple s'installa à côté d'eux : la fille portait une minijupe rouge qui ne laissait rien ignorer de la fermeté de ses cuisses, et un tee-shirt blanc qui laissait entrevoir le bout de ses seins.

Va savoir ce qu'Eimì est en train de faire, se demanda Malinverno.

— Baisse les yeux ou on va avoir des ennuis, le sermonna Guerci.

— Sois tranquille, j'ai déjà donné… j'en ai déjà une de cet âge.

Ils rirent de bon cœur.

Avant les pizzas, ils avaient commandé des beignets de fleur de courgette et de merveilleux *suppli**, farcis de mozzarella filante.

— Quelle a été la réponse de Sgrò ? Il vient chez moi ?

— Oui, bien sûr, demain matin à huit heures pile.

* Boulettes de riz panées et frites, farcies avec de la mozzarella ou autre fromage filant.

— Tu viendras aussi ?

— Oui, comme convenu. Je l'ai senti très inquiet… d'après lui, il s'agit d'un tueur en série.

— Il me semble qu'il est un peu tôt pour l'affirmer… Tu as dit que c'est le deuxième cadavre qu'on a retrouvé ?

— Oui. Le mode opératoire semble être le même, mais Sgrò te dira.

— Sgrò, un nom calabrais…

— Je crois que son grand-père l'était. Lui est frioulan, né à Spilimbergo. C'est la ville de son père, qui a fait son service militaire à Florence, où il a connu sa femme.

— Un beau mélange de traits italiques.

— Oui, il a l'entêtement des Calabrais et des Frioulans.

— Tu oublies le sale caractère des Florentins.

Guerci se leva pour aller aux toilettes.

— Tu es incorrigible, Malinverno.

Peu après, le garçon qui était assis avec la blondinette en tee-shirt quitta la table. Tout en mordant allègrement dans une part de pizza margherita au basilic frais, Malinverno lorgna la jeune fille, et leurs regards se croisèrent. Elle fut la première à détourner les yeux.

Elle ne semblait pas heureuse. Aux doigts, elle avait des bagues insignifiantes, qui ne laissaient pas présager d'engagements réciproques. La relation avec ce garçon ne devait pas être consolidée. Quand son compagnon lui avait tenu la main qu'elle avait posée sur la table et qu'il l'avait embrassée rapidement en la quittant, elle n'avait jamais souri. Elle était restée impassible, y compris quand il lui avait offert une rose vendue par un Indien.

À quoi bon sortir sous les étoiles si on se comporte comme un vieux couple qui s'ennuie ?

Malinverno se posait cette question de manière purement rhétorique. Il s'amusait davantage en dînant avec un ami. Mais il fut saisi par une pointe de nostalgie en pensant à son amie grecque aux yeux en amande.

— Un dessert ? proposa Guerci lorsqu'il fut de retour.

— Ici, ils font un tiramisu à tomber par terre !

— Non, je préfère la pannacotta au chocolat.

Sur l'île Tibérine toute proche se déroulait, comme chaque été, un festival de cinéma en plein air. À quelques pas des eaux du Tibre qui, à cet endroit, est parcouru de rapides et qui, après le pont Cestio, à la hauteur de l'ancien Ghetto, forme une cascade.

— Jac, tu viens voir un film avec moi, pour conclure dignement cette soirée de vieux garçons ?

— Non, je suis fatigué… et j'ai de la lecture ! répondit son ami, en brandissant le livre reçu en cadeau. On se voit demain matin. Le dîner, c'est moi qui te l'offre, ajouta-t-il en s'emparant de l'addition apportée par le serveur.

Pendant que Malinverno enfourchait son scooter, Guerci agita le bras pour héler un taxi qui, du viale Trastevere, le conduirait au petit appartement de la via dei Serpenti, qu'il louait depuis qu'il s'était séparé de sa femme.

Il ne s'était pas encore remis de ce coup dur.

Grâce à la diète prescrite par son entraîneur de boxe, il avait beaucoup maigri et s'était musclé. Mais ses amis n'arrivaient pas à comprendre pourquoi, en dépit des femmes qui le convoitaient, il n'en fréquentait aucune.

En observant l'île depuis le pont Fabricio, étincelante de lumières dans la nuit romaine, Malinverno lui trouva quelque chose d'enchanteur. Au fond, on entrevoyait le Ponte Rotto, détruit par une crue du fleuve et tronqué jusqu'à la fin du XVe siècle.

Un grand brouhaha montait des terrasses où l'on servait des boissons alcoolisées, des étals de sucreries et de fripes, de l'arène avec son écran géant. Il prit place avec la sensation de se trouver au cœur de la ville, plus précisément dans son lit aquatique.

Il suivit, de manière de plus en plus distraite, le film dont l'action se déroulait dans le sud profond des États-Unis, avec des acteurs hollywoodiens. C'était l'histoire, mal ficelée, d'un exterminateur de familles qui n'avaient apparemment aucun lien entre elles, et l'on découvrait que cet assassin n'était autre que le commis du laitier.

Du temps inutilement soustrait au sommeil.

Il se dirigea vers sa maison en se demandant comment tous ces couche-tard qui jacassaient, riaient et buvaient pourraient aller travailler le lendemain. La nuit était courte pour eux, pas pour lui.

4

À sept heures cinquante-neuf minutes et cinquante-neuf secondes, il entendit le bourdonnement de l'interphone.

Malinverno sortit de la douche, ruisselant d'eau, et se mit à la fenêtre de la salle de bains pour voir qui avait sonné. Il vit un homme massif aux cheveux courts et très blancs, séparés par une raie impeccable.

— Je descends tout de suite, cria-t-il, j'en ai pour une minute.

C'était Walter Sgrò, de toute évidence. Même s'il n'était pas en tenue, son allure et sa raideur donnaient l'impression qu'il était en grand uniforme ; il fit signe que tout allait bien.

Il enfila un tee-shirt et un pantalon en coton léger. Tout en descendant l'escalier, il maudit l'ami qui était en retard, puis il regarda sa montre et se rendit compte que c'était Sgrò qui était d'une ponctualité parfaite.

Après s'être retourné dans son lit à cause de la canicule et des moustiques, Malinverno avait réussi à s'endormir vers trois heures du matin. Mais il avait mal dormi.

S'il ne buvait pas au moins un café avant d'affronter la réunion avec les forces de police qui s'étaient donné rendez-vous chez lui – il ne manquait que les gardes forestiers et la brigade financière –, il ne comprendrait pas grand-chose à ce qu'ils auraient à lui dire.

Le temps d'atteindre le portail, Guerci aussi arriva.

— Bonjour, je suis Leonardo Malinverno.

— Bonjour à vous, répondit le carabinier en déclinant ensuite prénom et nom, suivis de son grade et de l'unité à laquelle il appartenait.

Nous voilà bien avec un champion en matière de conformisme.

La poignée de main était plus que ferme, on aurait dit de l'acier. Malinverno eut pourtant l'impression que le carabinier faisait un effort pour se montrer en pleine possession de ses moyens. Il le précéda au salon, encombré de cartons encore fermés.

L'incendie de son ancien appartement, perpétré par la 'Ndrangheta, lui avait évité les tracas d'un déménagement, mais une grande partie des meubles et des objets récemment acquis gisaient sur le sol, encore emballés. Il débarrassa le canapé des vieux journaux et invita le major à s'asseoir. Guerci s'était déjà installé dans la *bergère** en cuir rose.

— Vous venez juste de vous installer, à ce que je vois, remarqua le carabinier.

— Comment avez-vous fait pour le deviner ? plaisanta Malinverno. Je suis sûr que Jacopo vous racontera tout à ce sujet. Entretemps, je vais préparer un café. Vous en voulez ?

Guerci acquiesça en levant la main.

— Oui, merci, dit le major en lorgnant, avec une pointe de réprobation, le tee-shirt délavé de Malinverno.

Celui-ci les laissa pour aller à la cuisine. Les meubles clairs reflétaient la lumière du soleil au point de l'éblouir : il tira donc le rideau de la fenêtre au-dessus de l'évier.

* En français dans le texte.

Il entendait les deux hommes parler de l'incendie, à voix basse.

— Comment se fait-il que tu sois en civil ? demanda Guerci pendant que le maître de maison revenait avec un plateau et le café.

L'officier répondit comme si c'était une évidence.

— Pour ne pas me faire remarquer. Si je m'étais présenté avec toutes mes étoiles et, pourquoi pas, la voiture de fonction, tout le quartier aurait été au courant. Alors que nous avons décidé d'être discrets. Non ?

— Très juste.

Malinverno remarqua qu'il continuait à remuer la cuillère dans sa tasse, alors qu'il n'y avait pas mis de sucre. Lorsqu'il s'arrêta et qu'il retira la cuillère, il faillit salir son pantalon. Son visage, sillonné de vaisseaux capillaires, aurait pu parfaitement s'inscrire dans un rectangle ; ses paupières gonflées formaient un voile sur ses yeux au regard pénétrant, ses lèvres minces étaient cachées par une moustache épaisse et soignée. Dans l'ensemble, son aspect était sévère, imperturbable. Celui d'un homme peu enclin à changer d'avis.

Il posa la tasse sur la soucoupe et se frotta les mains, comme s'il n'arrivait pas à les garder immobiles.

— Si nous allions à l'essentiel ? Ma journée va être très longue…

— Oui, bien sûr. Je ne t'envie pas, répondit Guerci. Je suis bien content de ne pas devoir m'occuper de cette affaire.

— Jacopo, si tu expliquais à Monsieur Malinverno pourquoi nous lui avons demandé ce rendez-vous ?

— Je l'ai déjà fait en partie. Sans doute vaut-il mieux que ce soit lui qui te pose des questions.

La chemise de Sgrò, élimée aux poignets, et la tache de gras sur sa veste claire firent supposer à Malinverno qu'il vivait seul. Aucune femme ne veillait à certaines subtilités.

— Eh bien, major, la première chose que j'aimerais savoir…

— Excusez-moi de vous interrompre, mais je voudrais me livrer à un court préambule. Ne transformons pas, je vous en prie, notre rencontre en interview. Tâchez de comprendre : je ne peux pas raconter grand-chose.

Je m'en doutais. Malinverno se redressa dans son fauteuil.

— Mais vous, essayez de comprendre que, dans ce cas, nous risquons de perdre notre temps. Dites-moi ce que vous attendez de moi, et je vous poserai ensuite les questions qui s'imposent.

L'officier poussa un grand soupir pour se donner du courage et dire quelque chose qui lui pesait.

— J'ai besoin que certaines informations filtrent pour accélérer l'enquête.

— Vos chefs…

— Eh oui. Ils ne veulent pas entendre parler de tueur en série pour ne pas semer la panique, alors que les actions criminelles de ce personnage méritent que nous lui consacrions toute notre énergie. Je suis désolé de le dire, mais seule la pression médiatique peut les inciter à bouger. Avec Jacopo, nous en avons discuté et nous nous sommes dit qu'il est peut-être utile de laisser circuler des indiscrétions… on me donnerait alors tous les hommes dont j'ai besoin…

— Nous avons fait cela souvent, n'est-ce pas, Leo ? dit Guerci.

Malinverno regarda les deux hommes avant de répondre.

— Bien sûr, nous l'avons fait. Mais nous étions convaincus qu'il le fallait. Alors que le major ne me semble pas convaincu.

Celui-ci dut l'admettre.

— Je n'aime pas certaines méthodes… Mais c'est mon problème. Continuons.

— Comment se fait-il que rien n'ait encore été diffusé dans la presse et les journaux télévisés ?

— Qu'il s'agisse du premier crime, ou du second, ils ont parlé d'un meurtre par strangulation, sans donner plus de détails.

— Que sait-on de plus ? insista Malinverno.

— Le mode opératoire est le même.

— Vous devriez me dire à quoi vous faites référence. Pourquoi pensez-vous à un tueur en série, et non à un simple meurtrier ?

L'officier avait du mal à cacher son agacement devant l'insistance du journaliste. Il était clair qu'il n'avait pas l'habitude de rendre compte de ses enquêtes.

— L'assassin scelle la bouche de ses victimes avec du ruban adhésif et leur enfile sur la tête un sac en plastique transparent, qu'il leur fixe autour du cou avec le même ruban adhésif. Aucun meurtrier ne recourt à ces méthodes que j'appellerais des rituels.

Guerci regarda Malinverno, comme pour l'inciter à poursuivre.

— Il doit y avoir autre chose, major…

— Les tatouages… Il les prélève sur le corps de la victime à l'aide d'un bistouri ou d'un cutter, reconnut-il à contrecœur.

— Quel genre de tatouages ?

— Des petits tatouages. Concernant celui sur la poitrine de Simon Intrieri, la dernière victime, nous savons qu'il représentait un elfe. Sur celui de Sabrina Olcese, la première victime, nous ne savons rien, parce qu'elle n'en avait rien dit à ses parents.

— Jacopo ne m'a pas beaucoup parlé du premier meurtre. Pourriez-vous être un peu plus précis ?

Le major se leva et tourna le dos aux deux autres. Tout en regardant le jardin, il résuma l'affaire, du moins ce qu'il en savait.

— Le cadavre de la femme architecte, quarante-deux ans, célibataire, nous l'avons trouvé le 4 mai dernier, un lundi…

Quand le numéro s'afficha sur l'écran de son portable, il eut un sursaut. Par prudence, il ne l'avait pas inséré dans la liste de ses contacts, mais il le connaissait par cœur : Sabrina Olcese.

Était-il possible qu'elle l'ait aperçu par la fenêtre de son bureau ? Était-ce pour cela qu'elle l'appelait ?

Il l'avait suivie discrètement jusqu'à ce que, au début de l'après-midi, elle entre dans l'immeuble de la via Condotti où elle travaillait.

S'il n'avait pas reçu ce coup de fil, il aurait surveillé l'entrée de l'immeuble jusqu'à la tombée de la nuit. Il réfléchit quelques instants et conclut que, tout compte fait, mieux valait entrer en scène de cette façon.

Il resterait moins longtemps dans la rue, exposé au risque d'être reconnu par quelqu'un. C'était difficile, mais pas impossible, car à cette heure-là, rares étaient les passants, et il y avait le grand concert organisé par les syndicats piazza San Giovanni.

Il avait enfilé les vêtements les plus vieux et les plus usés qu'il avait trouvés dans l'armoire et que, comme d'habitude, il jetterait ensuite. En le voyant assis devant un magasin fermé, tête basse, une femme avec un petit chien l'avait pris pour un sans-abri et lui avait glissé dans la main un billet de cinq euros.

Pour ne pas éveiller ses soupçons, il s'était bien gardé de le lui fourrer dans la gorge, son foutu billet. Mais il en avait eu une envie folle.

Sabrina l'invita à la rejoindre, s'excusant de l'avoir dérangé pendant la fête du Travail : il fallait qu'il comprenne, elle avait eu un contretemps de dernière minute, sinon elle n'aurait jamais fait cela.

Depuis quelque temps, il n'y avait plus de jours fériés pour elle, ni samedi ni dimanche. Une vie inutile, selon elle, et que peu de gens auraient regrettée.

En lui ouvrant la porte, elle lui fit même un sourire. Il sentit son parfum douceâtre, son chemisier était ouvert sur ses seins lourds.

Elle s'excusa de nouveau, mais n'eut pas le loisir d'en dire plus. Alors qu'elle le précédait dans le couloir, elle se sentit agrippée par-derrière, pendant qu'une main la bâillonnait. Ses lunettes tombèrent sur le sol.

Un geste rapide. Une force primitive, d'une violence effrénée.

Le ruban adhésif lui scella les lèvres, l'empêchant de hurler, d'appeler au secours. À travers le sachet en plastique dans lequel s'épuisait le peu d'oxygène à sa disposition, la dernière image terrifiante qu'elle put voir fut celle de l'homme qui lui déboutonnait et lui enlevait son pantalon. Le coup sur la tête la fit sombrer dans le noir.

Après le pont des jours fériés, dans l'atelier d'architecture à son nom, Marzio Zega avait trouvé le corps sans vie de son associée.

Tuée par suffocation : la nuit de vendredi, d'après les expertises du médecin légiste. Si bien que, le lundi matin, expliquait le major Walter Sgrò, le processus de décomposition du corps avait déjà commencé.

La porte d'entrée n'avait pas été forcée et le meurtrier avait pu agir en toute quiétude, car il avait devant lui toutes les heures du week-end durant lesquelles le bureau resterait fermé. Il en était de même pour l'immeuble de la via Condotti, dont presque tous les appartements étaient inhabités.

— Il n'y a que des cabinets d'avocats, des cabinets médicaux, un dentiste et un gynécologue, des bureaux et des ONG, précisa l'officier.

— Aucun particulier ? C'est sûr ? demanda Guerci.

Sgrò se tourna, un peu étonné que son lointain cousin se laisse rattraper par la curiosité.

— Juste une famille au troisième étage, mais ils étaient en vacances depuis une semaine, répondit-il en retournant s'asseoir. Et au dernier étage, il y a cette vieille actrice… je ne me souviens plus de son nom, celle dont on dit qu'elle a été la maîtresse d'un socialiste…

Malinverno alla à son secours :

— Adelfa Maiorini ?

— Oui, celle-là.

— Vous l'avez interrogée ?

— Oui. Elle n'était pas chez elle vendredi, elle était sortie avec des amis, puis à une représentation théâtrale. Et donc, elle n'a rien vu ni entendu. La bonne philippine était sortie elle aussi, profitant de l'absence de sa patronne.

Zega, l'architecte qui dirigeait l'atelier, leur avait appris que Sabrina Olcese était installée à Rome depuis neuf ans environ. Sa mort, il en était convaincu, allait créer de nombreux problèmes avec les clients qui appréciaient l'originalité de son style et son amabilité. Ensemble, ils avaient honoré de nombreuses commandes difficiles, élargi leur clientèle, augmenté les rentrées d'argent.

— Il était sincère ? demanda Malinverno.

— Je ne me fie plus à mes impressions, monsieur. Face à l'épreuve des faits, je suis toujours prêt à changer d'avis sur les personnes.

— Très bien, admit Malinverno. Jusqu'à preuve du contraire, disons-le, Zega vous a-t-il paru réellement affecté par la disparition de sa collaboratrice ?

— Il m'a paru contrarié… surtout à cause des inévitables retombées sur son chiffre d'affaires. Et aussi à cause du retentissement et de la contre-publicité due à la découverte du cadavre dans son atelier.

Jacopo Guerci se leva.

— Excusez-moi, les amis, mais je dois vous laisser. À neuf heures et demie, je suis convoqué par le chef de la police, et il me semble que vous pouvez continuer sans moi.

Ils se saluèrent avec une poignée de main.

— Merci, Jacopo, je t'appelle bientôt, dit Sgrò.

— OK, je connais le chemin, dit Guerci, qui sortit aussitôt.

Malinverno, qui n'avait pas voulu installer chez lui l'air conditionné, mit en marche un ventilateur chromé sur pied.

— C'est un peu mieux comme ça, conclut-il, satisfait, en s'appuyant à l'accoudoir du fauteuil. Je voulais vous questionner sur les autres collègues de Sabrina Olcese. Que pouvez-vous me dire ?

— Pas grand-chose.

— Combien d'autres personnes travaillent avec Marzio Zega ?

De la poche intérieure de sa veste, l'officier tira un petit carnet qu'il feuilleta.

— Deux qui ont un CDI. Il lut leurs noms. Clelia Iozzia et Giorgio Durante. Ils m'ont paru plus sincèrement affectés par la mort de leur collègue. Mais ils ont un alibi solide, et donc, je n'ai pas enquêté davantage.

— Vous me parliez des tatouages. Où se trouvait celui de Sabrina Olcese ?

Le major répondit avec une pointe d'embarras.

— Près du pubis presque totalement épilé, de l'attache de la cuisse droite jusqu'au ventre.

— Et donc, assez grand ?

— Pas très. Une quinzaine de centimètres.

— Que représentait-il ?

— Nous ne le savons pas encore.

— Ah bon… Quelque chose ne collait pas, et Malinverno ne put s'empêcher d'ajouter : Mais si les parents eux-mêmes, comme vous me l'avez dit tout à l'heure, ignoraient l'existence de ce tatouage, comment avez-vous pu déduire qu'elle en avait un ?

Sgrò accueillit la question comme une insinuation désagréable.

— Disons que nous l'avons déduit par analogie avec Intrieri. Si le meurtrier a prélevé un tatouage sur le jeune homme, il a dû faire de même avec Sabrina.

— C'est pour cette raison que vous l'avez surnommé le Tatoueur ?

— Et vous, comment… Le major réprima son agacement, et reconnut : Oui, c'est pour ça.

Mieux valait éviter d'autres objections.

— La femme a-t-elle subi des violences sexuelles ? demanda Malinverno sur le ton le plus professionnel possible.

— Le médecin légiste l'a exclu.

— Les prélèvements de la police scientifique sur les lieux du crime ?

— Rien de significatif, du moins pour le moment.

— Des revendications ? Des messages ?

— Non, rien.

— Objectivement, nous avons peu d'éléments pour dire que c'est l'œuvre d'un tueur en série, conclut Malinverno.

Sgrò n'aimait pas que l'on mette ses convictions en doute.

— La manière rituelle dont il agit vous paraît insignifiante ?

— Bien sûr que non. Pardonnez-moi, je me suis mal exprimé… Comprenez-moi, deux affaires, ce n'est pas assez pour parler de meurtres en série. Et l'absence de connotations sexuelles ne permet pas de supposer qu'il continuera.

— Le fétichisme qui le pousse à prélever les tatouages et à les emporter… Vous ne voyez là aucune connotation sexuelle ?

— À vrai dire…

— Et le fait qu'il collectionne des objets appartenant aux victimes ?

— Qu'a-t-il emporté de Sabrina Olcese ?

— Ses lunettes. Il se leva. À présent je dois partir.

Malinverno insista :

— Et d'Intrieri ?

— Ses chaussures. Laissez-moi partir. Sur le pas de la porte, il se retourna : J'espère que vous ferez bon usage de toutes ces informations.

Si ce n'était pas une menace, cela ressemblait à un avertissement.

— Je vous le ferai savoir après en avoir parlé avec mon directeur. Comment comptez-vous procéder ?

— Que voulez-vous dire ?

— Je peux vous appeler à la caserne ?

— J'aimerais mieux pas. C'est moi qui vous contacterai, quand j'en aurai besoin.

— Je pourrais aussi en avoir besoin…

— J'espère que non.

— Je voudrais voir les photos des cadavres et des lieux où ils ont été retrouvés.

— Faites comme vos collègues.

Malinverno le scruta d'un air interrogateur, en fronçant les sourcils.

— Inventez ! lança le carabinier.

— Je ne suis pas comme mes collègues, sinon vous les auriez appelés, eux. Puis il sourit. Vous n'aimez pas les journalistes, n'est-ce pas ?

Le major rejeta la tête en arrière.

— Non. Pas beaucoup.

— Je ne saurais vous donner tort.

Avant de prendre congé, Sgrò le regarda comme s'il le voyait pour la première fois depuis qu'ils s'étaient présentés l'un à l'autre.

5

Il fut saisi par une douleur sourde et une sensation d'oppression dans la poitrine. À l'improviste, avec la cruauté d'une mauvaise plaisanterie.

Pietro Orefici était en train de se raser dans la salle de bains. La radio était allumée et il s'apprêtait à écouter les infos sur Rai Radio, avant de monter dans la voiture qui aurait dû l'emmener à la rédaction du *Globo*.

Le seul signe avant-coureur de l'infarctus qui était sur le point de le frapper était peut-être l'immense fatigue ressentie au réveil.

Quand la domestique sénégalaise lui avait annoncé que le chauffeur l'attendait devant le portail de sa villa de Monteverde, il s'était étonné qu'il soit déjà l'heure de se rendre au travail. En pyjama, il s'était approché du plateau du petit-déjeuner et n'avait bu qu'une petite tasse de café. Et, oubliant qu'il avait encore la pipe allumée entre les dents, il s'était déshabillé et enfermé sous la douche. Il espérait que l'eau tiède lui redonnerait un peu de tonus.

Après s'être essuyé tant bien que mal avec une serviette de bain, il reprit la pipe posée sur l'étagère où il l'avait flanquée avec un juron.

Les infos étaient terminées. Il éteignit la stéréo, agacé par une chanson anglaise qui lui cassait les oreilles. Ses goûts musicaux s'étaient arrêtés à Adriano Celentano et ne franchissaient pas les frontières nationales.

Devant le miroir, le rasoir électrique en marche, de plus en plus étourdi, il transpirait abondamment.

Il commit l'erreur de négliger ces premiers symptômes, jusqu'à ce qu'il ressente dans la mâchoire une forte douleur qui, passant par le cou, atteignit son estomac et ses épaules. Puis elle lui étreignit la poitrine, l'empêchant d'appeler à l'aide.

Il n'avait pas assez de souffle pour franchir la barrière des portes fermées : celle de la salle de bains, et celle qui communiquait avec la chambre à coucher de sa femme.

— Evelina, Evelina, je me sens mal… Evelina…, parvint-il à dire dans un chuchotement imperceptible, en s'appuyant au lavabo.

La seule solution était de tirer sur la cordelette d'alarme de la douche. Mais dans l'état où il était, ces quelques mètres requéraient l'énergie d'un alpiniste. Il essaya de bouger les pieds, en les posant très lentement l'un devant l'autre, et se les prit dans le tapis en tissu éponge.

Nu, mastodontique avec son quintal et demi pour un mètre quatre-vingt-dix, il tomba près de la cuvette du water, que sa tête faillit heurter. Puis il perdit connaissance.

Evelina était au téléphone, en grande conversation avec sa mère, et elle ne se rendit compte de rien.

Par chance, la domestique était rentrée pour demander à Monsieur Orefici, de la part du chauffeur, s'ils iraient directement à la rédaction ou s'il prévoyait d'autres arrêts en ville. Dans ce cas, en l'attendant, il irait faire le plein à la station-service.

— Señora, señora… monsieur est malade, il est par terre, pas pouvoir se lever… señora, señora…

Evelina jeta son portable entre les couvertures et se précipita dans la salle de bains de son mari. Constatant la gravité de son état, elle cria à la domestique d'appeler le 118. En quelques minutes, l'ambulance de l'hôpital San Camillo était sur place.

Il ne fut pas facile pour les infirmiers, compte tenu de la taille d'Orefici, de le soulever et de le mettre sur un brancard. Le médecin procéda immédiatement à un massage cardiaque et dans le véhicule, qui démarra toutes sirènes hurlantes, ils lui appliquèrent un masque à oxygène.

— Comment, tu n'étais pas au courant ? L'Everest a eu un infarctus, lui dit Carla Tesei, en utilisant le surnom qu'ils avaient donné au directeur du *Globo*.

Malinverno accusa le coup ; il s'assit à son bureau et sortit d'une boîte quatre ou cinq Kleenex pour s'éponger le front. Porter le casque, avec cette canicule, était un supplice.

— Bon sang, avec cette température et cette humidité, je risque moi aussi un infarctus ! On ne peut même pas aller courir…

Son amie et collègue tendit la tête au-delà du séparateur délimitant l'espace de chacun, dans le vaste *open space* du *Globo*.

— Qu'est-ce que tu dis ?

Il lui fit un signe de la main.

— Rien d'important. Je suis triste pour le chef.

— On peut dire qu'il l'a bien cherché… Il mange, boit et fume sans retenue et s'il le pouvait, au lieu de marcher, il se ferait transporter sur un tapis roulant vingt-quatre heures sur vingt-quatre.

— Tu dis des conneries, il y a des obèses de trois cents kilos qui n'ont jamais d'infarctus… Comment tu l'expliques ? Les cardiologues soutiennent qu'il existe des facteurs de risques, mais aussi des prédispositions naturelles.

— À propos, si on allait se fumer une cigarette ?

— Tu es folle, on devrait quitter ce paradis et l'air conditionné ?

— Pardon, je croyais que tu détestais la clim.

— Je la déteste, mais je déteste encore plus la chaleur. Tu peux te protéger du froid, alors que…

— Allez, je t'invite à déjeuner, après.

Ils se rendirent sur la petite terrasse souillée d'excréments de pigeons et donnant sur une courette. De là, on n'entendait presque pas le bourdonnement confus des touristes et le clapotis de l'eau sur la piazza Fontana di Trevi. Depuis un bon bout de temps, il était question de transférer en banlieue la rédaction du *Globo*, mais à vrai dire, ils aimaient travailler dans un quartier où tout le monde se rendait pour le plaisir. Surtout les étrangers : prêts à parcourir des milliers de kilomètres pour jeter la pièce de monnaie rituelle et respirer les vapeurs d'eau qui montaient de l'œuvre monumentale du Bernin.

Pour certains Romains, en effet, certains lieux symboliques deviennent quasi invisibles, trop commodes, à portée de bus ou de métro. Lever les yeux, prendre son temps, s'arrêter, s'émerveiller sont des privilèges liés aux vacances. Voilà pourquoi, pour Malinverno et ses collègues, se rendre là tous les jours *était toujours mieux que travailler*, comme on dit entre journalistes.

— Pourquoi voulais-tu voir Orefici ? demanda Carla en exhalant la fumée et en lui tendant son paquet de cigarettes.

Il leva les mains.

— Non, merci. J'ai décidé d'arrêter et tu devrais en faire autant, avec ce qui t'est arrivé…

— Tôt ou tard, je le ferai. Malinverno la fixa. Alors, Orefici ? insista-t-elle.

— Je tiens une histoire et je voulais l'écrire… Pour quelle autre raison voudrais-tu que je le voie ?

Son amie pencha la tête sur le côté, comme pour lui demander de poursuivre.

— À vue de nez, je peux juste te dire que c'est une affaire de taille. Très délicate.

— Je te déteste quand tu prends ces airs mystérieux avec moi !

— Allez… J'ai promis d'être discret. On apprend ça dans les écoles de journalisme : il faut protéger ses sources.

— Cela veut dire qu'il s'agit de ton ami Jacopo Guerci.

— Tu te trompes. Pas de beaucoup, mais tu te trompes.

— Quelqu'un d'autre de la police, alors.

— Des carabiniers.

— Tu magouilles aussi avec le corps des carabiniers, c'est ça ?

— Disons que ce sont eux qui magouillent avec moi… Il faudra que je parle avec Lembo, alors ?

Une question dont il connaissait déjà la réponse.

Carla Tesei baissa la voix.

— Eh oui. C'est lui le cacaporal-chef.

Cette expression, digne d'enfants de la maternelle, les mit de bonne humeur, même si l'état de santé du directeur suscitait une certaine inquiétude.

Tommaso Lembo s'était installé provisoirement dans le bureau de Pietro Orefici. Et comme rien n'est plus stable que la précarité, dans le fauteuil en velours, vaste et confortable, spécialement conçu pour le format du directeur. Lembo semblait s'y trouver comme un pacha même s'il était clairement inadapté à sa personne, aussi bien physiquement que moralement. C'était un homme petit dans tous les sens du terme, tassé sur lui-même, d'une maigreur malsaine, qui semblait vouloir toujours s'excuser d'être né. Qui semblait, mais qui ne le faisait pas.

Il prit la parole sans regarder Malinverno, tout en tapant un texte sur sa tablette.

— Actuellement, Orefici est plongé dans un coma artificiel. Il est sédaté, en attendant qu'il puisse respirer à nouveau de manière autonome. J'ai parlé avec sa femme…

Malinverno la connaissait.

— Evelina.

— *Madame* Evelina Orefici, oui, rectifia l'autre.

— Je voulais raconter au directeur une histoire que je viens d'apprendre…

— Je suis là. Tu peux m'en parler, à moi, à moins que tu ne veuilles attendre qu'il aille mieux.

Il lui rapporta, autant qu'il pouvait le faire, les intuitions du major Sgrò. Tout en omettant, pour des raisons évidentes, de citer sa source.

— Quelles preuves as-tu ? demanda Lembo, tout en continuant à lire les dépêches d'agence sur l'écran de son ordinateur.

— Tu m'as écouté ? Je dispose de ce qu'on m'a raconté.

— Qui ?

— Ça, tu n'as pas le droit de me le demander. Tu sais que nous sommes tenus par le secret professionnel.

— Ça me semble un peu mince. Je ne me sens pas de faire ça, Malinverno. Tu peux disposer, et il lui fit un signe en lui montrant la porte.

— Tu es fou.

Il eut enfin droit à l'attention du sous-directeur.

— Qu'est-ce que tu as dit ?

— Que tu es fou… C'est la seule explication à ton refus.

Lembo secouait la tête.

— Si Orefici est disposé à faire du *Globo* ton bulletin d'info personnel, je n'ai pas, en ce qui me concerne, l'autorité pour ça.

— Tu veux dire que tu n'as pas les couilles…

— Pense ce qui te plaira. Ma réponse est non.

— Je ne peux pas le croire… Malinverno se retint difficilement. Tu es tellement obtus que tu ne comprends pas qu'il s'agit d'une exclusivité. Un truc pour lequel les gens comme toi, habituellement, sont prêts à vendre père et mère.

— Tu n'as pas besoin de m'offenser.

— C'est toi qui m'offenses avec ton manque de confiance.

— Il ne s'agit pas de ça.

— Si je te disais que j'ai un témoin ?

Lembo plissa les paupières.

— Qu'est-ce que tu veux dire ?

— Pendant qu'ils me parlaient des crimes et qu'ils évoquaient l'hypothèse d'un tueur en série, une personne était présente.

— Tu peux me dire qui ?

— Non. Mais si cela devait s'avérer utile, je pense que cette personne témoignerait pour moi, mentit Malinverno.

Il n'aurait jamais demandé à Guerci une chose pareille.

— Laisse-moi réfléchir.

Le sous-directeur se mordit la lèvre inférieure.

— Ne réfléchis pas trop, ça risque de te faire mal, dit Malinverno en quittant la pièce.

6

Il décida de s'accorder quelques heures pour digérer sa colère.

Le lendemain, à six heures trente, Malinverno, en manque de jogging, enfila un short et traversa la via Salaria pour franchir le portail de la villa Ada.

Le jacassement des perruches, l'air frais qui, malheureusement, serait rapidement remplacé par la chaleur, les allées vides, le soleil qui jouait à cache-cache entre les branches des pins lui firent retrouver sa bonne humeur.

Arrivé au bois de peupliers, des arbres aussi hauts qu'un immeuble de quatre étages, il s'arrêta pour écouter le murmure du vent entre les feuillages. Il les regardait frémir. Chaque fois, il avait l'impression qu'ils lui disaient quelque chose. Puis il se rendait compte que c'était stupide et il poursuivait son chemin avec un sourire.

Même si Carla Tesei lui avait déconseillé de le faire, il était tenté de mettre en pratique l'idée qui lui trottait dans la tête depuis qu'il avait planté cet abruti de Tommaso Lembo dans le bureau d'Orefici. Il était convaincu que, de cette façon, il contournerait l'ostracisme du sous-directeur.

"Lembo est bête…, disait son amie, et il ne faut jamais sous-estimer la bêtise, plus dangereuse que la méchanceté."

Elle avait raison. Mais il était prêt à assumer les conséquences qui en découleraient.

La sérénité retrouvée fut toutefois de courte durée.

— Comment se fait-il que ce matin, je n'ai rien lu dans le *Globo* de ce que t'a rapporté Sgrò ? lui demanda Jacopo Guerci au téléphone.

Aucune question n'aurait pu l'irriter davantage.

Le sentiment de frustration qu'éprouve un journaliste sûr de tenir un scoop et de ne pas pouvoir le divulguer est pareil à celui que ressent un ponte de la médecine, qui tient le remède pour vaincre une pandémie, et qui n'a pas la possibilité de le mettre en pratique.

Il avait déjà perdu trop de temps. Sitôt sorti de la douche, il s'installa devant son ordinateur, une serviette éponge fixée autour de la taille, ses boucles mouillées lui retombant sur le front.

Son amour pour le papier était inconditionnel. Et pourtant, en ce moment, il sentait qu'il devait bénir le Web. Sur le site du *Globo*, comme d'autres journalistes connus qui travaillaient pour le quotidien, il avait son propre blog. Faute de temps, il ne l'alimentait pas beaucoup, et publiait surtout des articles parus dans la version papier du journal.

Il gérait cet espace de manière totalement autonome et n'avait pas besoin de l'aval de Lembo pour publier les informations qu'il détenait.

ENCORE UN MEURTRE PERPÉTRÉ PAR LE TATOUEUR DANS LA CAPITALE

UN TUEUR EN SÉRIE À ROME

SELON LES ENQUÊTEURS, D'AUTRES MEURTRES SUIVRONT

Surtitre. Titre. Encadré.

Il rédigea ensuite le texte, qui avait évidemment le ton et le style d'un article de journal classique.

Il résuma ce qu'il savait sur les morts violentes de Sabrina Olcese et du jeune Simon Intrieri.

Pour la première fois, l'Everest lui manqua. Il avait beau être râleur, bourru et lâche, sa présence – il s'en rendait compte à présent – l'avait toujours rassuré. Il le remercia mentalement et se promit de le lui dire dès qu'il irait mieux. Il se dit aussi qu'il devait appeler Evelina pour avoir des informations sur son état de santé.

Dès qu'il eut fini d'écrire, il relut et cliqua pour mettre le texte en ligne. Tout de suite après, vu qu'il ne pouvait pas se fier au temps de réaction et à la rapidité pachydermique de ses collègues, il prit son téléphone.

Il parla longuement avec le vétéran de la rubrique "faits divers" à Rome, une plume de l'*Eco d'Italia*, et lui expliqua ce qui se passait.

Son ami, Silverio Orati, lut le texte après avoir activé le haut-parleur de son portable.

— Malinverno, tu es le roi des putassiers ! Une fois de plus, tu as frappé un grand coup ! Je suis jaloux !

— En plus d'être jaloux, tu me filerais un coup de main ?

Il prit le temps de s'habiller, de s'offrir un petit-déjeuner avec pain, beurre et confiture et de permettre à Orati de reprendre l'information sur la version en ligne du journal. Il appela ensuite d'autres journalistes et envoya plusieurs mails avec le lien pour accéder à son article sur le site du *Globo*.

En l'espace d'une heure, la nouvelle avait fait sensation et trônait à la une du *Corriere della Sera*, de *Repubblica* et du *Messaggero*. Les principales agences de presse se réveillèrent elles aussi. Et les chaînes d'info en continu, puis les chaînes généralistes, à commencer par Rai 1, se mirent à relayer l'hypothèse avancée par Leonardo Malinverno.

Si un tueur en série circulait vraiment dans la ville, les talk-shows pouvaient-ils ne pas en parler ?

Logiquement, les propositions de participation à une émission se mirent à affluer.

S'il avait accepté ces invitations, il se serait embarqué dans une tournée macabre sans fin.

Tant que son portable resta allumé, il fut contacté, dans l'ordre, par deux radios nationales, une web télé, un réseau satellite et le programmateur, pour l'après-midi, d'un grand *network* commercial. Celui-ci fut particulièrement insistant.

— Allô, Leo ?

— Qui est à l'appareil ?

— Je suis… Il bredouilla un prénom et un nom ainsi que le titre de l'émission que Malinverno, qui n'était pas sûr d'avoir compris, oublia aussitôt. Notre animatrice tient beaucoup à vous accueillir sur son plateau, en direct, à seize heures.

Le type semblait n'avoir aucun doute sur le sujet dont on débattrait. Comment aurait-on pu parler d'autre chose ? Il lui enleva ses illusions, avec une perfidie calculée.

— Je regrette… il m'est impossible de venir. À cette heure, je dois travailler.

— Comment ?

— Par curiosité, quel est le montant prévu ? dit Malinverno, qui avait décidé de le provoquer.

— Le montant ? À vrai dire, je ne sais pas… il faudrait que je demande au producteur…

— Laissez tomber. Comme je vous l'ai dit, je dois rester à mon bureau.

On avait dû confier au malheureux programmateur la mission impossible de le convaincre à tout prix, avec pour consigne de ne pas abandonner après un premier refus.

— Je ne peux pas le croire. Vous voulez renoncer à la visibilité que vous donnerait notre émission ?

— Vous croyez que j'ai besoin de visibilité ? Malinverno commençait à s'amuser comme un skieur chevronné sur une piste noire. Je suis pourtant devant un miroir et je me trouve parfaitement visible ! conclut-il en baissant progressivement la voix.

— Quoi ? Pardon ? Je n'ai pas compris…

— C'est bien ce que je pensais, murmura-t-il.

— Allô… allô…

Il reprit la parole.

— Pourquoi n'invitez-vous pas Melissa Giannelli ? Elle sera parfaite pour votre émission.

C'était la criminologue prête à l'emploi qui sautillait d'une chaîne à l'autre, plus appréciée pour son aplomb que pour le contenu de ses déclarations.

Des utilisateurs de Facebook avaient ironisé sur ses diplômes universitaires douteux, mais elle compensait grâce à son apparence : seins refaits, extensions d'un noir de jais qui lui arrivaient jusqu'aux fesses, toilettes dignes d'une discothèque *low cost*.

— Excellente idée, répondit son interlocuteur. On se rappelle. Nous tenons à vous recevoir bientôt, Malinverno !

Je ferai tout mon possible pour ne pas venir.

— Bien sûr, très volontiers. Rappelez-moi et je ferai tout mon possible…

Dès qu'il eut raccroché, il enregistra le numéro de l'importun. Au cas où ce dernier l'aurait rappelé avec ce numéro, il répondrait trop tard ou aurait oublié son portable Dieu sait où.

Plus tard, à la rédaction du *Globo*, il put mesurer les effets de son coup d'éclat.

Tout le monde l'accueillit tête basse : certains, en le voyant de loin, changèrent de direction, parfois en se réfugiant dans les toilettes. Le seul inconscient, à la limite de la témérité, fut le jeune Jimmy Caviglia, qui lui murmura un phonème en guise de bonjour. Et aussi, naturellement, Sonia Persichelli : en tant que secrétaire de rédaction, elle n'était pas tenue à cette solidarité corporatiste de mauvais aloi.

Elle alla encore plus loin.

— Leo, tu as envie d'un café ?

— Avec plaisir, ma belle, lui répondit Malinverno en la faisant rougir.

La jeune femme avait troqué les habituels leggings en maille, qu'elle portait en hiver, pour des petites robes courtes et fluides, qui mettaient en valeur ses jambes et sa silhouette. Très jolie et très conformiste : centre commercial le dimanche, vacances à la mer en août, pourquoi pas à Charm el-Cheikh ; et en janvier, une semaine dans une station de ski.

Carla Tesei semblait fatiguée, elle était pâle mais elle l'accueillit avec un sourire.

— Tu n'y es pas allé de main morte, cette fois. Il est remonté comme un coucou.

— Tu veux parler du sous-directeur ?

— Lembo, oui. Il n'avait même pas remarqué ton article, mais les coups de fil n'ont pas arrêté… J'ai répondu jusqu'à ce que ta ligne directe se mette à sonner, puis, sur le standard, ils ont commencé à demander le directeur.

— Enfin, un peu d'animation dans ce trou du cul ! s'exclama Malinverno en s'asseyant et en étendant les jambes sur son bureau.

— On a entendu jusque sur la place un hurlement provenant du bureau de l'Everest. Puis Tommaso est sorti pour essayer de te trouver… j'ai cru qu'il allait faire un infarctus, lui aussi. Il avait le visage couvert de taches rouges, on aurait dit des fraises, et il ne respirait pas, il soufflait comme une locomotive.

— Ça lui apprendra à reconnaître un scoop quand je lui en propose un, à cet enfoiré… Je ne le laisserais même pas régler la circulation… alors, pour ce qui est de diriger un journal…

En lui tendant le gobelet de café, Sonia prit une expression boudeuse.

— Monsieur Lembo t'attend dans son bureau.

Tu veux dire dans celui d'Orefici. Malinverno vida le gobelet et se dirigea vers le bureau du sous-directeur, avec flegme.

— Garde ton calme, hein ! lui cria Carla Tesei.

Il leva un bras, paume de la main grande ouverte, sans se retourner.

— Sois tranquille, je ne lui ferai pas de mal, à ton sous-directeur.

Devant la porte de la pièce momentanément occupée par Lembo, il trouva un petit groupe de collègues qui parlaient à voix basse. Ils se dispersèrent dès qu'ils le virent, non sans lui lancer des regards de compassion. Les mêmes regards qu'ils auraient réservés à un condamné se dirigeant vers la guillotine.

Ils ne lui adressèrent toujours pas la parole : tant mieux, cela évitait les phrases de circonstance.

— On peut ? lança-t-il hardiment, en frappant à la porte ouverte.

Le sous-directeur était debout devant la fenêtre fermée, il regardait la place en contrebas.

— Entre, entre donc, ce sera rapide, lui dit-il en guise de bienvenue.

Malinverno attendit qu'il lui débite un flot de reproches.

— Tu es barré, Leo, lui dit l'autre, imperturbable, sans même lever la tête.

Je suis fou ou je suis viré ?

— Qu'est-ce que tu veux dire ? Tu pourrais préciser un peu ?

Lembo retourna à son bureau, sans s'asseoir.

— Je ne sais pas ce que décidera Orefici quand il reviendra… s'il revient. Moi, je ne travaille plus avec toi, prends de longues vacances, tu peux sortir.

Un éclair traversa le regard de Malinverno.

— Je m'en vais, mais tu commets une erreur. Ou plutôt, tu en as déjà commis deux.

Lembo se pencha en avant, les mains appuyées à son bureau, à quelques centimètres du portrait encadré d'Orefici, souriant en compagnie d'un des derniers présidents du Conseil.

— Je t'écoute : quelles seraient ces deux erreurs ?

— La première a été de ne pas évaluer à sa juste mesure un scoop qui a fait le tour de toutes les rédactions. Et maintenant, comme tu refuses d'admettre que tu t'es trompé, tu me renvoies. Deuxième erreur.

Les yeux du sous-directeur exprimaient le dégoût.

— Par certains côtés, ta présomption est admirable.

— Ce n'est pas de la présomption, dit Malinverno en gardant un ton neutre. Juste du réalisme. Tu n'as pas voulu que je rédige l'article pour le journal… je me suis rabattu sur un billet de blog et même ça, ça ne te plaît pas. Je pense que tu devrais en parler avec Orefici à son retour.

L'autre lui indiqua la porte.

— Sors, s'il te plaît.

Sur le seuil, Malinverno lui asséna le coup de grâce.

— Tu sais combien de fois mon blog a été visité ce matin ? Deux cent mille. Autant d'exemplaires que tu as fait perdre au *Globo*.

7

— Et maintenant, que vas-tu faire ? lui demanda Eimì avec appréhension, au téléphone.

— Occuper mon temps n'est sûrement pas un problème… j'ai des tonnes de lectures et Rome est une compagne un peu âgée mais pleine de ressources !

— Tu me manques, Leo. Pourquoi ne reviens-tu pas ici ?

— Toi aussi tu me manques. Mais j'ai une idée et je dois tout faire pour la réaliser, je t'en parlerai plus tard. Et puis, tu as tellement d'amis de ton âge…

— Ils m'ennuient.

Il pouvait la comprendre. Durant les jours passés à Santorin, les rares fois où ils s'étaient retrouvés en groupe avec des amis de son âge, il s'était ennuyé lui aussi alors que cela ne lui arrivait jamais. Des jeux stupides avec l'eau, des conversations plates, des bons mots débiles, quelques parties de cartes ou de ping-pong… il n'en pouvait plus.

Avec une pointe de jalousie, il pensait qu'à vingt ans, il y a d'autres façons de passer son temps, mais il se garda de le dire à Eimì. Au contraire, il lui dit au revoir avec tendresse.

Les jours suivants, à part quelques SMS romantiques, il n'eut pas d'autres échanges avec la jeune fille.

Il réussit à lire quatre romans, entre autres le très beau *Jardin des Finzi-Contini* de Giorgio Bassani et *La Route qui mène à la ville* de Natalia Ginzburg, un portrait sans concession de la condition féminine au début du XXe siècle, dépouillé, un livre qui allait à l'essentiel.

Après la tempête provoquée par ses révélations sur son blog, il n'y avait pas eu d'articles significatifs concernant le tueur en série, et le major Sgrò ne l'avait pas contacté.

Un drôle d'individu : difficile de savoir comment se comporter avec lui.

Le matin, Malinverno allait faire son jogging à la villa Ada ; le soir, il choisissait un film projeté dans une des nombreuses arènes ou un concert en plein air dans un des parcs de la ville. La chaleur lui ôtait l'appétit. Il se nourrissait de fruits et de grandes salades de laitue, tomate et roquette, auxquelles il ajoutait du thon, de la mozzarella et des œufs durs.

Il ne lui avait pas été possible de voir Pietro Orefici, toujours en réanimation.

La pression du travail au journal lui manquait.

Il organisa une soirée grillades dans son jardin pour parler de son projet avec Gerardo Coppola. Et il était sûr que Lembo, convaincu de l'avoir neutralisé une fois pour toutes, se mordrait les doigts lorsqu'il l'apprendrait.

Derrière sa maison, il avait fait installer un barbecue avec une plaque en pierre ollaire. Ils dévoraient des saucisses et des biftecks arrosés de bière glacée, sous la pergola recouverte de glycine. Ce soir-là, il soufflait un bon petit vent d'ouest.

— Tu penses que ça peut marcher ? demanda Malinverno.

Comme tous les jeunes de son âge qui étaient à l'aise avec l'informatique, Gerry se montra enthousiaste.

— Un site web personnel ? Pourquoi pas ? Bien sûr. Il suffit d'acheter un domaine, par exemple leonardomalinverno.it, de choisir une interface graphique à ton goût, et tu pourras publier tout ce que tu voudras. Textes et photos.

— J'en serai capable ?

— Il y a des programmes très faciles à utiliser. Laisse-moi faire !

Après le dîner, ils montèrent dans la petite tour au sommet de la villa de la via Pomarance, là où se trouvait le bureau de Malinverno, inondé de lumière pendant la journée. En guise de tableaux, les grandes baies vitrées avec le ciel bleu ou bien, comme ce soir-là, le scintillement des étoiles.

Carte de crédit à la main, ils enregistrèrent le domaine. Ils travaillèrent jusqu'à une heure du matin, et quand Coppola annonça son départ, le site était fin prêt.

Simple, parfaitement adapté à sa fonction.

— Merci, Gerry, tu es irremplaçable !

— C'est la première fois qu'un homme me le dit… ça me fait un certain effet…

— Espèce de pédale…

— Comment tu le sais ?

Il lui ferma le portail au nez. Rentré chez lui, il souriait encore.

Que cela plaise ou non à Sgrò, et à la barbe de Tommaso Lembo, il se mettrait sur les traces du tueur en série. Car une chose était claire : c'était de cela qu'il s'agissait.

8

Le lendemain, Malinverno passa à l'hôpital pour rendre visite à Pietro Orefici ; il espérait avoir plus de chance que les jours précédents. Mais comme les autres fois, il trouva les portes du service fermées, interdites à qui n'était pas un parent proche des malades.

Il rencontra justement Evelina qui en sortait. Toujours belle malgré ses yeux cernés, l'air abattu, sans mise en plis.

— Bonjour, vous vous souvenez de moi ?

Elle lui tendait la main.

— Bien sûr. Si j'ai bonne mémoire, on se tutoyait…

— C'est vrai. Comment va… il faillit dire *l'Everest*, mais il se reprit à temps. Comment va le chef ?

— Comment veux-tu qu'il aille… Viens, accompagne-moi au bar, j'ai besoin d'un cappuccino et de manger quelque chose.

En jean et en tee-shirt blanc, elle avait l'air d'une lycéenne qui va passer son bac. Ils s'assirent à l'une des tables à l'extérieur. À cette heure, le soleil était encore supportable pour Malinverno.

— Tu peux me donner des nouvelles de Pietro ?

Evelina, qui avait avalé la moitié de sa brioche en une seule bouchée, parla la bouche pleine.

— Il s'est réveillé, mais il est encore intubé.

— Et les médecins, qu'est-ce qu'ils disent ?

Elle s'essuya la bouche avec une serviette.

— Il n'est pas sorti de la phase critique. Le diagnostic vital restera engagé tant qu'ils n'auront pas décidé qu'il peut respirer de manière autonome…

Elle avait fini sa phrase, la voix brisée par l'émotion.

Malinverno était surpris de la voir si affectée, quand il repensait à ses précédents avec Ascanio Restelli, et aux rumeurs qui circulaient sur la liberté au sein de son couple.

— Tu verras, il va s'en tirer… c'est un dur à cuire, qu'est-ce que tu crois ?

— Je ne sais pas… Ses yeux s'embuèrent. Il s'est négligé ces dernières années et on m'a dit que son cœur avait beaucoup souffert. C'est peut-être ma faute…

Elle fondit en larmes. Il lui prit la main sur la table.

— Allons, Evelina, pourquoi veux-tu que ce soit ta faute ? Pietro est un homme robuste… responsable de ses propres actions.

Elle secoua la tête.

— Tu ne sais pas… tu ne sais pas…

Je sais très bien, au contraire.

— Je suis désolé d'avoir gâché ton petit-déjeuner. Je ne croyais pas…

Elle retrouva une certaine énergie.

— Qu'est-ce que tu ne croyais pas ? Que je n'étais pas touchée par ce qui arrive à mon mari ?

Il se contenta de la regarder de manière éloquente.

— Oui, il y a plusieurs années d'écart entre nous. Il n'y a rien de physique dans notre relation… mais je l'aime. J'éprouve une grande tendresse pour lui, comme pour un père ou un grand-père.

Il pensa à lui-même et Eimì : entre eux, cela marchait bien sexuellement. Mais jusqu'à quand ? Il s'imagina à soixante ans et ressentit une douleur aiguë. Une gastrite ? Il n'en avait jamais souffert, mais c'était possible.

Evelina le détourna de ses pensées.

— Comment ça se passe au journal ?

Il lui raconta les dernières péripéties et elle parut contrariée.

— Pietro n'a jamais beaucoup apprécié Lembo, dit-elle.

— Bon à savoir !

Il la regarda manger sa deuxième brioche avec entrain. Les femmes qui assumaient leur appétit lui plaisaient.

— Toi, en revanche, tu lui es sympathique, ajouta-t-elle, avec des miettes aux commissures des lèvres.

Malinverno les lui enleva avec une serviette.

— Je ne m'en étais pas rendu compte, je te remercie. Lui, il est comme ça… difficile de savoir ce qui lui passe par la tête. Pourtant il est bon, généreux et tendre à sa façon. Et il m'a toujours dit que le *Globo*, c'est toi.

— C'est le jour des révélations !

— Tu sais que je voulais être journaliste moi aussi ?

— Laisse tomber… c'est un sale métier.

— Oui, je m'en suis aperçue. C'est comme ça que j'ai fait la connaissance de Pietro, en lui demandant un entretien.

Il n'imaginait pas le chef en version "profiteur sans scrupules".

— Qui a fait le premier pas ?

— Lui. Il m'a invitée dans un restaurant très chic sur le Janicule, avec une vue sur Rome à couper le souffle.

— Et après ?

Evelina sourit et le soleil parut briller davantage.

— J'ai compris que l'épouser pouvait être une opportunité plus intéressante que de me faire embaucher.

Elle pouvait dire des choses terribles sur un ton suave.

— Vois-tu, moi, je n'ai jamais eu une telle possibilité…

— Un conseil : ne le disons pas à ces sorcières de féministes !

— Tu es folle…

Ils rirent de cet échange, et Malinverno ne put s'empêcher de penser qu'avec Eimì, il n'avait jamais éprouvé une telle sensation de légèreté.

— Tu me raccompagnes chez moi ? demanda Evelina, qui semblait avoir oublié l'état de son mari.

— J'ai mon scooter…

— Ça ira très bien !

Il lui tendit le casque et, pendant qu'elle l'enfilait, il vit l'éclat de ses cheveux blonds qu'elle rejetait brusquement en arrière.

Durant le bref trajet jusqu'à la villa de Monteverde, il la sentit s'accrocher à lui. À la différence de la chaleur atmosphérique, celle de son corps lui était agréable.

— Donne-moi ton numéro de portable, Leo, dit-elle une fois qu'ils furent arrivés à destination. Je vais t'appeler, comme ça tu pourras mémoriser le mien.

Elle lui déposa un baiser sur la joue.

Pendant qu'elle disparaissait derrière le portail, Malinverno tenta de chasser les fantasmes qu'elle avait réveillés en lui.

9

L'architecte Marzio Zega le reçut, visiblement agacé par ce qu'il devait considérer comme une perte de temps.

Averti par sa secrétaire, il sortit de son bureau, alla à sa rencontre sans lui tendre la main et le conduisit dans une petite salle avec une table ovale, de grandes peintures modernes sur les murs et des kentias qui arrivaient jusqu'au plafond.

En entrant, il dit à la jeune femme qui le suivait, bloc-notes à la main et stylo entre les doigts, quelque chose à propos d'un WC qui était de nouveau bouché.

— Et appelez-moi dès qu'Ignazio Piperissa sera arrivé, je ne veux pas faire attendre mon client. Puis, s'adressant à Malinverno : Asseyez-vous et excusez-moi… je n'ai pas compris la raison de votre présence. Vous êtes ici à quel titre ?

— Je dirais… à titre d'information, vu que je suis journaliste.

L'architecte s'assit à la place qu'il occupait quand, lors des réunions, il voulait dominer les participants. Malinverno était à sa gauche.

— J'ai déjà tout raconté au major Sgrò. Je ne vois pas en quoi je peux vous être utile.

S'il n'avait pas su quel était son métier, Malinverno aurait pu le prendre pour un conseiller financier. Il était vêtu de manière particulièrement élégante : costume foncé, chemise blanche avec ses initiales brodées sur les poignets, boutons de manchette en or. Très bronzé, légèrement enrobé, cheveux blonds comme les blés, soigneusement coiffés et fixés avec du gel.

— Je suis ici pour en savoir un peu plus sur Sabrina Olcese… On m'a parlé d'elle en tant que victime d'un meurtre, j'aimerais la connaître en tant que personne, essaya-t-il de lui expliquer.

— Voyez-vous, monsieur…

— Malinverno, Leonardo Malinverno.

— Voyez-vous, monsieur Malinverno, je ne la connaissais pas beaucoup… je veux dire en dehors du travail. Nous n'avions pas souvent l'occasion d'aborder d'autres sujets que ceux concernant nos clients.

— Sur quoi travaillait-elle récemment ?

— Elle faisait partie de mon atelier depuis moins d'un an. Et je n'ai jamais regretté de l'avoir embauchée… Elle suivait l'installation d'une grande surface dédiée aux livres et à la musique, la restructuration d'une villa sur la via Appia Antica et donnait des conseils pour l'aménagement de certains espaces au Salon du meuble.

— Beaucoup de travail pour une seule personne.

— Vous ne pouvez pas comprendre. C'était une excellente recrue : éclectique, toujours positive…

Malinverno essaya d'écorner un peu le portrait idéal tracé par Zega.

— Il n'y a jamais eu de dispute ou de motifs de mécontentement entre vous ?

— Non, jamais. Sinon je l'aurais renvoyée, vous ne pensez pas ?

— Comment l'avez-vous connue ?

L'autre éleva la voix d'un ton.

— De la manière la plus classique qui soit. Elle m'avait envoyé un curriculum vitæ par mail, excellent, master et études à l'étranger. Il reflétait ses capacités professionnelles de décoratrice et d'architecte d'intérieur, qui lui avaient valu plusieurs prix.

— Vous avez donc décidé de l'embaucher ?

— Eh bien, j'ai d'abord tenu à la rencontrer. Je lui ai proposé un rendez-vous pour un entretien et elle m'a demandé deux jours de réflexion afin de s'organiser, car son employeur précédent devait lui donner une autorisation.

— Deux jours avant de venir vous parler !

— Mais oui. Elle vivait à Milan, dit-il, comme si c'était une évidence.

— Ah oui ? Je ne le savais pas. Malinverno réfléchit quelques instants. Chez qui travaillait-elle auparavant ?

— Il faudrait que je récupère ce fameux curriculum. Vous me prenez de court, je ne m'en souviens pas. Si j'ai bonne mémoire, il doit y avoir aussi, dans son dossier, une lettre de recommandation.

— Vous pourriez peut-être me la montrer…

— Demandez à ma secrétaire en sortant.

Malinverno revint à la charge.

— Pourriez-vous me dire pourquoi diable une architecte diplômée décide de quitter Milan, où les possibilités de travail ne lui faisaient sûrement pas défaut, pour s'installer à Rome et repartir de zéro ?

Marzio Zega leva un sourcil.

— Ça, il n'y a que Sabrina qui pourrait le dire, vous ne croyez pas ? Elle en avait peut-être assez de ce milieu, et elle avait envie de changement…

— Vous devez bien avoir votre idée là-dessus !

— Non, absolument pas. Elle m'a juste dit que pour elle, venir vivre à Rome n'était pas un problème, au contraire…

— Au contraire ? Continuez, je vous prie.

— Elle m'a paru surtout désireuse de tourner la page. Comme si elle voulait changer de vie.

— Pourquoi, d'après vous ?

L'architecte ne put réprimer un geste d'impatience.

— Je vous ai déjà dit que nous ne parlions pas de sujets personnels, monsieur Malinverno. Je l'ai juste aidée à trouver un logement et quelqu'un pour faire de menus travaux chez elle, changer le papier peint, installer une prise électrique… ce genre de services.

— Vous m'autorisez à parler avec vos autres collaborateurs ?

— Faites donc, mais je vous recommande… la discrétion. Je ne veux pas que cette chose nuise un peu plus à notre réputation déjà mise à mal.

— Cette chose, dites-vous ? Il s'agit d'un meurtre.

Zega coupa court, profitant de l'arrivée de la secrétaire qui, sur le seuil de la porte à laquelle Malinverno tournait le dos, devait lui avoir adressé le signe convenu.

— Il faut que je vous laisse, à présent. Sandrina fera venir ici les autres architectes, Duranti et Iozzia… si c'est compatible avec leurs obligations, que je ne connais pas. J'ai rendez-vous avec un de mes clients, excusez-moi.

Il quitta la pièce sans même lui serrer la main.

Quelques minutes après, Malinverno entendit frapper et avant qu'il ait donné une réponse, il vit la porte s'ouvrir. Une femme à l'apparence raffinée apparut, en tailleur clair à rayures un peu plus foncées.

— Bonjour.

— On m'a dit que vous m'attendiez ici.

— Oui. Venez, je vous en prie…

Ils se présentèrent, puis Clelia Iozzia prit place en face de lui, de l'autre côté de la table. Elle avait les cheveux courts et était à peine maquillée, ses taches de rousseur lui donnaient un air sympathique.

— L'autre architecte, Duranti, va nous rejoindre ?

— Je ne peux pas vous le dire, je n'ai pas son agenda, comme vous pouvez l'imaginer, répondit-elle sur un ton tranchant, se révélant moins affable qu'elle n'en avait l'air. Si vous pouviez être bref, en revanche, je vous en serais reconnaissante. J'ai beaucoup de travail.

Il regarda ses mains sur la table en bois foncé : les doigts croisés, contrairement au reste de la silhouette, étaient peu soignés, les ongles rongés, les petites peaux soulevées, avec de minuscules blessures et des croûtes.

— Je voudrais que nous parlions de Sabrina.

— Dites-moi, je ferai mon possible…

— Vous étiez amies ?

Elle inspira et expira bruyamment.

— Amies, pas vraiment. De bonnes collègues, plutôt. Nous sortions parfois ensemble pour une promenade dans les alentours. Une ou deux fois, le soir. Rien de plus.

Accent napolitain, soigneusement plié aux normes de l'italien "correct".

— Pourriez-vous me dire, alors, pourquoi elle avait quitté Milan ? demanda Malinverno. Une femme comme elle, avec son expérience, ses compétences, dans la ville de la mode, du design, du luxe… pourquoi a-t-elle choisi de venir à Rome ? Elle n'aurait pas eu plus d'opportunités chez elle ?

Clelia esquissa un sourire.

— Elle aurait sûrement gagné davantage.

— Comment ? Vous n'êtes pas bien payés ici ?

Elle parut regretter cette révélation involontaire.

— Non, ce n'est pas ça… bien sûr, elle m'a dit combien elle gagnait à Milan, et les chiffres sont très différents, dit-elle, essayant de rectifier le tir.

— Raison de plus pour ne pas déménager.

Elle prit son temps avant de répondre.

— Je crois qu'elle n'avait pas une bonne relation avec son père. Sa mère était morte il y a deux ans, je crois, et lui s'était mis en ménage avec une autre femme. La chose n'avait pas beaucoup plu à Sabrina… je dirais même qu'elle ne lui avait pas plu du tout.

— Elle vous en a parlé ?

— Quelques allusions. Mais elle n'a pas passé les dernières fêtes avec son père, ni à Noël ni à Pâques.

— Des frères et sœurs ?

— Je ne pense pas qu'elle en avait, en tout cas elle ne m'en a jamais parlé.

— À votre avis, cette situation familiale la faisait-elle souffrir ?

— Ce n'était pas ça, non. Quelques phrases par-ci par-là, quelques réflexions un peu amères… rien de plus.

— Et ici, au bureau ? Elle s'était bien intégrée ?

— Zega, l'architecte, avait beaucoup d'estime pour elle…

Malinverno attendit quelques secondes, au cas où elle aurait voulu en dire un peu plus.

— Mais ce n'est pas cela que je vous ai demandé.

— Qu'est-ce que vous m'avez demandé, alors ?

— Comment cela se passait-il entre vous ? Dans le domaine purement professionnel, entre vous et Sabrina et entre Sabrina et Giorgio Duranti… Il la vit se crisper imperceptiblement en entendant le nom de son collègue. Y a-t-il eu des rivalités, ou autre chose ?

— Chacun de nous suit ses propres projets, ses propres clients… Non, je ne parlerais pas de rivalités…

Il perçut sa réticence, et insista.

— De l'amitié ?

— Je vous l'ai déjà dit, je ne la considérais pas comme ma meilleure amie. Mais en ce qui me concerne, nous avions une relation amicale, oui.

Elle ne lui disait pas tout et il décida de la titiller un peu.

— Je vous rappelle qu'il y a eu un meurtre.

— Et moi, je vous rappelle que je travaille ici, répliqua-t-elle, piquée au vif. Je vous laisse imaginer notre état d'esprit.

Malinverno se souvint de la formule utilisée par Clelia peu de temps auparavant.

— *"Ce n'était pas ça…"* Qu'entendiez-vous par là, quand je vous ai demandé si cette situation familiale faisait souffrir Sabrina ? Vous pensez qu'elle avait d'autres soucis ?

De toute évidence, elle était embarrassée, nerveuse.

— Je ne peux pas en dire plus… parce que je n'en sais rien, et il n'y a pas d'autre raison. Elle jouait avec son long collier d'ambre. Pourquoi insistez-vous ?

— Il ne vous est jamais arrivé de sortir en groupe ? Y compris avec Zega, l'architecte ?

— Non, jamais.

— Et vous trois ? Vous, Giorgio Duranti et Sabrina ?

— Il n'aurait plus manqué que ça, répliqua-t-elle.

Malinverno avait vu juste.

— Que voulez-vous dire ?

— Rien.

— Des sorties à deux, alors ?

Clelia Iozzi perdit patience.

— Monsieur Malinverno, je vous ai dit qu'il nous est parfois arrivé de nous promener… maintenant, si vous voulez bien m'excuser…, dit-elle, en faisant mine de se lever.

— Non, attendez un instant. C'est important.

La femme se rassit sur sa chaise.

— C'est bon, mais quelques minutes seulement. Je dois passer un coup de fil important à l'étranger.

— Ce que vous me direz restera entre nous. Si vraiment, comme vous le soutenez, vous aviez une bonne relation avec Sabrina, vous devez me dire tout ce que vous savez…

Elle essaya de l'interrompre.

— Je ne sais rien.

— … ou alors, je me verrai contraint de confier mes soupçons au major Sgrò, conclut Malinverno.

Elle répondit, d'une voix soudain lasse :

— Tâchez de comprendre. Je suis dans une situation compliquée.

— Je vous comprends très bien.

— Sabrina et Giorgio…

Elle regarda alentour, comme pour s'assurer qu'il n'y avait personne dans la pièce, puis elle abandonna toute réserve.

— Ils avaient commencé à sortir ensemble, à se fréquenter.

— En amis ?

— Non. Pas en amis, reconnut Clelia.

— Ils entretenaient une relation ?

Elle acquiesça en silence.

Malinverno poursuivit, implacable :

— Elle a commencé combien de temps après que Sabrina a été embauchée par Zega ?

— Je dirais deux mois. Avant Noël, c'est sûr.

— Qu'est-ce qui vous rend si sûre ?

— Voyez-vous, nous avions organisé un séjour à la neige entre Noël et le Jour de l'an, à Chamonix… mais Giorgio a préféré y renoncer pour rester avec elle.

— Vous et Duranti, ensemble, à la montagne ?

— Avec d'autres amis. Nous nous sommes connus sur les bancs de la fac, ici, à Rome.

— Je comprends. Cette relation entre Sabrina et Giorgio a mis à mal votre amitié ?

La question prit Clelia de court.

— Entre Giorgio et moi ? Non, non, pourquoi ?

Tu t'es trahie, se dit Malinverno.

— Je voulais dire, l'amitié entre Sabrina et vous, précisa-t-il avec un sourire.

À ce moment-là, Clelia comprit qu'elle devait dire la vérité : ses réticences n'auraient fait qu'engendrer des malentendus.

— Eh bien, quand j'ai vu que Sabrina était très éprise de Giorgio, j'ai pris mes distances.

— Mais cela vous a surtout contrariée pour lui ou pour elle ?

— Je connais Giorgio depuis vingt ans, je vous laisse juger, dit Clelia en croisant les bras.

— Vous le connaissez… dans quel sens ?

— Vous voulez savoir s'il y a eu quelque chose entre nous ?

Malinverno se contenta de la regarder de manière éloquente, en inclinant imperceptiblement la tête.

— Disons que oui, finit-elle par reconnaître. Même si je ne pense pas que Giorgio s'en soit jamais aperçu.

— Que voulez-vous dire ?

Clelia capitula.

— Nous avons couché ensemble, Malinverno. Et plus d'une fois… chaque fois que Giorgio l'a voulu…

— Chaque fois que vous l'avez voulu…

— On voit que vous ne le connaissez pas. Giorgio ne fait que ce qu'il décide, lui. Nous avons eu des relations sexuelles mais pour lui, ça s'est arrêté là.

— Il n'a pas compris que vous l'aimiez ?

— Aimer… Elle accompagna ce mot d'un sourire amer. Vous les hommes, savez-vous ce que c'est vraiment, l'amour ?

— Ne généralisez pas, je vous en prie.

— Giorgio est le type même du macho, croyez-moi, et il ne sait pas ce qu'est l'amour, il ignore ce que sont les sentiments, le don de soi… Elle parlait sans retenue, à présent. Il ne suit que ses propres pulsions, et je dirais qu'il semble très satisfait de lui-même.

— Il se comportait de la même façon avec Sabrina ?

— Pourquoi pas ? laissa-t-elle échapper. Elle était spéciale, peut-être ?

— Dites-moi, est-ce que Sabrina se confiait à vous ? Est-ce que cette situation lui déplaisait ?

Clelia s'éventa avec une feuille de papier.

— Une fois, elle a essayé de me dire que Giorgio était un très bon amant, mais je lui ai fait comprendre que je n'appréciais pas.

— Je vous ai demandé si vous lui aviez confié vos doutes au sujet de Giorgio.

— Non, jamais.

— Très bien, madame l'architecte, je vous remercie…

— Mais cette fille n'était pas heureuse, ajouta Clelia.

— Que dites-vous ?

— Sabrina. Elle était très éprise de Giorgio. Mais elle n'avait pas l'apparence d'une fille heureuse d'avoir trouvé l'homme de sa vie.

— Vous avez raconté tout cela au major Sgrò ?

— Non. Personne ne me l'a demandé, se justifia-t-elle.

Elle parut s'éteindre. Débarrassée du poids qu'elle avait sur la conscience, elle pouvait cesser de feindre.

10

La secrétaire de Marzio Zega l'informa que Duranti, l'architecte, avait dû quitter son bureau de toute urgence à la suite d'un rendez-vous imprévu en banlieue.

Notre bavardage n'est que partie remise, tu peux en être sûr.

À ce moment-là, Malinverno n'aurait pas pu expliquer pourquoi, mais il sentait que son entretien avec Clelia Iozzi avait suscité en lui une vague inquiétude.

En descendant à pied, il rencontra au rez-de-chaussée, devant la porte de l'ascenseur, Adelfa Maiorini, l'actrice. Vêtue d'une blouse en chanvre couleur amarante qui lui arrivait presque jusqu'aux pieds, chaussée de sandales plates en cuir, les cheveux teints en vert émeraude, l'air de qui ne daigne s'intéresser aux autres que par pure courtoisie.

— C'est bien vous ? lui demanda Malinverno, exagérant sa stupéfaction.

Mais bien sûr, c'était elle. La diva le reconnut avec un sourire d'une bienveillance forcée, les dents serrées.

— Vous ne savez pas, madame, depuis combien de temps je vous admire !

— *Depuis combien de temps*, dites-vous… comme c'est gentil.

Il se présenta.

— Leonardo Malinverno. Je suis journaliste.

— Moi aussi je vous connais. Je vous lis dans le *Globo*. Et j'ai tous vos livres, dit-elle en lui tendant une main qui exhibait une bague voyante.

Il lui fit un baisemain impeccable. Pour se faire pardonner la gaffe de l'entrée en matière.

— Comme vous êtes galant !

— Merci, madame. C'est vous qui êtes gentille.

— Vous montez chez moi ? Je vous offre quelque chose à boire… il fait si chaud.

Elle habitait au dernier étage, avec une vue imprenable sur l'escalier de la Trinità dei Monti orné d'azalées roses. Sur la vaste terrasse avec des plantes à profusion, des tentures blanches masquaient le soleil. Dans de grands pots en terre cuite, plusieurs rosiers bien taillés.

Ils s'assirent sur des canapés en rotin garnis de coussins en toile écrue.

— Dites-moi, Malinverno, de quoi avez-vous besoin ?

Il sourit.

— Comment avez-vous deviné que j'avais besoin de quelque chose ?

— Ce n'est pas sorcier. Si une femme comme moi est abordée par un homme comme vous, il y a une raison… qui ne peut être "la" raison, ajouta-t-elle, amusée. À moins que je ne vous paye, mais vous ne m'avez pas l'air de quelqu'un qui a besoin d'argent.

— On voit que vous avez étudié la diction ! Vous jouez sur les accentuations des mots en montant et descendant, comme un manège, dit-il pour la flatter.

— Le fait est que j'ai largement dépassé l'âge des Milf…

— Ne vous dévalorisez pas, madame, vous êtes fascinante.

Elle parut apprécier le compliment.

— Appelez-moi Adelfa, je vous prie.

— À condition que vous m'appeliez Leo !

Une femme de chambre, précédée d'un yorkshire grassouillet, apporta un plateau chargé de boissons et d'amuse-gueule salés.

— Je prendrai un Campari Shakerato. La même chose pour vous, Leo ?

Il regarda sa montre.

— Non, à cette heure-ci… je préférerais un verre de vin blanc, merci.

— Vous savez, Leo, que je connais votre directeur ?

Comme tu te trompes…

— Vraiment ?

— Surtout sa femme… Ils sont venus dîner ici plusieurs fois. Avec Evelina, il nous arrive de jouer aux cartes.

Après les avoir servis et avoir dit à madame que Luigia Citran avait appelé, la femme de chambre les laissa de nouveau seuls.

Son *tumbler* à la main, Adelfa Maiorini enleva ses sandales et, pour s'asseoir en tailleur, elle souleva sa blouse plus qu'il n'était nécessaire. Souple pour son âge – elle devait avoir dépassé les quatre-vingts ans –, portée par la désinvolture de sa beauté passée.

Le petit chien se blottit à côté d'elle et se mit à lui lécher la main.

Malinverno se demandait s'il devait lui dire qu'Orefici était à l'hôpital.

Adelfa se chargea de le tirer d'embarras.

— L'autre jour, je suis allée voir Evelina pour avoir des nouvelles de Pietro. Chez elle, car ils ne laissaient entrer personne en réanimation. Le pauvre… mais il l'a bien cherché. Obèse et plein de vices. J'imagine qu'à présent, les choses devront changer.

C'est vous qui le dites, en vous sifflant du Campari à cette heure-ci ?

— Oui. Espérons qu'il s'en sorte. Mais si je suis ici, c'est pour parler du meurtre qui s'est produit dans l'immeuble.

— Quelle sale histoire. Il faut vraiment que nous en parlions ? Je suis si triste à l'idée que Sabrina a été tuée… à quelques mètres d'ici.

Elle l'avait appelée par son prénom, sur le ton affecté des vieux théâtreux.

— Vous la connaissiez ?

— La connaître, c'est beaucoup dire… Nous échangions parfois quelques amabilités devant la porte d'entrée. Une fois, pour la remercier d'un service qu'elle m'avait rendu, je l'ai invitée au théâtre, à un de mes spectacles.

— De quel service s'agissait-il ?

— C'était un jour férié, peut-être le 6 janvier… Oui, je me souviens d'avoir marché pour chercher un bureau de tabac ouvert, c'était le 6. J'avais dit à Connie, mon employée philippine, qu'elle était libre – elle indiqua de la main l'intérieur de l'appartement. Une fois rentrée après avoir acheté des cigarettes, je me suis rendu compte que j'avais claqué la porte en partant, laissant mes clés et mon portable à l'intérieur.

Il était impatient de savoir.

— Qu'est-ce que Sabrina Olcese a à voir avec cette histoire ?

— Laissez-moi finir… Par chance, alors que je descendais pour chercher de l'aide, je l'ai croisée dans l'escalier.

— Elle vous a prêté son portable ?

— Elle a fait beaucoup plus. Elle m'a conseillé de m'adresser à quelqu'un qu'elle connaissait, qui faisait des petits travaux.

— Il y est arrivé ?

— Tout de suite, avec une radiographie. Le type a été très gentil, rapide, pas cher. Un 6 janvier… il aurait fallu que j'appelle les pompiers s'il n'avait pas été là.

— C'était un ami de Sabrina ?

— Je ne crois pas. Elle m'a dit qu'elle avait fait sa connaissance lorsqu'il avait repeint sa maison quand elle s'est installée à Rome. Puis il est revenu pour réaménager ma terrasse, il sait tout faire, il est aussi très bien pour s'occuper des plantes…

— Ah, j'aurais besoin de lui pour mon jardin !

— Je dois avoir son prospectus quelque part, je crois qu'il s'appelle Michele, je vous le donnerai.

— Merci. Revenons à Sabrina Olcese, si cela ne vous contrarie pas.

— Cela me contrarie, en effet. C'était une jeune femme très réservée, bien élevée. Une brave fille, dirai-je. En attendant l'arrivée du type, elle m'a proposé de m'installer dans son bureau. Elle indiqua l'étage du dessous, comme s'il s'agissait des enfers. Dans le bureau de Zega, là-dessous.

— Elle travaillait un jour férié ?

— Elle m'a dit que cela lui arrivait souvent, qu'elle n'avait personne à Rome et que, par conséquent, elle n'avait pas de problème pour s'occuper du travail en retard ou pour faire face aux urgences, les jours fériés. Si tous les jeunes étaient comme elle…

Malinverno eut l'impression qu'elle était émue.

— Dites-moi encore une chose, Adelfa. Elle est venue seule au théâtre ?

Elle écarta les bras.

— Ça, Leonardo, je ne peux pas le savoir !

Il tenta une autre manœuvre.

— Après le spectacle, elle n'est pas venue vous saluer dans votre loge ?

— Bien sûr que si. Mais elle était seule.

— Ah, vous voyez…

— Mais je ne peux pas vous dire si un ami ou une amie l'attendait dans la salle ou à la sortie.

— C'était l'objection que j'allais vous faire. Vous lui aviez fait réserver deux places ?

— Oui, comme toujours. En général, on va au théâtre à deux.

— Quand vous l'avez dit à Sabrina, a-t-elle fait des objections ?

— Dans quel sens ?

— Vous a-t-elle dit qu'elle n'avait besoin que d'un seul billet ?

— Non, elle ne m'a rien dit, elle m'a remerciée et c'est tout.

Malinverno se dit que peut-être, au théâtre, ils pourraient lui donner cette information.

— C'était à quel moment de l'année, Adelfa ?

— Le spectacle ? C'était en mars. J'ai joué pendant une semaine au Teatro Argentina, après quoi je suis partie pour une tournée dans les grandes villes du Centre-Nord. J'ai fini le mois dernier.

— Les fois où vous avez vu Sabrina Olcese, vous avez eu l'impression que c'était une jeune femme sereine ?

Elle réfléchit un peu, en se mordant la lèvre inférieure.

— Sereine ? Je ne l'aurais pas définie ainsi. Au contraire. Je dirais plutôt inquiète, même si elle faisait tout pour ne pas le montrer.

— Qu'est-ce qui vous fait dire ça ?

— Vous m'avez demandé quelle était mon impression. Elle chassa une mouche importune qui volait autour de son verre. Mais en repensant à Sabrina, quand j'ai appris le meurtre, je me suis souvenue du jour où je l'avais vue en larmes.

— En larmes ? Vous en avez parlé aux carabiniers ?

— Non, je ne m'en suis souvenue qu'après. Et de toute façon, peut-être que ça n'a rien à voir avec le crime. C'est même une certitude.

— C'était à quel moment ?

— Peut-être quinze jours avant le meurtre. Le samedi soir, j'avais fini de jouer et, comme le dimanche, à cause d'une grève des techniciens, il n'y avait pas de représentation, j'ai quitté Florence et suis rentrée chez moi pour deux jours.

— Quand avez-vous rencontré Sabrina Olcese ?

— Le dimanche après-midi, je descendais à pied et je l'ai vue sortir précipitamment du bureau. Elle était toute rouge, elle pleurait. Elle n'a pas voulu s'arrêter pour me parler… Je m'étais promis de l'appeler et je ne l'ai pas fait. Aujourd'hui, je me sens coupable.

La Maiorini ouvrit un grand éventail blanc et se mit à s'éventer.

— Vous pensez que le bureau était vide ?

— Je ne sais pas. Plus tard, je suis allée sur la terrasse et je l'ai vue rentrer avec Duranti, l'architecte.

— Vous le connaissez aussi ?

L'actrice fit tourner un grand bracelet en corail qu'elle portait au poignet droit.

— Bien sûr. C'est lui qui a refait mon appartement.

— Quand ?

— Il y a deux ans, en été.

— Quel genre d'homme est-ce ?

— Je dirais un bel homme, répondit-elle avec un éclair de concupiscence dans les yeux, sans craindre le ridicule malgré son âge.

— À quel moment Sabrina Olcese s'est-elle calmée ?

— D'ici, je n'ai pas pu voir son visage. Duranti la tenait par le coude, comme s'il la poussait dans l'entrée.

— Et cela non plus, vous ne l'avez pas dit aux carabiniers ?

— Qu'est-ce que j'aurais dû dire ? Je les ai croisés plusieurs fois tous les deux, je crois qu'ils sortaient ensemble. En tout cas, ils se fréquentaient. C'est une information ? Mais si vous pensez que c'est utile, je peux l'ajouter à ma déclaration.

— Vous m'avez été d'un grand secours, je vous remercie.

— Si vous voulez m'interviewer, je suis disponible.

C'était la demande qu'il craignait. Et elle la lui faisait, justement.

Il ne pouvait certes pas lui dire la vérité. Vu sa situation au *Globo*, il était difficile qu'ils lui permettent d'interviewer une vieille actrice un peu ringarde. Quoi qu'il en soit, il en parlerait à Vilma Diberti, la responsable des pages Culture et Spectacles. Inutile de s'adresser à Tommaso Lembo : il connaissait déjà la réponse.

— Merci, ce sera un honneur pour le *Globo* de vous accueillir sur ses pages ! osa-t-il dire, tout en souhaitant pouvoir donner suite à son mensonge. Vous me laisserez les coordonnées de votre attaché de presse ?

— Je ferai plus, Leo. Elle se pencha vers un coffret en bois posé sur la table. Je vous laisse ma carte de visite avec mes numéros directs.

Leurs regards se croisèrent un peu plus longtemps qu'il n'eût été normal. Malinverno détourna le sien le premier. Il avait déjà ses propres problèmes, il ne manquait plus que cette vieillarde exubérante.

Sur le pas de la porte, la femme de chambre lui tendit le prospectus avec toutes les spécialités de *Michele AR… DITO MAGICO – Tous services à domicile*. Il le mit dans sa poche.

11

— On est mal barrés, major ! lança le colonel sur un ton contrarié. Très mal barrés. Je suis extrêmement étonné. J'ai lu les articles de Malinverno sur le Tatoueur. Je ne vous croyais pas aussi irréfléchi… avec l'expérience que vous avez.

La force de recommencer jour après jour, d'être à la hauteur de ses fonctions, et à présent de faire face à la cruauté que le Tatoueur répandait dans la ville, le major Sgrò n'était pas sûr de la conserver encore longtemps.

À soixante-quatre ans, il rêvait de se retirer. Il espérait prendre bientôt sa retraite, alors qu'il aurait dû travailler encore quatre ans au moins. À condition, toutefois, que le colonel ne le mette pas au repos avant.

Il restait toujours cette option : commettre volontairement une erreur aussi grossière qu'impardonnable, plus grave que celle qu'il avait déjà commise et à cause de laquelle le colérique Guerrino Torreggiani s'était senti en devoir de l'appeler sur son portable.

Sgrò avait essayé par tous les moyens de lui faire comprendre qu'ils devaient se secouer, et il avait fini par tenter l'option Malinverno, mais il se garda bien de le lui rappeler. Il se contenta de lui dire :

— Désolé, monsieur…

L'autre l'interrompit aussitôt :

— Je ne veux pas entendre d'excuses. Expliquez-moi plutôt comment cela a pu arriver. Vous connaissiez ce journaliste ?

Il mentit :

— Je le connais de réputation.

— Il a écrit que les enquêteurs s'attendent à de nouveaux meurtres. Les enquêteurs, c'est nous, Sgrò.

— Je m'en doutais un peu, ne put-il s'empêcher de répondre.

— Épargnez-moi votre ironie, major. Est-ce que nous nous attendons à d'autres meurtres ?

— Je pense que oui, malheureusement.

— Le Tatoueur frappera encore ?

— Oui, colonel, tout nous le laisse supposer.

— Alors, si ce n'est pas vous… Est-il possible qu'il y ait une taupe parmi vos hommes ?

— Je l'exclus formellement !

Personne n'aurait souhaité avoir ses responsabilités.

— C'est déjà ça. Bien. Mais ce maudit Malinverno a bien eu un informateur, et je découvrirai de qui il s'agit.

Le colonel mit fin à la conversation sans même le saluer. Il était probable que, un instant après avoir posé le combiné, il était déjà occupé à magouiller pour obtenir encore plus de pouvoir. Il était dévoré par l'ambition et plus soucieux des critiques de la presse qui auraient pu entraver sa carrière, que des crimes eux-mêmes.

Walter Sgrò se dit qu'il avait sans doute eu tort d'écouter Jacopo Guerci.

Collaborer avec des journalistes ne pouvait déboucher sur rien de positif, compte tenu de son expérience d'investigateur. Et puis, ce Malinverno ne lui plaisait pas beaucoup. Plein d'enthousiasme, positif, sûr de lui. Imbu de sa personne, au fond.

Sgrò avait décidé de rester chez lui jusqu'après le déjeuner : il pourrait étudier les documents, réfléchir sur les délits de ce meurtrier que rien n'arrêtait, poussé, de toute évidence, par sa nature de psychopathe.

Après cet échange peu amène avec son supérieur, le major fut pris d'une envie soudaine de sortir.

Il avertit aussitôt la domestique, qui venait faire le ménage tous les matins, de ne rien préparer pour lui et se rendit ensuite dans la chambre de Clo, vingt ans, la fille de sa sœur : elle s'était installée chez lui pour suivre ses études universitaires. Blonde, mince, rayonnante, elle passait son temps plongée dans ses manuels d'ingénierie, une jambe repliée sous son postérieur et ses écouteurs sur les oreilles.

Il dut élever la voix.

— Je sors. Je déjeunerai à l'extérieur.

— Très bien, tonton, répondit-elle sans quitter son livre des yeux.

Il pensa à la sérénité de sa nièce, prise par ses études, par ses rêves et par les amitiés qu'elle avait rapidement nouées à Rome. Il ne parvint pas à chasser l'image de Simon Intrieri, qui avait le même âge qu'elle. Il se souvint aussi de Sabrina Olcese, à peine plus âgée qu'eux. Massacrés par le Tatoueur, écorchés comme des bêtes. Ces rapprochements le mirent mal à l'aise.

Clo aussi, soit dit en passant, avait un tatouage : une petite rose sur le poignet droit. Cela suffisait-il pour en faire la proie désignée d'un tueur en série ? Combien étaient-ils, en ce moment, à être en danger de mort ? Il se rendit compte que les recherches n'avaient que très peu avancé, et que l'envie de les faire progresser était faible.

Il se promit de veiller sur sa nièce, peut-être en la sermonnant afin de la mettre en garde sans l'alarmer.

Dans la salle de bains, il se versa vingt gouttes de Xanax dans un verre, qu'il prit dans l'armoire encore pleine des produits de beauté et des parfums d'Enrica. Il avala les gouttes après les avoir diluées dans un peu d'eau, avec une grimace de dégoût.

Tout lui rappelait sa femme, dans ce vaste appartement derrière le parc du Colle Oppio, cadeau de noces de ses beaux-parents qui avaient déménagé pour s'installer dans un autre appartement, plus petit. Lorsqu'ils étaient morts dans un accident de voiture, Enrica avait remplacé les meubles anciens en bois sombre, qui appartenaient à sa famille depuis des générations, par du mobilier au design moderne. Elle avait utilisé une partie importante de l'héritage pour enlever les papiers peints poussiéreux, les divans mités, les tentures trop somptueuses et donner à leur maison de l'air, de la lumière, de la vie.

Tout s'était bien passé pendant quelque temps. Jusqu'à ce que le nid leur apparaisse à tous deux tel qu'il était réellement : une cage aux barreaux trop solides et serrés.

Les enfants tant désirés n'arrivaient pas. La seule fois où elle avait été enceinte, elle avait fait une fausse couche au septième mois de grossesse à la suite d'une prééclampsie, et les médecins avaient dit qu'elle n'avait échappé à la mort que par miracle.

Bien que très malheureux, Walter Sgrò avait essayé de se faire une raison.

Pour Enrica, cela avait été une tragédie et elle ne s'était jamais remise de ce deuil. Elle avait même voulu une photo du fœtus parfaitement formé, à conserver telle une relique. Elle la montrait à ses amis intimes. Et à chaque fois qu'elle le faisait, cela se terminait par une dispute entre eux.

— Tu ne te dis jamais que, en faisant cela, tu mets les gens dans l'embarras ? lui répétait-il.

Enrica haussait les épaules.

— Toi, tu n'y penses jamais. Point barre.

— Je devrais penser à quoi, dis-le-moi ?

— Mais comment fais-tu… ? criait-elle.

— Tu vas m'expliquer, à la fin ?

— Tu ne penses jamais à notre fils ? Tu penses à quoi ? Tu n'y penses jamais… Comment fais-tu ? Dis-le-moi, que j'apprenne à m'en foutre, comme toi !

— Tu peux penser ce que tu veux. Ça ne m'intéresse pas.

— C'était mon fils.

— C'était *notre* fils. Mais il n'est pas né…

À ce moment de la dispute, Enrica arpentait la maison, soulevant des objets – vases en cristal, plats en argent, cendriers – et les reposant violemment à leur place.

— Le grand officier… impassible, cynique, imperméable aux émotions… et je devrais être comme lui ? Jamais de la vie…

— Arrête, tu dépasses les bornes. Tu es ridicule et, le pire, c'est que tu ne t'en rends même pas compte ! lui disait-il, la poursuivant dans le salon ou dans la chambre à coucher.

— J'en ai rien à foutre, tu vas le comprendre, à la fin ? Pour moi, la vie est finie, nous n'avons plus rien à nous dire. Si j'étais plus courageuse, je me taillerais les veines.

— Tu es malade !

L'annonce de sa mutation l'avait sauvé. Ses supérieurs hiérarchiques avaient décidé que, à trente-cinq ans, il était temps pour lui d'exercer ailleurs. Même s'il l'avait voulu, et ce n'était pas le cas, il n'aurait pas pu s'opposer à cette nouvelle affectation.

C'était mieux ainsi, tout compte fait. Avec Enrica accrochée à son propre désespoir, persuadée qu'elle pouvait l'utiliser pour combler l'absence de l'enfant perdu, il serait tombé dans la dépression ou aurait demandé le divorce s'il était resté à Rome. Alors que…

Quelques jours avant de partir, il lui avait demandé :

— Tu viens avec moi à Bologne ?

Il l'avait fait surtout par devoir conjugal.

— Ça ne me vient même pas à l'esprit. C'est ma maison, ma ville… et puis tu sais que ma tante ne va pas bien et que je dois m'occuper d'elle.

Elle parlait de la sœur de sa mère.

— Allez, Bologne n'est pas loin et tu pourras venir quand tu voudras. Réfléchis, je crois que changer d'air nous ferait du bien.

— Non, il n'en est pas question.

Toute autre tentative aurait été vaine.

Il avait déménagé une semaine plus tard pour un modeste appartement en banlieue, n'emportant que quelques vêtements et de menus objets. Un emplacement commode, avait-il expliqué à sa femme : de là, un bus le conduisait à son bureau en un temps acceptable, pas plus d'une demi-heure. Il descendait au terminus et après un court trajet à pied, il s'arrêtait pour prendre un café, toujours dans le même bar et, en traversant la piazza di Porta Ravegnana à l'ombre de la tour des Asinelli, il arrivait sur son lieu de travail, situé en plein centre de Bologne, une ville qui lui avait plu immédiatement. Surtout en hiver, par temps de brouillard ou sous la neige, avec les portiques pour s'abriter.

Elle lui plaisait surtout parce qu'il était loin d'Enrica. Pas trop, cependant, et si nécessaire, il pouvait la retrouver en quelques heures de train. Les premiers temps, comme ses week-ends étaient libres, il sautait dans le dernier train du vendredi soir et rentrait le dimanche, en fin d'après-midi. À peine sorti de la gare, il s'arrêtait pour manger les *crescentine** avec du jambon et de la mortadelle, dans le snack de Gildo.

La dernière fois, c'était Nives, la propriétaire de l'appartement, qui les lui avait préparées.

En sortant de la salle de bains, il retourna voir sa nièce dans sa chambre.

— Tu comptes sortir aujourd'hui, Clo ? lui demanda-t-il, sans laisser transparaître l'inquiétude que cette hypothèse éveillait en lui.

Il dut agiter les mains pour attirer l'attention de la jeune fille et l'obliger à enlever ses écouteurs. Il réitéra sa question.

— Non, tonton, tu es fou, répliqua-t-elle, en prenant une expression de souffrance exagérée. Je ne peux pas quitter mes livres. Mon examen d'ingénierie de l'architecture est dans trois jours et je suis en pleines révisions, je ne vais même pas dormir. Et il fait déjà une chaleur insupportable, allume le ventilateur, s'il te plaît, conclut-elle en tournant la tête vers son manuel et en se replongeant dans sa musique.

Sgrò fut soulagé par cette réponse, même s'il se rendait compte que son anxiété était juste remise à plus tard. Du reste, il ne pouvait pas l'enfermer à clé. Il appuya sur l'interrupteur du ventilateur de plafond et, dans un élan de gratitude à l'égard de sa nièce, le mit à la vitesse maximale.

Sur le palier, en refermant la porte derrière lui, il eut dans les narines l'odeur des *crescentine*. Son cerveau lui jouait-il un tour ? Ou bien quelqu'un, dans la copropriété, était-il en train d'en frire, peut-être une des

* Spécialité de Bologne. Il s'agit de petits losanges de pâte à pain frits dans du saindoux, qui accompagnent généralement, à l'apéritif, de la charcuterie.

femmes de ménage qui constituaient l'armada des aides à domicile ? Avec les pères et les mères qui travaillaient au bureau jusqu'à une heure tardive, plus occupés par leur carrière que par les repas des enfants, elles étaient devenues indispensables au bon fonctionnement des familles.

Odeur de friture sur les notes de *Certe notti* de Ligabue. Une femme de ménage rock'n'roll, se dit le major.

Il se dirigea vers l'entrée du parc du Colle Oppio : il avait envie de marcher pour s'éclaircir les idées et dissiper les souvenirs. Il s'assit un moment près de la fontaine du Nymphée pour voir si son portable affichait des appels ou des messages.

Il se remit en marche en direction du Colisée, qui pointait entre les touffes vertes et violettes des petits oliviers et des bougainvillées dont personne ne prenait soin. Un peu plus loin, entre les canettes de boissons et les cartons, deux sans-abri dormaient. Le soir et la nuit, le parc devenait un lieu de trafic de drogue. Au-dessous de ces trafics, la Domus Aurea.

Plus coutumier du silence que des mots, Sgrò imaginait ainsi sa retraite. Solitaire, avec de longues marches : des promenades dans Rome à la recherche des Caravage dans les églises, se nourrissant d'art et d'histoire, faisant le tour des expositions, des présentations, des rencontres. Il comblerait les lacunes culturelles dues à son travail et aux soucis qu'il lui avait donnés.

Dans l'épaisseur des feuillages, le soleil jouait avec les branches, créant sur le sol des formes fantastiques. Il ressentit une douleur aiguë au foie, au point qu'il dut poser une main à cet endroit. Pendant que la canicule augmentait, il descendit les marches en direction de la via dei Fori Imperiali ; au loin, du côté du Janicule, retentissaient les salves des coups de canon annonçant midi.

Toute tentative pour surmonter les remords accumulés depuis plus de trente ans était vouée à l'échec. Il ne lui restait – il le décida en montant dans le tram qui le rapprocherait de son bureau – qu'à essayer de mettre en pratique le plan B salvateur : le refoulement.

Les touristes se déplaçaient sous le soleil qui faisait scintiller les toits, les rues, les monuments, les voitures. En les examinant de derrière la vitre du tram bondé, aussi suffocant qu'un sauna, Sgrò envia les troupeaux d'Anglais, d'Américains et de Français. Plusieurs d'entre eux voyaient Rome pour la première fois. Et l'été leur donnait l'impression que tout était possible, à eux qui ne savaient rien des crimes du Tatoueur, animés qu'ils étaient par un seul but : se remplir les yeux des beautés millénaires qu'ils découvraient.

12

Dans son bureau, Malinverno cherchait le numéro du Pr Paolo Marziale, l'illustre anthropologue qu'il avait contacté pour une enquête sur les banlieues d'Italie et du monde entier. Il compulsait les vieux agendas glissés au petit bonheur entre les livres, maudissant sa mémoire en lambeaux qui l'empêchait de saisir un détail qui l'aurait ramené à une période précise. Il vérifierait aussi dans son ordinateur s'il y avait une pièce jointe avec le nom et les coordonnées de l'universitaire. Il n'avait rien trouvé. Mémoire trompeuse et confuse : il était dans de beaux draps.

La stéréo diffusait les notes de *The Rumproller* de Lee Morgan.

Avec la sueur qui ruisselait sur son dos et trempait son tee-shirt, Malinverno se sentait comme une bougie qui brûle par les deux bouts. Une sensation désagréable, qui n'était pas seulement provoquée par la situation atmosphérique.

Le temps passait et eux – les carabiniers, les journalistes – ne faisaient pas grand-chose pour trouver l'assassin qui, s'il était vraiment un tueur en série, frapperait de nouveau.

La logique de ces meurtres était déconcertante. Tant qu'il n'aurait pas considéré son travail comme terminé, le Tatoueur n'arrêterait pas de tuer.

Malinverno voulait en savoir plus sur les tatouages. Là devait se cacher une clé possible. Marziale était un expert en la matière : il aurait pu lire ses textes, et peut-être le ferait-il ; mais parler directement avec lui lui aurait fait gagner du temps et la conversation aurait pu déboucher sur une interview pour inaugurer son site personnel.

Le téléphone fixe sonna, alors que très peu de gens avaient ce numéro.

— Comment vas-tu, vieille carcasse putréfiée ?

C'était Silverio Orati, avec sa manière particulière de lui prouver son affection.

— Je suis trempé de sueur, l'été me débecte. Et toi, comment vas-tu ?

— Je vais très bien, et j'irai encore mieux quand tu m'auras dit oui…

Il était étrange de l'entendre hésiter.

— À quoi devrais-je dire oui ?

— Saro Currò…

Rien qu'à entendre le nom du directeur de l'*Eco d'Italia*, Malinverno devina où l'autre voulait en venir. Mais il tergiversa :

— Saro Currò… et alors ?

— Il te veut dans son équipe !

C'était donc ça.

— Écoute, je suis très honoré, répondit-il, essayant de freiner l'enthousiasme de son collègue.

— Nous avons appris la manière dont tu as été traité par cet abruti de Lembo.

— Vous l'avez appris ? Et comment ?

— C'est sans intérêt. La proposition de Currò est sérieuse, il te fait un supercontrat, tu seras très bien payé et tu conserveras ton statut d'envoyé spécial.

— Ce serait magnifique, et bien fait pour Lembo.

Orati essaya de renforcer la satisfaction embryonnaire de Malinverno en profitant de l'hésitation qu'il avait cru percevoir.

— Il t'a traité de merde, tu as raison.

Est-il possible de garder un secret à Rome ?

— Mais j'aurais l'impression de faire une offense personnelle à Orefici. C'est lui qui m'a embauché. Et puis, tant qu'il est si mal en point…

— Tu n'es pas au courant ? Il est sorti du coma.

— Vraiment ? Quand ?

Il était soulagé.

— Il y a une heure. C'est ce qu'on m'a dit.

— Tu vois ? Tu sais tout avant moi. Qu'est-ce que Currò peut bien faire de moi ? Toi oui, tu es un vrai journaliste !

— Toi aussi, sinon ce diable de Currò ne m'aurait pas envoyé en éclaireur.

— Je ne sais que dire… merci. J'en avais besoin.

— OK, mais ne traînons pas en longueur. Je dois donner une réponse au mien, de directeur !

— Tâche de comprendre. D'autant plus que désormais, Orefici pourrait retrouver son poste… il faut d'abord que je lui parle. Donne-moi quarante-huit heures.

Orati mit fin à cet échange téléphonique en un temps record, ni contrarié ni heureux de se sentir repoussé.

En revanche, la conversation avait laissé Malinverno dans un état d'esprit difficile à définir. Tout en le courtisant sur le plan professionnel, Orati lui avait laissé entendre qu'il risquait de se retrouver rapidement au chômage. Il éprouvait le même désarroi qu'un fauve qui a vécu pendant des années au zoo, dans un espace de trois mètres sur quatre, et qui se retrouve soudain libre.

Même si, désormais, il avait quasiment quitté le *Globo*, il pouvait encore demander une faveur à Sonia Persichelli.

Il lui téléphona.

— S'il te plaît, mon trésor, tu pourrais me trouver les coordonnées du Pr Marziale ? lui demanda-t-il, prêt à lui expliquer de qui il s'agissait.

— Quel Marziale ? L'anthropologue ?

Malinverno faillit s'étrangler avec la boisson qu'il était en train de siroter. Miss tee-shirt mouillé connaissait Marziale. Comment était-ce possible ? Il tenta de dissimuler sa stupeur.

— Il a écrit un très beau livre sur les tatouages. Difficile, et très chouette.

Mais bien sûr, les tatouages. Il ignorait à quel point ceux-ci pouvaient constituer un élément de cohésion sociale.

— C'est bien lui, bravo. Trouve-le-moi, s'il te plaît.

— Quelle émotion, merci. Je me mets tout de suite au travail.

Sans le vouloir, ou craignant de profiter d'elle, il lui avait donné un motif de satisfaction.

Depuis deux ans désormais il connaissait ses habitudes.

Habituellement, Carola restait au magasin pour la pause déjeuner, quand la gérante rentrait chez elle pour s'occuper de ses enfants et de son mari. Il en avait été de même ce jour-là. Le dernier.

Elle mangeait un sandwich et continuait son travail.

Ils avaient bavardé souvent : elle aimait son métier et les heures supplémentaires ne lui pesaient pas, même si elles n'étaient pas toujours rémunérées. Elle s'était plainte à demi-mot de la signora Grimaldi, le jour où elle était venue pour le tatouage.

L'entrée principale du magasin, dans la via Castelnovo, avait des portes en verre hermétiquement fermées, et affichait les horaires d'ouverture au public : 9 h-13 h/16 h-20 h. Mieux valait ne pas frapper là, avec les passants qui allaient et venaient. Il connaissait la porte de service, on y accédait par une impasse utilisée par les fournisseurs ou pour charger et décharger la marchandise. Il y était arrivé en suivant un parcours tortueux afin d'éviter les caméras de surveillance.

Il sonna.

Après avoir regardé à travers le judas, Carola l'accueillit avec un grand sourire.

— Ah, c'est toi, qu'est-ce que tu fais ici à cette heure ?

Il lui rendit son sourire.

— J'ai quelque chose à te dire. Je peux entrer ?

— Viens, viens… Elle commit l'erreur de lui tourner le dos. Je te laisse fermer.

En le précédant dans le couloir encombré de boîtes en carton, de tableaux et de petits meubles, qui menait à l'atelier, elle ne pouvait pas imaginer le coup qui s'abattrait sur sa nuque, aussi puissant qu'un coup de massue.

Du ruban adhésif sur les lèvres, au cas où elle aurait repris connaissance. Un sac en plastique sur la tête.

Méthode habituelle.

Il la déshabilla à même le sol : il déboutonna son gilet et lui enleva son tee-shirt. Il s'en souvenait parfaitement, la tête de loup était sur le torse, sous l'aisselle droite. Du flanc jusqu'au sein.

Il la traîna par les bras dans la salle aux grandes tables recouvertes de feuilles de papier journal pour éviter que les solvants et les couleurs ne salissent le plan de travail. L'odeur forte de la térébenthine et de l'huile de lin stagnait dans l'air, à cause de l'absence de fenêtres. De toute évidence, l'aérateur n'était pas d'un grand secours.

Il avait besoin d'espace. Il décida de s'installer au fond, près d'un coffre en ébène, pour y déposer le corps de Carola. Il n'était pas bien lourd.

Sa montre indiquait quatorze heures trente-cinq. Il devait faire vite.

Il sortit son cutter pour couper le cuir et se mit au travail.

13

Il se rendit à la villa de Pietro Orefici en scooter.

La brise du début de soirée qui soufflait sur Monteverde semblait être le soupir de soulagement de la ville après cette journée torride.

Dans ces moments-là, Malinverno se réconciliait avec sa Rome, la ville qui offre des possibilités à tous.

Evelina lui avait dit qu'elle l'attendait. "On se voit à mon retour de l'hôpital."

La maison était vide, aucune trace des domestiques.

Ils devaient avoir changé le mobilier, toujours moderne : dans le salon, tout était dans des tons gris tourterelle, dans diverses gradations. Une chaise longue en velours cramoisi, devant le canapé monumental, créait un contraste réussi.

Evelina n'alluma que la lampe Hula Hoop de Christiane Büssgen, posée sur une console à côté d'un grand vase en cristal plein de gerbéras orange.

Très sensible à l'éclairage des pièces, Malinverno approuva ce choix.

— Comment va le chef ?

Avant de répondre, Evelina se versa de l'eau d'une carafe.

— Un peu mieux, mais il est toujours en soins intensifs, dit-elle avant de s'asseoir sur le canapé, en croisant ses longues jambes de manière théâtrale.

La petite robe blanche en coton qu'elle portait en laissait voir une grande partie, pour le plus grand plaisir de Malinverno qui s'était installé sur la chaise longue, les pieds croisés.

— Les médecins disent que demain, ils pourront se prononcer et affirmer s'il est, ou non, hors de danger, ajouta-t-elle. Mais j'ai quand même réussi à lui dire bonjour de derrière la vitre.

— Tu penses que je peux lui parler ?

— Quand ils l'auront déplacé dans une chambre, sûrement.

— Demain ?

— Je ne sais pas. Tu m'as l'air anxieux, qu'est-ce qui t'arrive ? lui demanda-t-elle, en rejetant une mèche de cheveux derrière son oreille.

Il l'informa de ce qui s'était passé avec Tommaso Lembo, cette fois sans rien omettre.

Evelina fut amusée à l'idée que Malinverno avait contourné l'interdiction du sous-directeur en publiant son article sur le Web.

— Pietro dit toujours que Lembo est un imbécile. Il le garde pour la simple raison qu'il est pistonné et parce que c'est un rond-de-cuir… À vrai dire, il utilise une autre expression…

Malinverno lui vint en aide.

— Cul de pierre.

— C'est ça. Cul de pierre ! Ça veut dire quoi exactement ?

— En jargon journalistique, ça désigne quelqu'un qui ne décolle pas de son bureau et de son ordinateur. Attentif au fonctionnement de la rédaction… en tout cas, c'est ce qu'il devrait être.

Mais en pensant à Lembo, il n'était pas vraiment sûr que la définition lui convenait.

— Je comprends, dit Evelina.

— En attendant, ce cochon m'a viré du journal, répliqua Malinverno, en s'en repentant aussitôt.

Il se détestait quand il perdait son sang-froid.

Evelina éclata de rire.

— Tu es attendrissant ! Elle se leva, s'assit à côté de lui et lui prit les mains. Tu te fais du souci ?

— Absolument pas. Mais ne plus aller à la rédaction me manque, ne plus attendre le papier imprimé me manque. À chaque fois, tous les jours que Dieu fait, c'est la même émotion, crois-moi.

— Je te crois.

Il l'embrassa sur les lèvres, en tenant son visage du bout des doigts.

Sans réfléchir à deux fois, Malinverno la poussa en arrière tout en continuant à l'embrasser, cette fois plus profondément, laissant errer ses mains sur son corps tendu, parfumé. Il avait dans la bouche un bon goût de vanille.

L'idée qu'ils étaient en train de faire une bêtise ne l'arrêta pas.

Et après beaucoup de temps, malgré l'ombre encombrante du directeur qui pesait sur eux, il fit l'amour avec Evelina, d'égal à égale.

Alors que, avec Eimì, tout de suite après, il était envahi par un sentiment de culpabilité. Et comme il n'était pas habitué à cela, il n'était pas capable de gérer ce sentiment. C'était, il en était conscient, une forme de paranoïa, mais cela le perturbait.

Encore nue, très belle, visiblement heureuse de se laisser admirer, Evelina bâilla. Elle s'étira et ses seins parfaits se soulevèrent.

— J'ai une faim de loup !

Malinverno était en train de remettre son boxer.

— Ta domestique ne t'a rien préparé ?

— Elle est retournée dans son pays pour les vacances, j'ai juste une femme de ménage qui vient le matin… D'habitude, je vais au restaurant du coin. Elle fit une moue exagérément contrite. Je ne sais pas cuisiner, dit-elle, amusée.

— Tu veux que je te prépare quelque chose ? lui demanda-t-il, en équilibre sur une jambe pendant qu'il enfilait son pantalon. Je cuisine bien. Ou tu préfères qu'on sorte ?

— Non, Leo, restons ici. Cuisine-moi quelque chose, comme ça, après…

Les ombres de la végétation du jardin s'allongeaient sur les kilims et sur le parquet de couleur foncée. La lumière de la pièce était plutôt faible mais Malinverno aurait pu jurer que les yeux d'Evelina avaient été traversés par un éclair de satisfaction. Elle avait dû apprécier ce qu'ils avaient fait.

Il sourit et alla dans la cuisine située au bout du couloir, comme elle le lui avait indiqué. Un grand espace où dominaient des éléments rouge vif au design rétro.

— Pendant que tu prépares, je prends une douche, l'entendit-il crier.

Dans l'énorme réfrigérateur, il trouva seulement un beau morceau de poutargue de muge. En fouillant les placards et les plans de travail, il repéra les ustensiles et les ingrédients dont il avait besoin.

Il trouva aussi, au frais, une bouteille d'Arneis* déjà débouchée et s'en versa dans une flûte.

Après avoir mis dans une poêle de l'huile d'olive extra-vierge, des gousses d'ail et du piment émietté, en

* Cépage de raisins blancs du Nord de l'Italie, plus précisément du Piémont.

attendant que l'eau arrive à ébullition, il râpa la poutargue qu'il ajouta aux autres ingrédients. Dans une autre poêle, il fit griller de la chapelure dont il saupoudrerait les spaghettis au moment de les servir.

La sonnerie habituelle lui annonça l'arrivée d'un SMS sur son portable. L'information, diffusée par l'ANSA*, ne l'étonna pas. Il ressentit tout de même l'impérieuse nécessité de se siffler la flûte qu'il tenait à la main.

Le Tatoueur avait de nouveau frappé. Cette fois du côté de la via Nomentana.

* Agenzia Nazionale di Stampa Associata, la principale agence de presse italienne.

14

Le major Sgrò sortit dans la ruelle où flottait une odeur nauséabonde d'urine, car les clients du pub irlandais voisin utilisaient le lieu pour soulager leur vessie. Malgré l'heure tardive, il était peu aéré.

Au-dessus de la porte de l'arrière-boutique, un spot répandait une faible lumière. Difficile de slalomer entre les crottes de chien. Difficile aussi, à cause de l'état dans lequel se trouvait l'officier.

Il avait vu ce qu'il devait voir, avait donné les ordres nécessaires et maintenant il voulait rentrer chez lui pour dormir. Il pouvait compter sur Lucia Simoncini : elle resterait pour superviser les prélèvements, recueillir les premières dépositions, bref, lancer l'enquête.

Elle devait se faire une idée, lui avait-il dit, de la façon dont l'assassin avait agi. Le lendemain, à la caserne, ils feraient le point sur la situation.

Avec la complicité de certains carabiniers qu'il connaissait, Malinverno parvint à franchir le cordon de sécurité installé pour contenir les badauds. Il eut le temps d'entrevoir fugitivement Walter Sgrò avant que celui-ci ne monte dans un véhicule de service dont le moteur tournait déjà. Il avait eu l'impression de le voir tituber. Il l'appela mais ne parvint pas à attirer son attention.

Il se dirigea alors vers la ruelle devant laquelle stationnaient des hommes en civil et en uniforme. L'un d'eux l'arrêta.

— Pourrais-je parler avec celui qui dirige les opérations en ce moment ?

— Nous attendons l'arrivée du magistrat, répondit le carabinier.

— Je voulais parler d'un gradé, expliqua Malinverno.

— Le brigadier Simoncini est là.

— Vous pourriez avoir l'obligeance de l'appeler ? demanda-t-il en baissant les yeux pour allumer la cigarette dont il avait ressenti un besoin urgent.

— Me voici. Semprini, tu peux y aller… je m'en occupe. Une femme élancée, jolie coupe au carré qui ne détonnait pas avec l'uniforme. Elle se présenta : Lucia Simoncini, brigadier Lucia Simoncini.

— Il a dit *le brigadier*… je pensais…

— Vous préférez *la brigadière* ? Quoi qu'il en soit, c'est bien moi, répliqua-t-elle sur un ton cinglant.

— Non, non… Malinverno était légèrement embarrassé. Ça me va très bien comme ça.

— Cet endroit est irrespirable, dit-elle en indiquant la ruelle. Vous m'offrez une cigarette ?

Il lui tendit cigarette et briquet. Il la lui alluma, et elle tira la première bouffée en soutenant son regard.

— Je me demandais quand je ferais votre connaissance, dit Lucia Simoncini à travers un nuage de fumée.

— La mienne ?

— Oui, bien sûr. Celle de qui, sinon ? On ne parle que de vous. J'ai lu vos articles…

— Et…

— Rien de plus. Ils nous ont sacrément aidés, le procureur et le colonel en sont à présent convaincus. Nous pourchassons enfin un tueur en série, l'un des plus impitoyables et des plus téméraires, soit dit en passant.

Malinverno était fasciné par la détermination qu'elle affichait. Il aimait sa façon de gesticuler, féminine sans affectation.

— Pourquoi dites-vous qu'il est téméraire ?

— Frapper en plein jour, pendant la pause déjeuner du magasin… Ce n'est pas à la portée du premier venu…

Il acquiesça.

— Comment est la situation là-dedans ?

— Je vous l'ai dit. Irrespirable, et ce n'est pas beau à voir.

— Le cadavre a été identifié ?

— Une femme de moins de trente ans, Carola Piezzi.

— La propriétaire du magasin ?

— Non, l'employée, une restauratrice, mais elle donnait aussi un coup de main au magasin.

— Comment se fait-il que, si elle a été tuée pendant la pause déjeuner, entre quatorze heures et, disons, seize heures, vous ne soyez intervenus que maintenant ?

— Parce que ce n'est que maintenant, plus exactement à neuf heures et quart du soir, que la propriétaire nous a appelés.

Elle lui expliqua qu'Attilia Grimaldi – c'était le nom de la propriétaire – était restée chez elle après treize heures, l'heure de la fermeture, parce qu'elle ne se sentait pas bien. Elle avait donc demandé à sa collaboratrice d'ouvrir le magasin, en lui disant que, si elle allait mieux, elle la rejoindrait plus tard.

— Ce n'est qu'à vingt heures qu'elle a commencé à s'alarmer, poursuivit le brigadier Simoncini. Carola ne répondait pas au téléphone, et Attilia est donc venue pour savoir ce qui se passait.

— Et elle a trouvé une belle surprise… Toujours le même mode opératoire ? demanda Malinverno.

— Oui, le même. Il était évident que Lucia Simoncini se méfiait des journalistes. Mais le major Sgrò devait l'avoir rassurée sur son compte. Vous voulez venir à l'intérieur ?

— Vous pouvez prendre une telle décision ? Vous ne trouvez pas que c'est une trop grande responsabilité ?

La jeune femme ne saisit pas l'ironie.

— En l'absence du major, c'est moi qui décide.

— Oui, j'ai vu que Sgrò s'en allait. Bizarre… au beau milieu de l'enquête. Il avait l'air de ne pas se sentir bien.

— Malinverno, vous voulez colporter des ragots ou voir la scène de crime ? lui demanda-t-elle en écrasant son mégot sous son pied.

Il se sentit critiqué et ne perçut aucune ironie dans ces mots. Ne sachant pas encore très bien à qui il avait affaire, il choisit de ne pas répondre.

À l'intérieur, le corps de la femme avait été installé sur un coffre en bois foncé qui, étant donné les circonstances et l'éclairage réduit de l'atelier, ressemblait à un catafalque.

La seule lampe allumée était celle à bras articulé posée sur le plan de travail, au-dessus duquel se détachait une peinture ancienne. Posée sur un petit chevalet, elle représentait un jeune guerrier poursuivi par trois femmes aux vêtements et aux cheveux en désordre. C'était sans doute le tableau qui avait occupé Carola Piezzi durant les deux heures qu'elle aurait pu occuper à déjeuner et à se reposer. On pouvait l'imaginer en voyant tous les pinceaux, sauf un tombé sur le sol, immergés dans le liquide sale du verre, ainsi que les petites éponges et les chiffons posés à côté, désormais presque secs.

Lucia Simoncini montra à Malinverno où mettre les pieds et comment se déplacer sur la scène de crime.

Carola Piezzi était nue jusqu'à la ceinture et son pantalon était déboutonné ; l'assassin avait prélevé un large morceau d'épiderme sur le côté droit du tronc. Depuis l'aisselle, à la hauteur des seins, jusqu'au bas des côtes. Moins de vingt centimètres, à vue de nez. Sur le sol il n'y avait pas beaucoup de sang, juste quelques filets sur le flanc du parallélépipède en bois où gisait la pauvre dépouille, victime d'une forme d'art cruelle et inconnue.

Derrière le sac en plastique, les yeux de la jeune femme étaient ouverts, tout comme sa bouche. Signe que, pour Carola, la mort était arrivée lentement, par manque d'oxygène, alors qu'elle était consciente.

Un filet de sueur descendit sur le front de Malinverno.

— Vous avez trouvé la pièce dans cet état ?

— Que voulez-vous dire ?

— Les lumières étaient comme ça ?

— Oui, oui… nous n'avons encore touché à rien. Dès que nous serons sortis, la police scientifique entrera en action.

— Il ne s'arrêtera jamais…, laissa échapper Malinverno, à mi-voix.

— Qu'est-ce que tu dis ? demanda Lucia Simoncini.

Elle était passée tout naturellement au tutoiement.

— J'étais en train de penser que ce monstre ne s'arrêtera jamais.

— Non. Et il est même en train d'y prendre goût.

— Qu'est-ce qui te le fait penser ?

— Ce que je te disais tout à l'heure sur la témérité. Et le fait qu'il a réduit l'intervalle entre deux exécutions.

— Exécutions ? À présent, il lui accordait toute son attention. Pourquoi ce terme ?

— C'est clair.

— Pas pour moi.

Elle lui prit le bras.

— Je vais t'expliquer, mais auparavant, sortons d'ici.

En prenant toutes les précautions d'usage, marchant sur une bande de papier déroulée sur le sol, ils firent le parcours à l'envers jusqu'à l'extérieur.

*Et ce fut vers les étoiles la sortie**.

En dépit de tout, le soir était paisible, avec des milliards de têtes d'épingles lumineuses dans le ciel pour les distraire de l'horreur de cet assassinat qui rappelait à Malinverno la férocité des images dantesques découvertes au lycée.

— Tu veux bien m'expliquer pourquoi tu utilises le mot "exécution" ?

— C'est mon impression. Il faut d'abord comprendre ce que les tueurs en série ont dans la tête, le but qu'ils poursuivent. Après, tout pourrait devenir plus clair.

— Tu veux dire que dès que nous saurons pourquoi il le fait, nous pourrons trouver le coupable ?

Le brigadier acquiesça.

— C'est possible. C'est dur à dire, mais pour lui c'est comme un jeu. Et pour l'instant, il a obtenu ce qu'il voulait…

— Qu'est-ce qu'il voulait ?

Elle ne l'écouta pas.

— … à présent, il nous montre l'étendue de sa puissance.

— Je t'ai demandé ce qu'il voulait.

— De l'attention. Grâce à toi, il l'a obtenue.

— Vous vous êtes servis de moi…

Malinverno plaisantait, mais seulement jusqu'à un certain point.

— Tu y as trouvé ton compte, non ?

* Dante, *Divine Comédie*, dernier vers de *L'Enfer*. Traduction de Danièle Robert (Actes Sud, 2016).

— Eh, tu peux me comprendre… En ce moment, je suis au chômage.

— Au chômage ? Allons donc…

Certains pseudo-journalistes considèrent comme un poids les collègues qui apportent des infos à la rédaction, mais comment le lui expliquer ?

— Laisse tomber. C'est une longue histoire.

— Tout à l'heure, tu as dit que l'assassin était un monstre…

— J'ai dit ça ? Il m'arrive de ne pas toujours contrôler ce que je dis, excuse-moi.

— Eh oui, vous, les journalistes, vous aimez beaucoup ce terme. Le définir comme un monstre signifie, en quelque sorte, le justifier.

— Tu as raison. Malinverno était frappé par la tirade de Lucia Simoncini. Moi aussi, ça m'agace quand j'entends ce mot à la télévision ou quand je le lis dans un article.

— C'est un tueur en série. Un individu autonome et doté de sensibilité qui, ayant dépassé la phase des fantasmes criminels, choisit ses victimes et le fait, semble-t-il, en poursuivant un but bien précis, puis il les séduit et les fait siennes. Entre le premier meurtre et le troisième, l'intervalle émotif a changé.

Malinverno fronça les sourcils et Lucia Simoncini poursuivit :

— Environ deux mois et demi entre Sabrina Olcese et Simon Intrieri. Quelques jours seulement après avoir tué Intrieri, il a assassiné Carola Piezzi. Depuis que nos regards se sont fixés sur lui, il a commencé à se croire invincible, à s'imaginer qu'il ne sera jamais capturé.

— Ce délire de toute-puissance, appelons-le ainsi, pourrait l'amener à commettre une erreur.

— Pourrait. Même si c'est peu probable. Il a longuement réfléchi avant de commettre tout cela : voilà pourquoi ce n'est pas un monstre, mais une personne lucide qui devra assumer ses responsabilités.

— Brigadier, je t'ai déjà dit que je regrette…

Lucia ne lui prêta pas attention.

— Cet assassin vit son moment d'exaltation, oscillant entre la phase meurtrière, qui lui procure presque un plaisir sexuel, et la phase totémique, durant laquelle il prélève la peau avec le tatouage. D'autres prélèvent des organes comme le cœur ou le foie, et se livrent à des actes de cannibalisme. Après quoi, une période dépressive, plus ou moins longue, peut survenir.

Malinverno claqua les doigts.

— J'ai compris ! Tu es une psychologue. Et il pointa un index dans sa direction.

Lucia sourit, flattée par cette affirmation.

— Je prépare un diplôme en psychologie criminelle. Elle précisa aussitôt : Je ne veux pas mourir sous-officier des carabiniers.

— Et le major Sgrò, que dit-il de cette ambition ?

— Il n'est pas au courant. Il vit sur une autre planète.

Malinverno ne put s'empêcher de répondre :

— D'après ce que j'ai vu, il semblait être sur une planète à taux élevé d'alcoolémie.

— Je pense que ce ne sont pas tes oignons. Les traits de Lucia Simoncini se durcirent. À moins que tu ne sois un défenseur des Alcooliques Anonymes ?

Malinverno leva les mains en signe de reddition.

— Sois tranquille. Je ne lui veux aucun mal, à ton major.

— Ce n'est pas *mon* major. Ou plutôt, il l'est, mais pas dans le sens où tu l'entends.

Elle était légèrement embarrassée.

— Je l'entends dans quel sens ?

— Excuse-moi, je n'ai rien dit.

— J'ai soif. Tu viens boire un verre ?

— Il faut que je retourne travailler.

Malinverno la suivit des yeux jusqu'au bout de la ruelle, convaincu qu'il venait de faire la connaissance d'une femme vouée au malheur. Il reprit son scooter et s'arrêta au Harry's Bar de la via Veneto, où il but une bière glacée.

Malgré l'épuisement dû à la canicule, il ressentait une sensation d'euphorie en pensant à l'article qu'il s'apprêtait à écrire. Le premier sur son site officiel, par ailleurs. Il avait des fourmis au bout des doigts, comme s'ils étaient impatients d'entrer en contact avec le clavier qui leur garantirait le primat de l'exclusivité.

Un journaliste est journaliste dans sa tête et dans tout son corps.

15

Arrivé chez lui, Malinverno ouvrit le petit portail presque entièrement recouvert de vrilles de la vigne vierge. Les hortensias arrivaient à hauteur d'homme, les plates-bandes étaient envahies par les mauvaises herbes et les massifs avaient besoin d'une taille énergique. Pour avancer dans l'allée sans être éborgné, il fallait écarter les branches. Il devait se décider à trouver un autre jardinier : il avait téléphoné à celui auquel il recourait d'habitude mais malheureusement, celui-ci s'était fracturé les deux fémurs en tombant d'une échelle.

L'horloge de son bureau, au sommet de la petite tour, indiquait minuit trente-cinq. Par les fenêtres ouvertes, grâce à la légère brise qui s'était levée, on sentait le parfum des magnolias, du rhyncospermum et des dipladenias.

Il ouvrit son PC pour écrire l'article sur le dernier meurtre du Tatoueur, sans avoir à suivre une ligne éditoriale ou un ton particulier. C'était un soulagement.

Il commençait à apprécier le fait d'être sorti du *Globo* et des visées expansionnistes de Tommaso Lembo. Autant qu'il le pouvait, Malinverno se fiait à ses capacités de résilience : les mésaventures qui lui arrivaient devenaient, d'une manière ou d'une autre, des chances à saisir. Des raisons de rester joyeux.

Voilà pour le titre. En une quinzaine de minutes, il rédigea l'article et le mit en ligne. Le Web avait son charme.

Sa chronique comportait des détails que ses collègues ignoraient totalement, mais il ne faisait référence ni au brigadier Lucia Simoncini, ni au major Sgrò. Il continuait à protéger ses sources.

Il était fatigué. Avant de prendre une douche dans l'espoir d'évacuer un peu d'adrénaline, il envoya un mail à Silverio Orati. Pour avoir la certitude que son scoop serait diffusé rapidement.

Les cheveux mouillés et en boxer, il s'installa dans le fauteuil de sa chambre à coucher, les jambes relevées et les pieds posés sur le coffre. Il ouvrit *Le Bel Antonio* de Vitaliano Brancati, un grand roman dont il lut une vingtaine de pages avant de s'endormir.

Il aurait été incapable de dire, cinq heures plus tard, s'il avait été réveillé par une douleur lancinante au cou ou par le bruit provenant de l'étage du dessous. Qui était dans la maison ? Personne, en théorie.

Il descendit l'escalier en brandissant la statuette massive plaquée argent qu'il avait reçue pour le prix du Meilleur Journaliste d'Investigation, discrètement rangée sur une étagère du couloir. Il n'avait rien trouvé de mieux en guise d'arme contondante. Les bruits provenaient de la cuisine.

— Putain, c'est qui ? hurla-t-il en franchissant le seuil de la pièce, le bras levé, prêt à frapper.

Vêtue d'une robe jaune si moulante qu'elle semblait peinte sur son corps, Eimì se retourna aussitôt. Elle était plus radieuse que le soleil qui inondait la cuisine. Souriante et amusée.

— C'est comme ça que tu accueilles ton amie ?

— Oh, excuse-moi !… Je ne savais pas… Comment se fait-il que tu sois là ?

— Tu n'as pas l'air content. Tu pourrais au moins faire semblant.

— C'est juste que je suis surpris… Je te croyais à Santorin. Quand es-tu arrivée ?

— Ce matin très tôt.

— Et comment es-tu entrée ?

— Encore des questions ! C'est une interview ou quoi ? Je voulais te faire une surprise.

Elle alla à sa rencontre et l'embrassa sur les lèvres.

— C'est plutôt réussi. Je suis content, dit-il sans trop de conviction. Mais j'aimerais savoir comment tu as fait pour entrer.

— Ça n'a pas été difficile. Le portail était resté entrouvert à cause d'une branche de la vigne, et les fenêtres du rez-de-chaussée aussi étaient ouvertes.

— Bon sang, il faut que je fasse mettre des barreaux.

Elle s'était mise à jouer avec l'élastique de son boxer.

— Pour empêcher les filles d'entrer chez toi ?

— Non, petite sotte, pour éviter que quelqu'un vienne me fracasser le crâne.

— Je t'ai préparé des bonnes choses. Tu veux manger avant ?

Avant…

— Hum, oui, j'ai faim. Qu'est-ce que tu as préparé ? demanda-t-il, en lorgnant en direction de la table dressée.

— Du yaourt grec avec des fruits frais, du lait, du café, du jus de pomme et… des toasts avec de la feta et du jambon.

Elle les lui servit chauds, à peine sortis du grill. Malinverno dévora le petit-déjeuner, concocté par quelqu'un qui connaissait bien ses points faibles.

Eimì exigea ensuite sa récompense.

— Tu es sûr que tu veux garder ça sur toi ?

Elle lui enleva son boxer et le conduisit par la main à l'étage du dessus.

Dans la chambre, elle le poussa sur le lit et se déshabilla à son tour sans cesser de le regarder. *Comme elle était belle*. À chaque fois, Malinverno le redécouvrait et il s'étonnait de la façon dont son corps intact, sans traces ni mémoire, savait l'emporter loin.

Dommage que le retour à la réalité fût aussi virulent que l'égarement de la passion. Cela le déconcertait. Il se leva sans faire de bruit pour ne pas la réveiller. Après les ablutions dans la salle de bains, il enfila un pantalon en toile légère, une chemise en lin et des espadrilles.

Si le thermomètre n'avait pas indiqué trente-sept degrés à l'ombre, il serait volontiers allé courir dans les jardins de la villa Ada, mais dans ces circonstances, c'était impossible. Pas à cette heure. Raison de plus pour détester l'été.

Devant son ordinateur, il put constater la diffusion virale des informations sur le troisième meurtre du Tatoueur. Un des plus grands journaux télévisés, passage en boucle sur les radios, éditions en ligne des quotidiens, sites web, réseaux sociaux… Le nom de Leonardo Malinverno était partout.

Sur son portable en mode silencieux, il vit plusieurs appels manqués, alors que le téléphone fixe de la maison n'avait pas sonné. Parmi les dizaines de mails, il y avait celui de Silverio Orati, à une heure quarante-cinq. *Crapule ! Tu as encore frappé un grand coup. Et je suis obligé de rester au journal pour relancer l'info…*

Et il l'avait très bien fait, à en juger par la propagation sur le Net du prénom, jusque-là inconnu, de Carola

Piezzi. Qui s'ajoutait à celui de Sabrina Olcese et de Simon Intrieri. Tous des *Trending Topics.*

Il téléphona à Sonia Persichelli au *Globo* pour avoir les dernières nouvelles et savoir qui avait cherché à le joindre. La secrétaire de rédaction lui annonça les coups de fil de nombreux animateurs de talk-show – du matin, de l'après-midi, du soir et de tard dans la nuit – de toutes les chaînes. Ils voulaient l'inviter pour rendre plus crédible la chasse qu'ils livraient eux aussi au tueur en série. Qui de mieux que le journaliste qui avait été le premier à en parler ?

— Qu'est-ce que je dois répondre ? demanda Sonia.

— Ce que tu veux.

— Je dis que tu es occupé et que tu déclines les invitations ?

— Voilà, c'est ça, *je décline*…

— Il y a autre chose…

— Dis-moi, ma belle.

Les appréciations de Malinverno, même lancées distraitement, la troublaient toujours.

— Euh… euh… oh… Ce "ma belle" l'avait vraiment perturbée. Excuse-moi… J'ai trouvé le Pr Marziale.

— Très bien. Il travaille toujours à l'université ?

— Non. Et il ne vit plus à Rome. Il s'est installé sur la grande île du lac Trasimène.

— Tu as parlé avec lui ?

— Oui. Il était tout miel. Il m'a dit que je devais aller le voir.

Vieux séducteur.

— Merci. S'il te plaît, envoie-moi les numéros de téléphone par mail, lui dit-il, un peu déçu de ne pas pouvoir rencontrer l'anthropologue rapidement. Tu peux me passer Carla Tesei ?

— Elle n'est pas à la rédaction. Elle est absente depuis quelques jours.

— Comment ça se fait ? Elle est en croisière ?

— Je n'en sais rien…

Il ne s'attendait pas à ce qu'elle saisisse l'ironie.

Tout de suite après, il appela Jacopo Guerci. Avec lui, il pouvait se laisser aller au sentiment de frustration qu'il éprouvait.

— Bordel, tu peux me dire comment je dois me comporter avec ton ami ? lança-t-il.

— Pardon, de qui parles-tu ?

— Du major Sgrò, évidemment…

— Ce serait bien si tu m'expliquais.

Malinverno lui rappela qu'il n'avait pas vu l'officier des carabiniers depuis le matin où ils s'étaient rencontrés chez lui, quand l'autre lui avait intimé l'ordre de ne pas le contacter.

— Jac, j'ai l'impression d'être manipulé.

— Voilà que tu deviens sentimental.

— Comprends-moi. Il est clair que je lui ai servi à lancer la machine… mais à présent, il y a un autre cadavre et lui, il a disparu.

— Tu es inquiet ?

— Ne te fiche pas de moi. Il l'informa des derniers développements de l'affaire. Il me manque des informations. Par exemple, quel genre de tatouages avaient Sabrina Olcese et Carola Piezzi. Il faudrait que nous en parlions, alors que Sgrò joue à cache-cache.

— Que veux-tu que je te dise ? Il doit avoir ses raisons…

— Tu me fais chier toi aussi ! Je voulais savoir… il va bien ?

— Leo, je ne suis pas son médecin. Je ne sais pas. On se connaît, on se parle quelquefois au téléphone mais on ne se fréquente pas beaucoup.

— Hier soir, il n'avait pas l'air bien.

Il entendit un grand soupir dans le combiné.

— On va faire comme ça : j'essaye de le contacter, et on se rappelle.

Le commissaire raccrocha sans rien ajouter.

16

Malinverno était allé la voir directement dans sa maison, non loin de la sienne : une petite maison avec un salon, une cuisine et une chambre à coucher, des pièces meublées simplement et sans chiqué. Il avait sonné à l'interphone. Entre elle et lui s'était instaurée une amitié quasi masculine, et les conventions n'avaient pas lieu d'être.

Carla Tesei l'informa comme si elle parlait de quelqu'un d'autre.

— Tumeur au pancréas, dit-elle, sans que sa voix laisse transparaître la moindre émotion.

— Tumeur au pancréas… tu plaisantes ?

— Je n'en ai aucune envie. C'est le diagnostic de mon oncologue, après tous les examens que j'ai subis.

— Carla, tu me fais marcher…

Elle secoua la tête tout en continuant à caresser le gros chat noir blotti dans son giron.

— Oriana Fallaci l'appelait comment ? L'étranger ? Eh bien, l'étranger est de retour. Et elle conclut, avec un sourire las : Il faut croire qu'il veut s'installer chez moi.

Cinq ans auparavant, Carla avait subi une mastectomie totale après la découverte d'une tumeur très agressive, et elle avait dû se soumettre à des séances sévères de chimiothérapie. Après une période de convalescence plutôt difficile et un retour au travail plutôt fatigant, tout semblait résolu. Mais le mal n'avait fait que changer de cachette, choisissant justement la plus perfide.

Même s'il n'y croyait pas trop, il tenta de l'encourager.

— Allez, Carla, tu verras… tu en viendras à bout cette fois aussi. Ou plutôt, nous en viendrons à bout.

Il se souvenait, parce qu'elle le lui avait avoué, que pendant sa maladie et sa convalescence, Carla avait beaucoup souffert de la solitude, durant ces jours et ces mois qui se ressemblaient tous. Nausées, douleurs, fièvres soudaines, abattement physique, moments de découragement. Divorcée, sans parents proches, des relations exécrables avec son ex-mari, elle n'avait pas pu compter sur grand monde pour l'aider, la soutenir ou la distraire un peu.

Par la suite, leur amitié s'était renforcée.

Malinverno se jura de rester à son écoute. Au moins ça.

— Il faut positiver, Carla, on dit que le facteur psychologique joue beaucoup dans la guérison. C'est une guerre, et nous devons en sortir vainqueurs.

Vêtue, malgré la chaleur, d'un vieux survêtement en chenille bleue, décoiffée, très pâle, elle alluma une cigarette avant de répondre.

— Je ne crois pas, Leo. Elle aspira et souffla la fumée. Inutile de se faire des illusions, le cancer au pancréas est l'un des plus résistants, avec un taux de survie pratiquement nul.

C'était vrai : inutile de le nier.

Carla n'était pas assez bête pour se laisser duper par de vagues tentatives de réconfort. Dans tous les cas, la résignation est l'une des réponses possibles à l'angoisse, mais même si cette révélation l'avait bouleversé, Malinverno ne suivrait pas son amie sur cette voie.

— Que disent les médecins ? lui demanda-t-il.

— La masse tumorale est très étendue. Ils jugent donc inutile que je subisse des séances de chimio et de radiothérapie pour réduire le carcinome avant de l'enlever grâce à une intervention chirurgicale.

— Tu vois, ils ont un plan d'attaque…

— Des conneries ! s'exclama-t-elle dans un épais nuage de fumée.

— Qu'est-ce que ça veut dire, *des conneries* ?

— Tu n'as pas vu leur tête. Ce sont de très mauvais comédiens, je t'assure, dit-elle en agitant sa cigarette pour faire tomber la cendre par terre. Je crois que pour eux, c'est juste une façon, par ailleurs excessivement pitoyable, de gagner du temps pour ne pas me dire que je vais mourir. Et rapidement…

— Ils ne t'ont pas dit que tu dois arrêter de fumer ?

— Non. Quand j'y pense, cela aussi doit signifier quelque chose… tu ne trouves pas ?

— Il me semble que tu devrais arrêter de fumer comme un sapeur. C'est tout.

— Pour toi, c'est facile !

— Tu oublies que je fume, moi aussi.

— Pas plus de dix cigarettes par jour. Ce n'est pas énorme.

— Crois-moi, même dans ma situation, il n'est pas facile de se limiter.

— Écoute, Leo, en ce moment, je n'ai pas envie de me prendre la tête. Et donc, je continuerai à fumer. Tant que ce sera possible, je continuerai à vivre comme avant.

Elle avait raison.

— Je te comprends, mais…

Avec un geste péremptoire de la main, elle l'empêcha de poursuivre.

— Je t'en prie, parlons d'autre chose. Elle se toucha au niveau de l'estomac, avec une grimace de douleur. Comment va ton Eimì ?

— *Mon Eimì ?* Malinverno sourit. Je ne sais pas si on peut l'appeler comme ça…

— Vous êtes ensemble, non ?

— Elle a vingt-trois ans.

— Et alors ? Tu aurais pu y penser avant.

— Alors que j'y pense maintenant. J'y pense beaucoup.

Carla avait les mains pressées sur son sternum.

— Ça ne te ressemble pas, il doit y avoir autre chose. Le Leonardo que je connais n'aurait pas de problème à vivre une histoire comme ça.

— Tu as raison, tu as raison. C'est sans doute pour ça que je me sens si ahuri avec elle… mais, tu souffres ?

Carla s'était allongée sur le canapé, elle respirait profondément, en contrôlant sa respiration.

— Plutôt, oui.

— Tu veux que je parte ? Comme ça, tu pourras aller te coucher.

— Non, non, reste encore un peu.

— Tu veux que je t'accompagne jusqu'à ton lit ? Je peux t'apporter quelque chose ?

— Ne t'inquiète pas, j'ai déjà pris un antalgique. Il va bientôt faire de l'effet. Comment ça se passe à la rédaction ?

Ne t'inquiète pas : tu parles.

— Je ne vais pas au *Globo*. Mais il décida de jouer lui aussi la comédie du "tout va bien". Et je n'irai pas tant que la situation avec Tommaso Lembo ne se sera pas éclaircie.

— Tu veux dire : tant que l'Everest ne sera pas revenu.

— Il va mieux, je pense qu'il ne tardera pas à revenir. Ou du moins, qu'il pourra donner son avis en ce qui concerne le journal.

— Tu as été impulsif, mais Lembo n'a pas été en reste. Il aurait dû garder le sang-froid nécessaire pour diriger un groupe de travail.

— Ouais ! Ce type n'est même pas capable de diriger la rédaction du journal de mon ancien lycée !

Carla Tesei sourit en signe d'approbation, mais tout de suite après, elle ne put retenir un faible gémissement à cause d'une douleur plus intense que les autres.

Elle en était déjà à ce stade. Comment avait-il pu ne pas s'en rendre compte ?

Malinverno fit tout ce qu'il pouvait pour ne pas lui montrer son inquiétude. Il mentit :

— Maintenant je dois partir. J'ai du boulot qui m'attend.

— Oui, cela vaut mieux. Je vais m'allonger un peu sur mon lit. J'ai froid.

Il avait du mal à le croire. Le thermomètre indiquait une température digne d'un haut-fourneau, et elle avait froid ?

— Surtout, s'il y a quoi que ce soit, tu m'appelles. En un rien de temps, je suis ici avec ma Lambretta. S'il y a quoi que ce soit. Compris ?

— D'accord, d'accord. J'ai de la chance d'avoir eu un ami comme toi… et crois-moi, Eimì aussi a de la chance.

D'avoir eu… Devant la porte, il fit un effort pour ne pas la prendre dans ses bras et ne prononça pas un mot. Il lui serra rapidement l'avant-bras et disparut en bas de l'escalier.

17

Deux jours après, alors que le ciel s'obscurcissait, le major Sgrò sonna à la villa de Malinverno.

Avec Eimì, ils venaient juste de s'attabler sous la tonnelle, à l'arrière de la maison. Il avait préparé une salade composée d'orge, de légumes sautés, de haricots blancs et de petites feuilles de menthe. La jeune femme s'était occupée du dessert, un parfait à la pastèque qu'elle réussissait particulièrement.

En entendant sonner à l'interphone, il lui dit :

— Je vais voir qui c'est. Toi, tu restes ici. Qui que ce soit, je m'en débarrasse tout de suite.

Mais il ne put respecter sa promesse.

— Je vous demande pardon de débouler comme ça, Malinverno.

— Il était temps, major. Si vous ne l'aviez pas fait, c'est moi qui aurais essayé de vous contacter, demain. Entrons…

— Non, non, vous étiez sans doute en train de dîner. Je ne veux pas vous déranger.

Le ton n'admettait pas de réplique.

Ils restèrent donc à l'extérieur du jardin, enveloppés par le chant des cigales.

Le major avait les joues rubicondes à cause des capillaires qui les sillonnaient, et les yeux rouges. Il ne portait pas de veste, était en civil, en sueur et sa barbe était mal rasée. Son apparence laissait à désirer.

— Guerci m'a dit que vous vouliez me parler.

— À la bonne heure ! Je le lui ai dit jeudi dernier.

— J'ai eu à faire.

— Je vous comprends. Nous en sommes à trois.

— Trois meurtres, répéta Sgrò pour souligner l'affirmation, et comme s'il portait sur ses épaules les corps des victimes. Et il ne s'arrêtera pas.

— Vous avez de nouveaux éléments ? insista Malinverno.

— Quels éléments ?

— Des indices, des idées, des intuitions…

— Rien.

— Des messages de l'assassin ?

— Que voulez-vous dire ?

— Corrigez-moi si je me trompe, mais il n'est pas rare que les tueurs en série établissent un contact avec ceux qui les pourchassent.

Sgrò coupa court :

— Ce n'est pas le cas, ici.

— J'ai besoin de savoir des choses.

— Dites-moi, je verrai si je peux vous répondre…

Malinverno s'alluma une cigarette.

— Vous en voulez une ?

— Merci, mais je ne fume pas.

Eh oui. Tu as d'autres addictions.

— Je peux vous offrir un verre de vin ?

Il se repentit aussitôt de sa proposition : cela pouvait passer pour une provocation, et ce n'était pas son intention.

— Demandez-moi ce que vous voulez, je vous en prie, soyez bref… Je dois m'en aller.

Il semblait être sur des charbons ardents.

— Les tatouages ? Vous êtes arrivé à savoir où ils ont été faits ?

— Nous vérifions systématiquement tous les magasins agréés. Mais pour l'instant nous n'avons rien, personne ne se souvient d'avoir vu les victimes parmi les clients.

— Vous avez pu savoir quelle image le meurtrier a prélevée sur le corps de Sabrina Olcese ?

— Une des Érinyes, Alecto.

— La déesse grecque de la vengeance.

Le major fut stupéfait par la réaction de Malinverno.

— Vous êtes la première personne qui sache qui est Alecto.

— Qu'est-ce que vous croyez ? J'ai fait des études classiques, plastronna Malinverno. Et puis j'ai une mère, une casse-couilles comme il y en a peu, qui enseigne le grec et le latin.

— Il paraît que Sabrina Olcese avait été frappée par un vers de la *Divine Comédie*, dans lequel Dante parle des Érinyes.

— Comment l'avez-vous su ?

— Par l'homme qu'elle fréquentait.

— Duranti, l'architecte ?

Autre expression de stupeur.

— Giorgio Duranti, oui. Je vois que vous avez avancé dans vos investigations.

— Eh… si j'attends votre aide…

À cet instant, Malinverno eut une illumination : il mit en relation les éléments qu'il avait en sa possession.

— Mais c'est Duranti qui vous a parlé du tatouage de Sabrina Olcese…

— Je vous demande pardon, je ne comprends pas.

— Le tatouage de Sabrina. Vous n'avez pas déduit qu'elle en avait un par analogie avec le jeune Intrieri, comme vous me l'avez dit la première fois ?

Sgrò ne cacha pas son agacement, y compris après s'être partiellement trahi.

— Je voudrais vous demander de ne plus rien attendre de moi. Je ne peux pas… ils m'ont demandé expressément de ne pas avoir de contacts avec la presse.

Malinverno sourit malicieusement.

— Le terrible colonel Torreggiani ?

— Malinverno, je ne suis pas ici pour dire du mal de mes supérieurs, comprenez-le.

— Pourriez-vous me donner le résultat de l'expertise médico-légale ?

— Toujours la même méthode. L'assassin assomme ses victimes d'un coup violent à la tête, en utilisant un objet qui ne défonce pas le crâne, mais qui provoque une forte commotion cérébrale.

— Pour agir en toute tranquillité ?

— C'est mon avis… pour préparer ses proies.

— Ses proies…, répéta pensivement Malinverno.

Les mains de Sgrò tremblaient légèrement. Ne sachant où les mettre, il les enfonça dans ses poches.

— Pour lui, ce sont des proies.

— Je le sais, mais cela me fait un certain effet.

Sgrò poursuivit sans relever :

— Il leur attache les mains et les pieds, les bâillonne avec du scotch et leur enfile un sac en plastique sur la tête.

— Il veut en faire des mannequins inertes et muets, résuma Malinverno.

— Je crois que c'est exactement cela. L'officier épongea la sueur sur son front avec un mouchoir en coton. Il était encore une des rares personnes à en utiliser. Ce ne sont pas les victimes en elles-mêmes qui l'intéressent, mais ce qu'elles représentent et ce qu'elles peuvent lui donner. Et peu importe si leur mort est le prix à payer.

— Il y a une certaine pitié dans sa façon d'agir, mais cela pourrait aussi être du mépris.

Malinverno avait dit ces mots en fixant le vide, comme s'il parlait pour lui-même.

— À présent il faut que je vous laisse, Malinverno. Comme je vous l'ai dit, je voudrais que nos contacts s'arrêtent ici. J'ai déjà eu des problèmes à cause de vos articles.

— Moi aussi, major, qu'est-ce que vous croyez ? C'est notre travail, nous ne devons pas l'oublier. Nous ne pouvons pas nous attendre à être compris et encouragés.

Walter Sgrò le fixa longuement, mais pendant quelques secondes il parut faire un violent effort pour ne pas dire ce qu'il brûlait de dire.

Malinverno le vit ensuite se tourner et s'en aller. Il ne put s'empêcher de penser que la vie avait mis sur les épaules de cet homme un poids qu'il n'était plus capable de porter.

Mieux valait retrouver Eimì, et sa joie de vivre si contagieuse.

— Alors ? Ça s'est bien passé ?

Elle s'était installée sur le hamac.

Les lanternes chinoises que la jeune femme avait disposées çà et là dans le jardin resplendissaient à présent dans les points les plus sombres, et la lampe suspendue au-dessus de la table répandait une lumière chaude.

Il lui exposa sommairement les faits.

— Tu sais, j'étais en train de me dire que moi aussi, j'aimerais me faire tatouer…, lui dit Eimì avec une expression comique.

— Crétine !

— Pourquoi ? Je ne pourrais pas ?

— Je me demande ce qui pousse les gens à se faire graver la peau…

— C'est peut-être une façon de concurrencer dame nature.

— Je ne trouve pas que ce soit une compétition très intéressante.

— Nous naissons avec des traits que nous ne pouvons pas choisir ; ce n'est pas pareil avec les tatouages, ils permettent de donner libre cours à notre imagination.

— C'est possible.

Ils mangèrent et rirent beaucoup. Le reste de la soirée se déroula de manière incroyablement sereine.

À un certain moment, alors qu'Eimì et Leo s'étaient installés sur le petit canapé en rotin sous le saule gigantesque, on entendit, venues de la maison voisine, les notes de *L'Hymne à l'amour* chanté par Édith Piaf.

— Tu vois ? Elle aussi est de cet avis. Eimì l'embrassa sur les lèvres. L'amour l'emporte sur tout.

— Emma est une grande romantique, elle n'écoute que des chansons d'amour à l'eau de rose.

— Il n'y a pas de mal à ça.

— Ça reste à prouver.

Elle lui pinça gentiment le nez.

— Tu es d'un cynisme !

Après avoir fait l'amour, Malinverno eut l'impression que le lit était devenu incandescent.

Il avait envie de se lever, mais il attendit que la respiration d'Eimì s'apaise, signe qu'elle dormait profondément. Il la regarda un moment, presque avec regret, à la clarté de la lune qui entrait dans la chambre.

Elle avait un corps parfait, lisse et brillant.

Il descendit au rez-de-chaussée. Par les fenêtres d'Emma lui parvenait à présent la voix de Charles Aznavour, *Non, je n'ai rien oublié.*

Il s'arrêta pour l'écouter, debout devant les rideaux qui ondulaient légèrement, dans la pénombre du salon. Pas question de dormir, avec l'inquiétude qui le tenaillait. Il prit *Le Bel Antonio* et, allongé sur le canapé, ne le lâcha pas jusqu'à la dernière page.

Le matin, il fut réveillé par le SMS de Jimmy Caviglia, le jeune journaliste du *Globo*. Celui que Pietro Orefici avait embauché dans un élan de magnanimité, avec l'intention de l'utiliser comme chien de chasse. C'est-à-dire qu'il voulait l'expédier dans les banlieues romaines pour qu'il en rapporte des informations, des histoires, des récits.

Et il en avait été ainsi. Caviglia était le premier des journalistes à mettre les pieds à la rédaction de la Fontana di Trevi, et le dernier à en repartir, sans cesser de courir d'un bout à l'autre de Rome : il menait une vie infernale, toujours à la disposition du journal.

Sagace et rapide, rongé par l'ambition de conquérir, grâce à sa carte de presse, un poste de choix dans le journal, il collaborait avec tout le monde, mais n'était capable de s'enthousiasmer que pour ceux qui lui plaisaient vraiment. Et surtout pour Leonardo Malinverno, auquel il vouait une sorte de vénération, comme on peut en éprouver pour une star de la pop. Du reste, Malinverno le trouvait sympathique, y compris parce que, à travers lui, il se revoyait au même âge.

Caviglia lui avait demandé de lui accorder quelques minutes.

Ils avaient échangé des SMS et s'étaient donné rendez-vous dans un bar près de la piazza Barberini.

Assis à une table en terrasse, il le regarda traverser la rue et se diriger vers lui. Dégingandé, les yeux cernés à cause de la fatigue accumulée, les cheveux hérissés de gel. Il lui parut agité.

— Comment vas-tu, Jimmy ?

— Mon cher *maestro*, je suis toujours en train de courir… Ils se saluèrent en se faisant un check. Et puis, depuis que tu n'es plus à la rédaction, c'est le foutoir.

Le garçon prit la commande. Ils échangèrent ensuite des informations rapides sur les collègues du *Globo*. Personne n'aurait imaginé regretter l'Everest, et pourtant, c'était ce qui se passait.

— Carla Tesei aussi est absente depuis plusieurs jours. Il n'y a que nous…

— Et Lembo fait la pluie et le beau temps, conclut Malinverno en essayant d'ignorer la sensation désagréable qu'avait provoquée en lui l'évocation de Carla.

— Il fait surtout le mauvais temps, précisa Caviglia. Il est persuadé que, en hurlant, il nous fera travailler davantage, et mieux. C'est un vrai bâton dans le cul.

— Une image significative et, tout compte fait, réaliste, plaisanta Malinverno.

— Tu sais qui est la seule à lui tenir tête ?

— Vilma Diberti.

— Vieux renard de la rédaction ! Comment tu as fait pour le deviner ?

— Je connais Vilma, c'est une dure à cuire.

La seule, en l'absence de Carla Tesei.

Caviglia lui raconta que Lembo lui avait demandé d'aller voir un spectacle dans une cave moisie, derrière le corso Vittorio Emanuele, un lieu que l'on osait appeler "théâtre". Une petite actrice sur laquelle il fondait des espoirs y jouait. Il avait recommandé à la Diberti de la traiter avec des égards. "Pour la dédommager des humiliations que tu lui feras subir ? C'est hors de question !" avait-elle rétorqué.

Ils firent des commentaires ironiques sur les prouesses amoureuses de leur sous-directeur.

— À mon avis, il y a longtemps qu'il n'a pas vu une autre chatte que celle de sa femme, affirma Caviglia.

— À mon avis, même pas celle-là !

— Dans ce cas, je peux le comprendre. Je parlerai à Vilma pour la convaincre d'interviewer la petite comédienne.

Ils rirent de bon cœur.

Malgré lui, Malinverno pensa à Eimì nue sur le lit, et à Caviglia, à peine plus âgé qu'elle. Même si cela le dérangeait, il ne put s'empêcher de les imaginer ensemble. Ils auraient fait un si beau couple, tous les deux… Ce fut Jimmy qui le tira de ses fantasmes.

— Quand reviens-tu ? lui demanda le jeune homme.

— Ça ne dépend pas de moi…

— Bordel de merde… J'entends toutes sortes de rumeurs, tu ne veux pas me raconter ce qui s'est passé exactement ?

Caviglia écouta avec attention le rapide compte rendu de Malinverno, tout en sirotant le café que le garçon leur avait apporté entretemps.

— C'est vraiment un couillon…, conclut-il. Je veux parler de Lembo. Un couillon desséché. J'ai lu tes articles, ils sont excellents. Comme toujours, en fait.

— N'exagère pas. Même si ça me fait plaisir de te l'entendre dire.

— Tu n'as pas besoin de ça. Il réfléchit un instant, puis ajouta : Tu te rends compte ? Un type a un Malinverno dans son équipe, et il le vire. Je ne peux pas le croire.

— Ne le prends pas comme ça. Ainsi va le monde. Mieux vaut l'apprendre vite.

— Tu veux que je te livre le fond de ma pensée ? Malgré tous mes efforts, je n'arrive pas à comprendre pourquoi il a voulu te mettre sur la touche. C'est comme si un mec, pour faire enrager sa femme, comme disait mon grand-père, se châtrait.

Jalousie, prétention, mesquinerie. Désir effréné d'exercer un petit pouvoir enfin conquis. Plusieurs raisons plausibles. Une par-dessus tout : la stupidité, qui était le trait le plus caractéristique de Tommaso Lembo et qui, au bout du compte, empêchait Malinverno de le détester sans lui accorder des circonstances atténuantes.

— Que sais-tu d'Orefici, Leo ?

— Il paraît qu'il va mieux… mais la convalescence sera longue.

— Dommage. Tu verras, quand l'Everest reviendra…

— Pourquoi m'as-tu donné rendez-vous, Jimmy ?

— Putain, j'allais oublier. Ton enquête.

— Tu aimes bien mes articles, m'as-tu dit.

— Non, non. Je voulais te parler de Giorgio Duranti, l'architecte.

Malinverno fronça les sourcils.

— Et toi, que sais-tu sur lui ?

— Je t'ai dit que j'ai lu tes articles, et lui est dans mon équipe de foot à 5, c'est un ami d'amis… Je le connais un peu.

— Je devais lui parler et je n'y suis pas arrivé. Il avait une histoire avec Sabrina Olcese, la première victime du Tatoueur.

— Eh, c'est justement pour ça que je voulais te parler.

Caviglia lui apprit que la veille au soir, après un match sur un terrain paumé de la via Casilina, il s'était attardé dans les vestiaires. Pour lire des mails et des infos sur son téléphone portable, assis sur un banc, caché derrière un portant à vêtements. Sous les douches, il y avait Duranti et le type qui l'avait introduit dans le groupe, un certain Umberto.

— Il était en train de lui dire qu'on avait trouvé une autre victime du Tatoueur. Il parlait de Carola Piezzi. Duranti lui a répondu qu'il le savait… et ils en sont venus à parler de Sabrina Olcese…

Le jeune homme lui rapporta l'échange.

— "C'était une idiote", disait Duranti. Il en parlait sur un ton presque excédé. "Quand elle s'est fait faire ce tatouage, elle me l'a montré comme si elle avait un Manet peint à côté de sa chatte. Elle avait choisi une Érinye aux ailes déployées. Ce qu'elle aurait aimé être. C'était une mollassonne, mais elle me faisait durcir." Et de ricaner vulgairement… Je te jure, l'entendre parler comme ça d'une fille assassinée, ça m'a donné envie de gerber…

Caviglia fit une moue dégoûtée.

L'impression qu'il avait eue en parlant avec Clelia Iozzia dans l'atelier d'architecture, puis avec Adelfa Maiorini en évoquant les relations entre Duranti et Sabrina Olcese, était justifiée. Malinverno en eut la confirmation à cet instant.

— Ils n'ont rien dit d'autre ?

— Umberto s'est mis à invectiver Duranti pour rigoler. "Mon salaud, t'as raté ce but… je te le pardonnerai jamais. De même que je te pardonnerai pas de nous avoir posé un lapin le 1er mai, avec l'équipe des Wind !" Voilà ce qu'ils ont dit.

18

Il essaya d'appeler Carla Tesei. Soit son portable était éteint, soit elle n'était pas joignable, et le téléphone fixe sonnait dans le vide. Il préféra ne pas insister, espérant qu'elle était en train de dormir. Il n'aurait pas su quoi répondre à quelqu'un qui lui aurait demandé si le cœur peut se ratatiner, mais c'était ainsi qu'il sentait le sien : ratatiné. Il passerait la voir plus tard.

Auparavant, il devait parler à Vilma Diberti.

Ils se mirent d'accord pour se rencontrer au bar della Stampa, près de la rédaction de la piazza Fontana di Trevi. Le propriétaire avait placardé sur les murs les unes historiques du *Globo* et du *Messaggero* dans des cadres sans bordure : la mort du pape, la crue du Tibre, la victoire en championnat de sa chère Lazio, la chute du gouvernement Berlusconi, qu'ils avaient fêtée en offrant le café gratis aux clients habituels.

— Salut, Oreste, lui lança Malinverno, en s'asseyant sur le tabouret face au comptoir.

L'air conditionné lui fit immédiatement du bien.

— Salut, Leo. Qu'est-ce que tu deviens ?

— Ça tourne mal pour moi…

— Eh oui, j'ai su… ce Lembo ne m'a jamais été sympathique. Il ne laisse toujours que cinq centimes de pourboire, et je dois me retenir pour ne pas les lui fourrer dans la bouche.

— Il ne sait pas que vous, les gens du Latium, vous êtes avides ?

— Ouais, marre-toi…

— Écoute, on peut aller dans le petit salon ? J'attends Vilma… et je ne voudrais croiser personne.

— Sacré don Juan ! Toujours une nana entre les pattes… et quelle nana ! Un vrai canon.

Non. Avec Vilma, il avait déjà donné, peu après avoir été embauché à la rédaction. Elle l'avait aidé à comprendre les jeux de pouvoir entre collègues. Un flirt de courte durée avait suivi, une sorte de troc dicté par la gratitude. Rien de plus.

Elle arriva au pas de charge, comme toujours, comme si elle voulait planter ses talons aiguilles dans le sol. Elle s'assit et entreprit de brosser ses longs cheveux cuivrés. Elle le faisait souvent et y prenait plaisir, par une sorte de réflexe conditionné.

Malinverno ne savait pas si cela l'aidait à se concentrer, par exemple durant les interminables réunions de rédaction, ou pour s'isoler du contexte. Ce qui était sûr, c'est que ce geste avait un pouvoir hypnotique sur ceux qui en étaient spectateurs. Chez lui, cela provoquait un élan de tendresse et un certain amusement.

— Je t'en veux à mort ! lança-t-elle.

Ça, c'était nouveau.

— Pardon, mais qu'est-ce que je t'ai fait ?

— Tu as disparu… vous avez tous disparu…

— Tous ?

— Eh oui ! toi, Carla Tesei… Ça ne se fait pas.

Dès qu'il entendait le nom de son amie, il tressaillait. Et surtout, il ne savait pas comment se comporter, s'il devait dire, ou pas, qu'elle était très malade.

— Vous m'avez laissée seule avec ce couillon de Lembo, poursuivit Vilma. Si tu savais toutes les conneries qu'il fait… et sa prétention…

— J'en ai une vague idée.

Oreste arriva pour prendre la commande.

— Moi, je voudrais une *pizzetta* à la mortadelle… ou plutôt, deux…

— C'est dégueulasse, Leo, comment peux-tu manger du cochon mort ?

— Tu penses qu'il vaut mieux le manger vivant ?

— Crétin ! Pour moi, ce sera un croissant végan et un cappuccino. Elle rappela Oreste qui se dirigeait vers le comptoir. Du lait de soja, hein !

Le passage inexorable de Vilma du régime végétarien au végan était plutôt récent. Un reportage qu'elle avait réalisé sur la fête du solstice d'été à Yulin avait marqué un point de non-retour. Tous les ans, le 21 juin, dans cette ville et dans d'autres villes chinoises, des dizaines de milliers de chiens et de chats étaient abattus sans pitié. Entassés dans des cages minuscules ou enserrés dans des filets suspendus, parfois après avoir été capturés devant des habitations privées, ils étaient massacrés à coups de bâton, égorgés ou livrés à la mort après s'être vidés de leur sang.

Un rituel inacceptable, s'agissant d'animaux qui, même en Orient, étaient considérés comme des animaux de compagnie. Sur ce point, Malinverno ne pouvait pas donner tort à Vilma. Mais parfois, il éprouvait le besoin de mordre dans une côtelette, une belle tranche de bœuf ou un loup grillé. Évidemment, il le faisait en souhaitant que les bêtes aient été supprimées dans le respect de leur dignité. Vilma ne voulait même pas en entendre parler.

Avec elle, on ne pouvait causer que quinoa, amarante, épeautre, seitan, tofu, graines de chia, céréales, farines complètes… C'était aussi une fanatique du crudisme. Durant la brève période de leur fréquentation, un peu moins d'un mois, tout en réprimant la tristesse que lui procuraient certains plats qui avaient la consistance et la saveur d'une étagère Ikea, Malinverno devait l'admettre : il s'était forgé une culture culinaire alternative. Et il avait continué à s'en inspirer, sans renoncer au plaisir de taquiner son amie.

— Vilma, il faut que tu me rendes un service.

Elle croisa les jambes, aidée en cela par sa jupe évasée et légère.

— Si je peux, avec tout le boulot qu'il y a au journal…

— J'ai rencontré Adelfa Maiorini…

— Toi aussi, l'interrompit-elle. Lembo, au moins, me propose des filles jeunes et jolies.

— Laisse-moi t'expliquer. Elle m'a aidé à mieux comprendre l'histoire de Sabrina Olcese et m'a demandé une interview.

— Rien d'étonnant à ça ! Pour elle, tout est fini avec le crépuscule des socialistes.

— Elle peut encore m'être utile et, comme tu t'en doutes, je ne peux pas en parler à Lembo. Avec elle, il pouvait se permettre de plaisanter. Je saurai comment te remercier, dit-il d'un air entendu.

— Ça ne m'intéresse pas. Avec la Maiorini, peut-être…

— Qu'est-ce que tu veux dire ?

— Je veux dire que, à ma connaissance, elle ne dédaigne pas les relations sexuelles avec les hommes beaucoup plus jeunes qu'elle.

— Plus jeunes ?

— Bien sûr, elle les paye. Elle a de l'argent.

Il pensa à l'actrice corpulente et si *fanée**.

* En français dans le texte.

— Moi, même pour dix mille euros…

— Certains sont prêts à ne pas faire la fine bouche pour beaucoup moins.

L'idée le dégoûtait.

— Tu dis qu'elle a de l'argent. Alors, pourquoi mendier une interview ?

Elle se remit à se brosser les cheveux.

— Elles ne se résignent jamais. Elles rêvent toujours de remonter sur scène. Pas pour l'argent, car comme je te le disais, la Maiorini en a beaucoup gagné grâce à la télévision, mais par vanité.

— Comment se fait-il que tu la connaisses ?

— Tu oublies que je fais ce métier depuis presque trente ans. La Diberti en avait quarante-six, cinq de plus que Malinverno. Je l'ai interviewée plusieurs fois. Il y a quelques mois, je l'ai rencontrée à un dîner chez une amie. Elle était avec un architecte qui, de toute la soirée, n'a pas arrêté de me draguer. J'en ai déduit que, entre eux, il n'y avait qu'une relation basée sur l'intérêt.

Un architecte ?

— Giorgio Duranti ? demanda-t-il.

— C'est possible.

Vilma était une belle femme, libre de toute attache sentimentale. Elle avait dépassé la limite – entre vingt et trente ans maximum – au-delà de laquelle les hommes en âge de séduire et dotés de peu d'imagination aiment puiser. Mais elle était objectivement belle et sensuelle. Et pourtant, elle était seule.

Malinverno se dit que le métier de journaliste était incompatible avec une vie privée réussie. Au-delà de cette réflexion, il pensa que si vraiment, comme il le soupçonnait, il s'agissait de cet architecte – la Maiorini avait dit connaître Giorgio Duranti depuis l'époque de la rénovation de son appartement –, Vilma l'avait échappé belle. Mieux valait être seule. Elle en souffrait, désirait un enfant, mais mieux valait être seule.

— Tu feras cette interview ?

— Je la ferai.

Après l'intuition qui lui avait traversé l'esprit, la rencontre avec Giorgio Duranti, que l'architecte le veuille ou non, devenait urgente.

19

À la maison, il ne trouva pas Eimì mais un billet lapidaire, posé sur la table de la cuisine.

Tu n'es qu'un connard

Il ne pouvait pas lui donner tort.

La veille au soir, il avait attendu qu'elle s'endorme tout en continuant à caresser ses seins – un geste plus tendre que lascif –, et le lendemain matin, il avait disparu en douce.

Il pouvait la comprendre.

Elle avait des attentes concernant leur relation et elle n'arrivait pas à accepter la manière distraite avec laquelle elle était payée en retour. Elle désirait, comme de juste, une relation d'égal à égale. Et malheureusement, Malinverno ne pouvait pas la contenter.

Il mit en marche tous les ventilateurs pour faire circuler un peu d'air et tenter de lutter contre la chaleur étouffante des pièces.

Dans son bureau, il se mit à écrire au crayon feutre sur le tableau magnétique.

Sabrina Olcese – Érinyes
Simon Intrieri – Elfe
Carola Piezzi – Loup

Ce faisant, il eut l'illusion de conférer un semblant d'ordre à une affaire alambiquée et en cours.

Il regarda longuement la liste des victimes du Tatoueur, en proie à l'anxiété à l'idée que bientôt, un autre nom s'y ajouterait. Puis un autre. Il se demanda si cela prendrait fin un jour.

Il entendit sonner à l'interphone.

— Leo, c'est papa !

Il ne manquait plus que lui. Il ne l'avait pas vu ni entendu depuis des mois. Quand il se manifestait, c'était à la manière d'un rhume : imprévu, importun et envahissant. Un malaise passager, pour lequel il n'existe aucun remède.

Cheveux en brosse, frêle, il portait des mocassins clairs, un pantalon blanc et un polo couleur saumon. Horrible, mais il fallait reconnaître que, avec son bronzage, cela lui allait bien.

— Arrigo, qu'est-ce que tu fais ici ?

Il n'avait jamais réussi à l'appeler "papa".

— Je suis venu te rendre visite ! Que diable, il faut peut-être une raison pour venir voir son fils ?

À ce moment-là, Malinverno eut la certitude qu'il était arrivé quelque chose de grave. Les élans affectifs, chez cet homme qui passait son temps à se contempler lui-même et à satisfaire ses propres besoins, préludaient toujours à la demande d'une faveur.

— Tu as quelque chose à manger ? lança-t-il en guise de préambule.

Malinverno lava quelques tomates et défia le soleil impitoyable de deux heures de l'après-midi pour aller prendre au jardin des feuilles de basilic. Il coupa en tranches de la mozzarella de bufflonne et prépara une salade *caprese*. Mimma, la domestique, avait acheté un merveilleux pain aux céréales : il le trancha aussi. C'était la première fois qu'il préparait à manger pour son père. Il le fit, et s'en étonna lui-même, avec des gestes naturels. Comme pour un ami ou pour sa compagne.

Mon Dieu, Eimì.

— En ce moment, tu travailles sur les meurtres commis par le Tatoueur ? C'est un drôle d'oiseau… j'ai lu sur Internet…

Même s'il surfait sur le Net, la superficialité caractéristique de l'internaute tardif n'avait pas permis à Arrigo de réaliser que les sites rapportaient le nom de son fils sans faire référence aux articles écrits pour le *Globo*. C'était mieux ainsi. Il pourrait éviter de lui fournir des explications sur son éloignement du journal. Il n'avait pas envie de répéter la petite histoire habituelle, et il se disait que cela ne regardait pas son père. Presque rien de lui ne le concernait.

S'il regardait en arrière pour repenser aux moments les plus importants de sa vie, Arrigo en était absent. Le jour où il avait passé son bac, il se souvenait que son ami Rodolfo Runci et le père de celui-ci s'étaient étreints longuement : il était resté là à les regarder, hébété, honteux de la jalousie qu'il ressentait. Pour son diplôme, il n'y avait que sa mère et sa sœur Ippolita, et il en était de même lors du dîner qu'il avait offert lorsqu'il avait été embauché au journal. Il ne voyait pas pourquoi son licenciement, aujourd'hui, aurait pu l'intéresser.

Arrigo avait grandi seul, en pleine contestation étudiante, avec des parents peu enclins au dialogue et aux effusions. Et dès que cela avait été possible, se rebellant contre son père, il était parti à Londres, puis aux États-Unis. Trop exalté par les thèmes de la révolution de mai 68 qu'il avait absorbés de manière confuse, il n'avait jamais été capable de construire des relations affectives solides.

Malinverno s'était efforcé de le comprendre.

En toute sincérité, il ne pouvait pas dire qu'il nourrissait un quelconque ressentiment à son égard. Si on lui avait demandé ce qu'il ressentait pour Arrigo, il aurait répondu : de l'indifférence. Ce qui était pire que de la haine.

Cela avait été sa façon de se défendre pendant les années où il le voyait rentrer à la maison et en repartir, se moquant éperdument d'eux : de sa femme, d'Ippolita, et de lui.

S'occuper d'autre chose, détourner les yeux, se forcer à oublier, dissimuler, faire mine de ne pas accorder d'importance à la douleur : c'étaient les spécialités de la famille.

Malheureusement, le mal que nous nous efforçons d'ignorer provoque, généralement, les blessures les plus profondes.

Il l'observa en train d'engloutir de grosses bouchées sans presque mâcher, nettoyant l'assiette avec son pain.

— Alors, tu vas me dire pourquoi tu es venu ?

Arrigo temporisa :

— Il n'y a rien d'autre à manger ?

Il semblait à jeun depuis plusieurs jours. Il se leva, alla jusqu'au réfrigérateur et en sortit un saucisson.

Malinverno était agacé par la familiarité avec laquelle son père se déplaçait dans sa propre maison.

— Arrigo !

Celui-ci eut un soupir d'impatience.

— Bon, ça va, que diable. Je vais te dire… Il était en train d'enlever le boyau qui entourait le saucisson. On s'est quittés.

— Mirta et toi ?

Sans se l'avouer, sans en avoir parlé avec sa mère et sa sœur, va savoir pourquoi, il s'était dit que cette relation pouvait être la bonne.

— Depuis déjà une semaine.

Même Mirta ne l'avait pas supporté. Malinverno apprit que, les deux premiers jours, son père avait été hébergé par un ami, après quoi, pour ne déranger personne, il avait dormi dans sa voiture les jours suivants. Les bains publics et les fontaines, dans la rue, lui avaient servi à se laver et à se désaltérer.

— Pardon, mais tu ne pouvais pas aller à l'hôtel ?

Arrigo baissa les yeux.

— Je n'ai même pas un euro, souffla-t-il.

Si quelque chose n'avait jamais manqué à son père, c'était l'argent.

— Tu n'as pas un euro ? Qu'est-ce que tu racontes ?

Il lui avoua qu'une série d'investissements hasardeux et les saisies qui avaient suivi, la crise qui n'en finissait plus et – à quoi bon mentir ? – quelques parties de poker particulièrement malheureuses, avaient presque entièrement englouti son patrimoine.

— Je me suis fié à Tardini, mon comptable, et il a commis des erreurs, admit-il avec toute l'affliction, feinte ou réelle, dont il était capable.

Malinverno doutait que la responsabilité de ces revers de fortune fût attribuable à Tardini. Il avait beau faire des efforts, et il n'était même pas sûr de le vouloir, il n'arrivait vraiment pas à se sentir solidaire de son père. En l'espace de quelques années, celui-ci avait réussi à amasser un capital considérable grâce au contrôle d'une chaîne de supermarchés, avant de se retrouver sur la paille.

— Je peux rester ici quelque temps ? demanda Arrigo, apparemment distrait par la tranche de saucisson.

Son fils était maintenant tout ouïe.

Même la lumière couleur miel, dans la cuisine, qui semblait créée exprès par un directeur de la photographie, soulignait le caractère dramatique de ce moment.

Malinverno déglutit avant de répondre :

— Bien sûr que tu peux rester un peu ici…

Il suffit que ce soit un peu.

Si on lui avait dit qu'une bande de scouts s'installerait chez lui, il aurait été moins contrarié.

20

Pas question de s'adresser à Sgrò.

Malinverno se rendit directement au tribunal de piazzale Clodio pour rencontrer Arnone, le procureur de la République : il voulait obtenir l'autorisation de voir de ses propres yeux les victimes du Tatoueur.

Le magistrat, bronzé et habillé à la dernière mode – veste au col étroit, chemise cintrée –, le regarda d'un air soupçonneux par-dessus ses petites lunettes colorées.

— Pardon, mais qui êtes-vous ?

Il se présenta et formula sa demande.

— Il n'en est pas question. Et il le planta là, dans le hall du pavillon des audiences préliminaires où Malinverno l'avait abordé sans façon. Vous faites suffisamment de dégâts comme ça, vous les journalistes… Il n'en est pas question !

Comme si tout le monde ne savait pas que les dégâts que faisaient les journalistes étaient toujours commis avec la complicité des juges et des avocats, en une joyeuse transmission de documents et d'informations, au nom de services rendus, d'un désir de vengeance ou de revanche.

Il n'avait plus qu'à miser sur l'avidité de l'employé de l'Institut médico-légal, comme il l'avait déjà fait par le passé. En été, les bureaux, les salles de dissection et les locaux avec les cellules réfrigérées restaient pratiquement déserts.

Le médecin légiste de garde était allé boire un café et on ne le verrait pas avant une bonne demi-heure.

— Grouillons-nous… J'ai peur que quelqu'un ne passe, et on aurait des emmerdes, lui dit le surveillant en fourrant dans sa poche les cinquante euros que Malinverno lui avait glissés dans la main.

En tee-shirt, là-dedans, on risquait une pneumonie. Et le froid n'était pas seulement dû à la température ambiante. Derrière des dizaines de petites portes en acier, trois rangées superposées, se trouvaient des cadavres récents ou anciens. Au plafond, des néons. Un endroit où les gens passaient avec une appréhension bien compréhensible.

Malinverno se souvint qu'un jour, un des responsables lui avait dit que les cadavres non identifiés restaient parfois au réfrigérateur pendant des années. L'idée de ces corps oubliés augmenta son malaise.

Il passa le billet avec les noms à Antonio, le surveillant, qui alla directement ouvrir deux petites portes, en bas.

Sabrina Olcese et Simon Intrieri étaient voisins : grâce à une légère poussée, ils apparurent, couverts d'une bâche en plastique opaque, sur des brancards montés sur rails.

Antonio enleva la bâche.

Ainsi présentés, si on les observait à la bonne distance, on aurait dit un couple d'époux endormis, sans vêtements : leur pudeur arrachée de force. Mais en s'approchant, on remarquait les outrages infligés aux corps par le tueur en série. Les trous dans la chair, les portions de peau prélevée, la couleur violacée. Leur jeunesse dissoute dans le numéro de série du petit carton d'identification.

De leur vivant, ils ne se connaissaient pas, tous les journaux l'avaient écrit. La rage du Tatoueur les avait condamnés à une promiscuité difficile à comprendre et à accepter.

Le jeune homme avait un œil ouvert et l'autre mi-clos, comme s'il faisait un clin d'œil.

Une expression involontairement grotesque et en même temps sinistre. Quant à Sabrina Olcese, ils n'étaient pas arrivés à lui fermer la bouche, ses lèvres étaient livides et entrouvertes, sans doute dans une tentative ultime pour capter un peu d'air.

Malinverno observa les blessures avec attention : à première vue – mais il n'était pas un spécialiste –, elles semblaient nettes. Juste les coupures nécessaires pour prélever les tatouages.

Il avait voulu voir Simon Intrieri et Sabrina Olcese pour vivre l'horreur suscitée par leur dépouille, et se mettre au diapason avec leur tragédie. Celle de deux êtres humains fauchés par la férocité d'un autre être humain qui avait franchi le point de non-retour.

Mais il n'avait pas prévu d'écrire un article là-dessus. Il garderait pour lui cette expérience. Il ne voulait pas satisfaire l'attirance des lecteurs – déjà largement sollicitée par les comptes rendus de ses collègues – pour les détails sanguinolents.

Eimì attendait l'été avec l'émotion qui précède une fête.

C'était sa saison préférée. Elle avait besoin de se sentir enveloppée par des rayons tièdes, vêtue de soleil et de pas grand-chose d'autre, elle aimait sentir sous ses pieds le chatouillement que lui procurait le sable brûlant. Même en hiver, il lui fallait la senteur de l'iode, fût-elle mêlée à la puanteur du gasoil du port tout proche. Elle avait donc décidé – en épargnant sur le prix de la location – d'habiter à l'Isola Sacra, à quelques kilomètres de Rome. L'aéroport était à cinq minutes en voiture, ce qui était commode pour aller voir son père à Athènes.

Avec une camarade d'université de son âge, qui préparait elle aussi un diplôme de Lettres, elle occupait le rez-de-chaussée d'une modeste villa, avec un petit jardin poussiéreux devant lequel poussaient des agaves et des pittosporums. Au-delà de celui-ci, il y avait la route, la promenade de bord de mer et la plage.

Ces routes peu fréquentées, parcourues surtout par des Roumains et des Albanais, dont les maisons et les magasins étaient presque tous fermés durant les mois les plus froids, étaient l'image de la désolation. À partir du mois de mai, la foule des vacanciers, qui n'avaient que quelques euros en poche pour s'offrir le mirage des congés, augmentait de manière exponentielle jusqu'à la fin août. En septembre et en octobre, il ne venait plus que les irréductibles des week-ends. Après, il n'y avait plus un chat.

Mais cet endroit convenait à Eimì tel qu'il était.

Lorsqu'elle rentrait après les cours, sans se soucier du froid, elle allait se promener sur la plage pour regarder les vagues écumantes et se remplir les poumons d'oxygène.

Mais l'été, c'était autre chose, et elle ne comprenait vraiment pas que Leo se plaigne sans arrêt de la chaleur. Ce sale type… Elle avait quitté Santorin pour être avec lui et il l'avait laissée seule, sans même un mot ou un SMS. Comme la dernière des putes.

Elle prit un des manuels de littérature italienne et s'allongea sur le fauteuil à bascule de la véranda. Eugenio Montale lui ferait peut-être retrouver un peu de sérénité.

*S'assoupir, pâle et recueilli**…

* Poème d'Eugenio Montale (*Meriggiare, pallido e assorto…*, in *Os de seiche*, Gallimard, 1966).

Le chant des cigales qui se superposait aux cris des baigneurs au-delà du muret l'aida à s'assoupir. Quand les rayons du soleil la rejoignirent sous le portique, elle ressentit l'extase d'un lézard qui s'offre au soleil.

Le baiser que Malinverno déposa délicatement sur ses lèvres lui parut être un élément du rêve qu'elle était en train de faire.

Elle étira le dos et les bras.

— C'est toi ? Qu'est-ce que tu fais ici ?

— Je suis venu reprendre ma douce amie.

Il l'embrassa encore.

— J'ai dormi combien de temps ?

— Je ne sais pas… Il est six heures trois quarts.

— Ça alors ! Eimì se souleva du fauteuil. Plus d'une heure.

Malinverno s'assit à côté d'elle et se mit à lui masser le cou et les épaules. C'était sa manière de faire la paix.

Le soleil déclinait peu à peu.

Il lui proposa d'aller prendre un apéritif. Ils arrivèrent à un kiosque en bois et en verre, non loin de là, une espèce de bar à la limite de la plage. Les haut-parleurs diffusaient à un volume supportable une chanson d'Antonacci qui parlait de vacances passionnées dans le Salento.

Malinverno se tourmentait alors que ce n'était pas son genre, se demandant en quoi il avait commis des erreurs. Il regardait Eimì qui avait noué autour de sa taille un paréo bleu. Elle était très belle.

Pourquoi ne puis-je pas l'aimer comme elle le désire ?

Il y pensait en regardant le phare au loin. Son inadaptation sentimentale le mettait dans un état d'anxiété continuel, très désagréable. Il fut heureux de constater que la lumière déclinante de cette fin d'après-midi, exaltant les formes de la jeune femme, avait pour elle les égards dont il était incapable.

Il commanda un verre de prosecco, Eimì un spritz.

— Et si on allait prendre un peu le frais à Tarpasso ? lui proposa-t-il.

La jeune femme savait à quel point Leo aimait la vieille maison de son grand-père. Et même si elle n'était pas enthousiaste à l'idée de se terrer dans les collines par ce temps magnifique, elle accepta volontiers de lui faire plaisir.

— OK, allons-y !

Le temps de fermer portes et fenêtres, de glisser quelques affaires dans un sac, entre autres une paire de jeans et deux sweat-shirts pour le soir, et ils étaient en voiture – la Fiat 126 jaune citron que Malinverno se faisait prêter par sa mère lorsqu'il devait sortir de Rome. Ils mirent une heure et quart pour arriver à destination, à cause de la circulation due au week-end imminent.

Ils se garèrent sur l'esplanade du parking au pied du village. Les véhicules devaient s'arrêter là parce que l'ancienne porte d'accès à la forteresse leur était interdite.

Dès qu'elle fut sortie de la voiture, Eimì fut parcourue par un frisson. Par rapport à la ville et à la mer, la différence de température était sensible : au moins cinq ou six degrés de moins. Et la brise refroidissait la transpiration sur le corps. Elle regardait alentour comme si elle avait atterri sur une planète inconnue.

— Ton grand-père a vécu ici ?

— Oui, jusqu'à quatre-vingt-dix ans… Il sourit avant d'ajouter : Et il y était très bien. À un moment donné, moi aussi je me retirerai ici.

Ce sera follement amusant…, disait l'expression d'Eimì.

Les pièces de la maison, avec leurs murs épais, en briques, étaient aussi fraîches qu'une grotte. Sur le canapé, la jeune femme se glissa sous un plaid, jambes surélevées, pendant que Leo allumait le feu dans la cheminée.

— Il fera une bonne petite chaleur, dans pas longtemps…, la rassura-t-il.

Cela lui semblait paradoxal : en plein mois de juillet, être ici à se geler pendant que les autres avaient la chance de se faire rôtir sur des plages et des rochers.

En début de soirée, Eimì se hâta de mettre des vêtements plus épais devant le feu, pendant que Malinverno restait en bras de chemise. C'était son habitat idéal. Peu de gens : à peine une trentaine de résidents, plus exactement trente et un, grâce à l'arrivée, après de nombreuses années, d'un nouveau-né : du silence, de la fraîcheur, le téléphone portable qui captait par intermittence… L'enfer, pour Eimì.

— Tu veux que nous mangions quelque chose ici ou à la taverne de Beppe ?

La taverne semblait être restée telle quelle depuis les années 1960 : des boiseries sur les murs, une énorme tête de sanglier accrochée au-dessus de la porte de la cuisine, des chaises paillées. Ils burent le vin rouge servi en carafe et mangèrent le pain confectionné par Delia. Depuis la mort de Beppe, c'était sa fille qui s'occupait du restaurant.

Malinverno commanda le premier :

— Je veux ta formidable carbonara. Des spaghettis, précisa-t-il.

Delia prenait note.

— Et après ?

— Bœuf à la *picchiapò* et chicorée poêlée.

— *Picchiapò* ? demanda Eimì.

— Une recette romaine. C'est du bœuf braisé cuit dans une grande quantité d'oignon, céleri, piment oiseau, tomate, menthe et… Tu y mets des clous de girofle ? demanda-t-il à Delia.

— Bien sûr que j'en mets !

Eimì était presque horrifiée, ces plats ne lui semblaient pas très estivaux.

— Je n'ai pas faim. Je prendrai du jambon.

En cela aussi, ils étaient différents.

Lorsqu'il était à table avec quelqu'un qui n'éprouvait pas le même plaisir que lui à manger, Malinverno se sentait triste.

Après le dîner, il proposa à Eimì une promenade dans les ruelles. Pendant les vacances, quelques habitations de plus étaient ouvertes, comme en témoignaient les fenêtres éclairées. On croisait même des passants. Mais l'atmosphère de Tarpasso demeurait celle d'un village abandonné. De ceux que l'on s'attend à trouver dans les reportages consacrés aux villes fantômes.

De la pinède à l'arrière du village s'était levé un petit vent frisquet. Eimì voulait rentrer. Il l'accompagna jusqu'à la porte et l'embrassa distraitement sur les lèvres – un baiser auquel elle ne répondit pas – et lui dit qu'il avait envie de rester encore un peu à l'extérieur. Il se remit à marcher dans les ruelles aux pavés disjoints, où presque tous les réverbères étaient éteints, jusqu'à la place de l'église.

Il aimait Tarpasso parce qu'il lui offrait une vision à distance des lieux, des personnes et des faits. Même si cette distance était illusoire. Accoudé au muret dominant la vallée, Malinverno se sentait comme les droïdes de *Star Wars* dans la petite capsule d'expulsion : de là, les maux de Rome ne semblaient pas très graves. Mais il se trompait car le Tatoueur, terré quelque part sous cette pleine lune spectaculaire, s'apprêtait à tuer de nouveau.

À son retour, il constata qu'Eimì était déjà couchée. Il en profita pour envoyer quelques SMS. Devant la cheminée, il lut une quarantaine de pages des *Buddenbrook* en attendant que le sommeil s'empare de lui. Après avoir répondu par un émoticone à Carla Tesei qui le rassurait sur son moral, il laissa son portable à l'endroit de la maison où il y avait du réseau, près de la fenêtre du salon. À l'étage du dessus, il se glissa dans le lit sans faire de bruit, bénissant le climat du bourg qui rendait nécessaire une couverture. Et un pyjama pour Eimì.

Il lui fallut une bonne demi-heure avant d'arriver à s'endormir, en laissant vagabonder ses pensées du brigadier Lucia Simoncini à son amie qui se battait contre le cancer. Si quelqu'un ne méritait pas une telle expérience, c'était bien Carla.

21

Il ne pouvait courir aucun risque. À la différence des autres – un gamin et deux femmes –, celui-ci était grand et robuste et n'aurait eu aucun problème à réagir. Et peut-être à lui résister. Si seulement il lui en laissait l'occasion.

Un peu plus de trente ans, pas une once de gras, physique de sportif. À vue de nez, il devait frôler le mètre quatre-vingt-dix pour une centaine de kilos. Et, en effet, le traîner dans la fourgonnette, puis jusqu'ici, n'avait guère été facile.

Il risquait de se réveiller bientôt, même si le coup sur la nuque avait été violent. Pour commencer, il lui attacha les poignets et les chevilles avec plusieurs tours de ruban adhésif ; il fit de même pour la bouche, en lui passant le scotch autour de la tête et des cheveux qu'il portait plutôt longs. Quoi qu'il en soit, le type n'aurait pas à les décoller. Ce serait sans doute le problème du médecin légiste.

Une fois le travail d'immobilisation terminé, il s'installa, les pieds de part et d'autre de la tête de sa victime afin de lui sauter brutalement sur les épaules, de tout son poids. Le bruit produit et la douleur qui explosait dans les yeux du malheureux, de nouveau grands ouverts, furent des plus significatifs.

À présent, avec les deux épaules fracassées, il n'aurait pas pu réagir même s'il en avait eu la force. Ses gémissements déchirants, qui évoquaient ceux d'un ourson torturé, furent atténués par le sac en plastique que son bourreau lui enfila sur la tête.

À l'aide du cutter, il se mit à déchirer le survêtement que portait le jeune homme. Il partit du bas, ouvrant le tissu sur les jambes, sans se soucier d'inciser aussi les chairs.

C'était le cadet de ses soucis.

Les gémissements devenaient de plus en plus faibles à mesure que l'oxygène se raréfiait. Il coupa aussi le slip et, sans s'attarder à admirer les organes génitaux, y compris pour éloigner le soupçon que l'excitation ressentie puisse être de nature sexuelle, il lui écarta les jambes en se servant de ses pieds.

Le tatouage était là. Juste au-dessus du pubis. Le temps ne l'avait pas effacé. Il serait à lui, comme tous les autres.

Mieux valait se mettre au travail ; il fallait une précision millimétrique et du temps pour le détourer, le déraciner et l'extraire. La boîte transparente destinée à le conserver était déjà prête, à la maison. Entretemps, pour le transporter, il le placerait entre deux feuilles d'aluminium ménager.

Il se sentait puissant, heureux. Ce trophée ajoutait une valeur importante à sa collection, et le rapprochait de l'accomplissement de son œuvre. Son chef-d'œuvre.

Elle aussi en aurait été heureuse.

Malinverno se réveilla au bout de quelques heures.

Encore fatigué, il ouvrit les yeux à sept heures du matin et sortit de la chambre dans un silence parfait. Il ne voulait pas déranger Eimì. Il descendit au rez-de-chaussée. En bâillant, il constata que les réponses à ses SMS de la veille au soir étaient arrivées.

À Tarpasso, il pouvait aller courir. L'envie de le faire et l'énergie ne lui manquaient pas. Et il en avait besoin.

Libre des obligations liées au journal et de tous les rituels – la réunion de la rédaction, l'attente de son article sur la page dédiée, les plaisanteries entre collègues – et libre des tracas qui, malgré tout, le faisaient se sentir actif, Malinverno éprouvait, ces jours-ci, une impression de flottement qui, par moments, le désorientait. Il se sentait comme arraché à ses réseaux qui avaient pour lui une importance vitale ; devant suivre l'affaire du Tatoueur sans le secours de Guerci, il avait souvent l'impression de perdre son temps, de tourner en rond. Courir lui permettait de lutter contre l'anxiété.

Il sortit du village pour se rendre dans la vallée du Treja. Il partit du sentier qui serpentait dans les vastes prés longeant la forêt et sur lesquels, au printemps, la floraison des plantes sauvages évoquait les coloriages d'un enfant. Il aimait faire provision de couleurs. Le bleu triomphant du ciel, la lumière vive, le vert de l'herbe à proximité de l'eau. Une fête pour les yeux, dont il se souviendrait en hiver.

Tout de suite, il se sentit mieux. Il lui arrivait, quand il courait, de rêver qu'il ne s'arrêtait plus. Les jambes en action et respirant à pleins poumons, il avait l'impression d'être au summum de sa puissance physique. Il éprouvait la sensation, enivrante, de n'avoir besoin de rien d'autre. Pendant qu'un pied se posait sur le sol et que l'autre partait en avant, un instant suspendu dans le vide, il rêvait de demeurer ainsi. En tension mais sans but, sans que personne le voie, hors d'atteinte. Comme une pause entre deux notes de musique. Surtout en ce moment, il aurait aimé sauter dans cette bulle rassurante et impénétrable. Pour s'éloigner d'Eimì, de son père et de ses problèmes, de la maladie de Carla, du *Globo*, de Lembo…

Il avait emporté avec lui les clés de la voiture et, en short et tee-shirt, il décida de se rendre au marché de

Faleria. Il acheta des cageots de fruits, deux *caciotte** locales et de la brousse salée, ainsi que des aubergines, des poivrons, des tomates pour salade et pour sauce, une grosse pastèque et des melons. À la boucherie, il prit des saucisses et des côtes de porc. Une grande partie de ses achats lui serait livrée plus tard, à Tarpasso.

Il trouva Eimì enfin réveillée.

— Ohé… bonjour, comment vas-tu ?

Elle tourna la page du manuel de littérature dans lequel elle était plongée.

— Bien, bien, je crois que j'ai dormi dix heures.

— Tu as pris ton petit-déjeuner ?

Elle secoua la tête.

— J'ai acheté du lait, il y a des céréales… Il ouvrit le sachet en papier que Faustina lui avait laissé sur le pas la porte et en huma le contenu, se laissant envahir par sa bonne odeur. Et la voisine nous a laissé une part de son merveilleux savarin.

— J'aimerais bien du café.

Tu aurais pu te le faire.

— Il y en a aussi.

Il remplit la cafetière, la posa sur le feu et se mit à ranger les provisions dans le réfrigérateur et le garde-manger, pendant qu'Eimì pianotait sur son portable.

Elle était contrariée par l'absence de réseau.

— Ici, on est isolés du monde…

— Et toi, tu as besoin du monde, dit-il dans la cuisine, à voix basse.

Il lui apporta le café.

— Tu veux manger quelque chose ?

— Je n'ai pas faim. Je vais me mettre au travail.

* Fromage italien de forme cylindrique, qui connaît toutes sortes de variantes.

— Tu peux t'installer dans le jardin en bas de la maison. Il est ombragé, c'est agréable.

— Mais moi, je veux du soleil !

Par-dessus son pyjama, elle avait passé un sweat-shirt.

— Il y a même du soleil, figure-toi.

Quand elle fut prête, il l'accompagna dehors.

Ils descendirent un escalier en pierre vive recouvert de lierre et arrivèrent sur une vaste terrasse en terre battue, délimitée par un muret donnant sur la vallée. Des buissons, de grands arbres, des sièges et une table en pierre, une vasque tapissée de mousse dans laquelle s'ébattaient des poissons rouges et une carpe. Eimì resta là à les fixer pendant un moment, avant de s'installer au soleil avec son manuel.

Pendant plusieurs heures, ils ne se croisèrent pas, au grand soulagement de Malinverno. En effet, avec cette fille dans les parages, il se sentait dans la situation de contrainte et d'intimité forcée que l'on éprouve dans la cabine d'un avion. Ou, pire encore, dans un ascenseur. Quant à lui, il resta devant la cheminée éteinte à lire *Les Buddenbrook* et finit par s'assoupir, après être allé bien au-delà de la page 100.

— Il n'y a rien à manger dans cette maison ?

Eimì était en train de fouiller dans le réfrigérateur.

Malinverno quitta son fauteuil en s'étirant le dos.

— Quelle heure est-il ?

— Quatre heures de l'après-midi.

Il la rejoignit dans la cuisine.

— Il est un peu tard pour déjeuner…

Sur le rebord de la fenêtre, il aperçut un petit paquet enveloppé dans un torchon blanc et devina ce que c'était. Tout à l'heure, le savarin, à présent la miche de pain à peine sortie du four : une manière de lui dire à quel point elle était contente qu'il soit venu à Tarpasso.

— C'est le pain frais de Faustina.

— Qui est-ce ?

— Ma voisine. Que dirais-tu de tartines à l'huile ? De la bonne huile, celle d'ici.

— Va pour les tartines à l'huile.

Peu après, on sonna à la porte. Eimì le regarda, étonnée.

— J'ai pensé te faire une surprise… Malinverno voulait titiller la curiosité de son amie pendant qu'il allait ouvrir. J'ai invité un ami pour mettre un peu de gaieté.

Sur le seuil, souriant, se tenait Jimmy Caviglia. Leo fit les présentations. Eimì paraissait contente de cette diversion inattendue : elle annonça qu'elle montait à l'étage du dessus pour prendre une douche et se changer.

— Une belle tanière, maestro. Chaque fois que je viens ici, je t'envie…, reconnut Jimmy.

— Arrête, ne te fiche pas de moi.

— Je ne plaisante pas… Je crois que c'est le meilleur endroit pour venir mourir.

Malinverno lui fit un doigt d'honneur en souriant.

— Va te faire foutre, Caviglia !

— Mais pourquoi ? Moi, j'y pense souvent… C'est important de savoir où nous reposerons dans notre sommeil éternel, rétorqua le jeune homme sur un ton sérieux.

— J'ai dit que je t'ai invité pour mettre de la gaieté et c'est comme ça que tu réagis… Quel crétin ! Dis-moi plutôt : votre prochain rendez-vous de foot à 5 est prévu pour quand ?

— Avec Duranti ? Jeudi, mon jour de repos. Pourquoi ?

— Parce que jeudi prochain, tu auras une pubalgie et tu ne pourras pas jouer…

Il lui expliqua ce qu'il avait en tête.

— Oui, d'accord. On peut faire ça, c'est plausible, acquiesça le jeune journaliste.

— Tout à l'heure, j'irai chercher Vilma à la gare routière.

— Tu veux que j'y aille à ta place ?

— Si je t'explique comment y aller, ça prendra trop de temps. Non, j'y vais. Toi, tu tiendras compagnie à Eimì.

Au même moment, celle-ci apparut en haut de l'escalier.

— Qui doit me tenir compagnie, et pourquoi ?

Malinverno arriva à la gare routière, ratatiné dans sa Fiat 126 jaune citron. Le soleil tapait encore et, en descendant de Tarpasso, l'humidité et la chaleur augmentaient. Il avait beau détester l'air conditionné, il regretta de ne pas l'avoir dans l'habitacle. Il avait quelques minutes à attendre et décida de s'abriter dans un bar où il but un thé glacé. Même ses pieds transpiraient dans ses espadrilles, comme dans un sauna.

Vilma Diberti, en revanche, apparut devant lui, impeccable. Souriante, dans une robe moulante rouge, chaussée de ballerines bleues. Fraîche et parfumée : elle avait bien de la chance.

— On y va ? Je suis impatiente d'arriver dans ton refuge… je suis si curieuse…

Distraite comme à son habitude, elle se trouva aussi à l'aise dans la petite voiture que si c'était une limousine.

Elle entreprit immédiatement de se coiffer ; ses cheveux ondulaient sous ses doigts, telles de longues vagues. Le parfum délicat qu'ils dégageaient rendit à Malinverno toute sa bonne humeur.

22

Ils trouvèrent la maison vide. Aucune trace de Jimmy ni d'Eimì.

Vilma Diberti regardait autour d'elle, admirative.

— Quelle belle maison, tu l'as bien aménagée…, disait-elle, enthousiaste. Je t'envie…

— Elle est restée telle que ma grand-mère l'avait aménagée. Je n'ai presque rien changé. Évidemment, la structure est beaucoup plus ancienne.

Par une fenêtre de la cuisine, au-dessus de l'évier en marbre, Malinverno regarda le jardin en contrebas et vit les deux jeunes gens. Ils jouaient avec des raquettes de plage. Où avaient-ils trouvé ces fossiles ? Il avait dû les utiliser pour la dernière fois à l'âge de quinze ans, avec Andreina, la fille du menuisier, qui lui plaisait beaucoup. La partie avait peut-être duré cinq minutes, tout au plus : ils s'étaient mis à s'embrasser, réfugiés sous le figuier, beaucoup moins feuillu à l'époque.

Vilma se frictionnait le bras gauche.

— Zut, il fait froid…

— Vous, les femmes, vous avez toujours froid ! Tu veux prendre une douche chaude pendant que je récupère ces deux-là ?

Il lui montra sa chambre et lui donna des serviettes propres.

Eimì et Vilma se sentirent tout de suite à l'aise l'une avec l'autre. Pendant qu'elles bavardaient et que Jimmy les écoutait, Malinverno fit frire les aubergines destinées aux pâtes à la Norma qu'il avait prévu de cuisiner pour le dîner.

— Tu révises en prévision de ton examen de littérature italienne ? Avec qui ?

— Conticello.

— Gianni Conticello ? Ce vieux barbichu gâteux !

La jeune fille éclata de rire.

— Oui. Je n'avais jamais entendu ce surnom…

— À mon époque, il portait une petite barbiche ridicule, et je dis "portait" parce qu'on aurait vraiment dit qu'il s'agissait d'un postiche. C'est pour ça qu'on s'est mis à l'appeler barbichu. On l'avait même écrit sur les murs des toilettes.

Les bavardages se poursuivirent de manière plaisante. En même temps, Eimì échangeait des œillades et des sourires complices avec Jimmy. Malinverno le remarqua en entrant dans la pièce pour se mêler à la conversation, ou en passant pour aller au jardin prendre des feuilles de basilic.

Pendant que la sauce tomate mijotait dans la poêle avec deux gousses d'ail, il coupa en tranches la *caciotta* et un saucisson. Il prépara aussi des olives pimentées dans une coupelle.

— Ça vous dit de mettre la table ? Les pâtes seront bientôt prêtes…

Jimmy se leva, suivi d'Eimì. Ils apportèrent tout le nécessaire et dressèrent la table, tout en continuant à plaisanter et à se lancer des piques.

Les pâtes à la Norma, parsemées d'écailles de ricotta salée – sauf pour Vilma qui les refusa –, eurent beaucoup de succès. Quand il eut fini sa portion, Jimmy en réclama une autre ; et Eimì picora dans l'assiette de celui-ci, histoire de ne pas céder à la tentation d'une deuxième portion. Ils mangèrent le fromage et le saucisson, en buvant l'Amarone* apporté par Vilma.

— Je garde une petite place pour le dessert. Nous en avons un ? demanda Eimì.

— Je peux vous proposer des tranches du savarin de Faustina, trempées dans du limoncello… comme ça, on garde le tiramisu de la maman de Jimmy pour demain. Qu'est-ce que vous en dites ?

La proposition les enthousiasma.

— Et demain, un autre ami nous rejoindra, Gerardo Coppola, qui a réalisé mon site. Il vient avec sa nouvelle petite amie, les informa Malinverno.

Ils restèrent à table bien après la fin du dîner, étrillant les collègues et surtout Tommaso Lembo, le directeur bouche-trou. Spécialiste en querelles, peaux de bananes, impolitesses, mauvaise humeur, incompétence. Ils échangèrent des informations diverses et, suscitant l'embarras de Malinverno qui s'était imposé de rester dans le vague, du moins tant que son amie ne l'aurait pas autorisé à en parler, ils s'interrogèrent sur l'absence de Carla Tesei. Heureusement, ils passèrent rapidement à un autre sujet.

Il était vingt-deux heures passées quand Jimmy lança l'idée d'une promenade.

Eimì réagit immédiatement :

— Oh oui, allons-y !

On aurait dit une plante qui reprenait vie après une période de sécheresse. Vilma Diberti se déroba.

— Je ne viens pas, je suis morte de fatigue et avec toutes ces montées et descentes, je n'y arriverais pas.

* Vin rouge corsé de la région de Vérone.

Malinverno les encouragea.

— Allez-y, vous, moi aussi je suis fatigué. Je reste ici, je tiendrai compagnie à Vilma.

Il les regarda sortir, la gorge nouée, comme cela arrive à l'occasion de certains adieux.

Vilma en rajouta une bonne couche :

— Attention, ce type va te faucher ta petite amie…, dit-elle dès qu'ils furent sortis, en prenant place sur le canapé face à la cheminée allumée.

Une de ces phrases que l'on dit "comme ça", sur un ton distrait. Sans imaginer l'effet qu'elles peuvent produire sur l'interlocuteur.

— C'est peut-être ce que je veux.

Cela lui coûtait de le dire, mais c'était vrai.

Il n'obtint aucune réponse de Vilma qui tapotait le clavier de son portable.

— Il n'y a pas de réseau ici. Comment tu fais pour travailler ?

— Ça passe, mais uniquement à cet endroit-là, répondit Malinverno. Mais l'idée, c'est justement que, ici, on ne travaille pas. Moi, je ne travaille pas. Si je dois le faire, j'essaye d'avoir tout le matériel nécessaire sans devoir recourir à Internet.

— Moi, je ne pourrais jamais. Et pour la messagerie ?

— Je vais à la taverne de Beppe, ils ont un téléphone fixe et l'ADSL. De toute façon, je t'annonce une grande nouvelle : il y a une vie, même sans wi-fi.

Son amie se mit à rire.

— À propos de travail, j'ai appelé la Maiorini, on fera l'interview la semaine prochaine.

— Bien. Tu peux lui demander si elle a eu une liaison avec Giorgio Duranti, l'architecte ?

— Je ne travaille pas pour la presse people !

— Je le sais, mais ça me serait utile.

— Je pensais que tu voulais lui rendre service. Et si, en entendant cette question, elle me fout à la porte ?

— Elle ne le fera pas. Je te l'ai déjà dit, elle a tout intérêt à ce que l'article sorte.

Vilma fut obligée de le reconnaître.

— Qu'as-tu besoin de savoir ?

— Tout. Je veux tout savoir. Il faut qu'elle la mérite, cette vitrine dans le journal, fais-lui tout déballer, en la rassurant sur le fait que ces choses t'intéressent à titre privé et qu'elles ne figureront pas dans l'article, qu'elles resteront des confidences entre femmes…, ce qui, par ailleurs, est vrai.

La fenêtre ouverte sur la vallée encadrait la lune qui ressemblait à un ongle coupé, et on entendait, au loin, les cris que la chouette lançait à la nuit.

— OK ! Je peux le faire. Ce que je ne pourrai jamais faire, par contre, c'est m'occuper des crimes de ce boucher… non, comment l'avez-vous baptisé ?

— Le Tatoueur.

Elle se donna une claque sur le genou.

— Ah oui, une histoire terrifiante. J'ai lu ce qu'il a fait. Il frappera encore ?

— Oui. Je suis étonné qu'il ne l'ait pas encore fait.

— Heureusement que je n'ai pas de tatouages.

— Pourquoi ? Ça t'irait bien.

— Idiot. Allez, je vais faire dodo. Et elle l'embrassa sur la joue.

Après avoir mangé une autre tranche de savarin trempée dans le limoncello, Malinverno aussi monta dans sa chambre. Il se coucha mais ne parvint pas à s'assoupir avant le retour d'Eimì. Il resta presque une heure à fixer le plafond jusqu'à ce que la jeune femme se glisse dans le lit et se blottisse contre lui.

Il la serra dans ses bras, tout en feignant de dormir. Et ils restèrent ainsi.

À l'aube, il se leva pour aller courir. Avant de sortir de la chambre, il regarda fugitivement la silhouette d'Eimì qui dormait en chien de fusil. Ses longs cils, ses lèvres légèrement entrouvertes, sa respiration légère. Ce qu'il éprouvait ressemblait à de la nostalgie, mais il n'arrivait pas à comprendre pourquoi, puisqu'elle était là, tout près de lui.

Il s'habilla et atteignit le torrent en courant. Le message arriva dès qu'il fut assis sur la grève au bord du Treja et qu'il se lavait le visage avec l'eau glacée.

Il en a écorché un autre, via Invernizio.

C'était Jacopo Guerci qui lui écrivait.

Il se demandait parfois comment il aurait fait sans l'amitié de ce commissaire adjoint. Avec des gens comme le major Sgrò ou le brigadier Simoncini, il aurait pu abandonner le métier de journaliste.

À sept heures et quart, après s'être changé rapidement pendant que les autres dormaient encore, il monta dans la Fiat 126 et, peu après, prit la départementale en direction de Rome, destination la *borgata* de Montespaccato. Tout en conduisant, il envoya un bref SMS collectif à Eimì, Vilma et Jimmy pour les informer de la situation d'urgence. Il écrivit aussi à Gerardo Coppola, qui aurait peut-être le temps de différer son départ.

Cette fois, il le savait, son amie ne lui pardonnerait pas sa fuite, même si elle était justifiée par un cas de force majeure. Et il ne pourrait pas lui donner tort.

Il était indéniable qu'Eimì venait après tout le reste. Une telle attitude peut être acceptable pour une épouse, pas pour une jeune femme d'à peine plus de vingt ans, avec laquelle on est depuis quelques mois.

23

Lucia Simoncini se tenait devant le portail écaillé de la via Invernizio, en conversation avec un carabinier. Elle fit signe à Malinverno d'attendre. À voix basse, à quelques mètres de distance afin de ne pas faciliter outre mesure le travail des journalistes, elle donnait les dernières instructions à ses collaborateurs.

Malinverno reconnut Luigi Filippo Arnone, le procureur de la République, qui sortait du n° 16. Tête basse, celui-ci monta dans une voiture blindée conduite par un militaire. Une précaution indispensable après les menaces de mort reçues par les marchands ambulants romains, vendeurs de sandwiches fétides, de boissons et de marrons chauds. Un empire qui rapportait entre quinze et vingt mille euros par mois pour le moindre emplacement, très convoité, du centre historique.

Depuis les balcons et les fenêtres environnants, des hommes et des femmes, la plupart immigrés, tendaient la tête pour voir ce qui se passait dans cette zone perdue de la capitale. Une *borgata* qui s'était agglutinée et développée sans susciter l'intérêt des bureaux dédiés au plan régulateur immobilier, et grâce à l'avidité des spéculateurs immobiliers sans scrupules.

Roumains, Ukrainiens, Indiens, Bengalis y retournaient le soir, entassés dans des bus comme du bétail après avoir balayé, dépoussiéré et astiqué les maisons bourgeoises du centre ou accompli d'autres tâches épuisantes. Le dimanche était le seul jour où ils pouvaient rester au lit un peu plus longtemps. Mais pas ce dimanche-là.

Dès qu'elle eut congédié les subalternes, Lucia Simoncini lui intima :

— Et maintenant, Malinverno, tu dois me dire qui est la gorge profonde qui t'a parlé de la dernière victime.

— J'ai mes propres sources, et ce n'est pas à toi que je les révélerai.

— C'est un secret de Polichinelle et, de toute façon, je crois savoir de qui il s'agit. Elle remarqua que le journaliste regardait autour de lui et elle le prit de vitesse : Le major Sgrò n'est pas ici, il ne va pas bien.

— Bizarre, mais ça ne m'étonne pas.

— Moi non plus..., laissa-t-elle échapper. Elle essaya de se rattraper aussitôt : Depuis quelques jours, il est un peu fatigué, sans doute à cause de la chaleur.

— Bien sûr, cette chaleur ne facilite pas les choses, répliqua Malinverno. Et lever le coude non plus.

Lucia Simoncini fut prise de court.

— Allons, tout le monde sait qu'il boit, toi aussi tu le sais...

— Bien sûr que je le savais. Elle rectifia le tir : Mais je ne suis jamais préparée à ses rechutes.

— Ses rechutes ?

— Il semblait s'en être sorti, alors que...

Elle en était sincèrement chagrinée.

Ils se mirent à parler de l'affaire. La jeune femme lui donna les informations qu'elle pouvait lui communiquer.

Le cadavre découvert dans la pièce au rez-de-chaussée du pavillon construit sans permis – répondant aux exigences de constructeurs improvisés plutôt qu'aux normes fixées par la mairie – était celui de Giannino Orrù.

Celle qui l'avait trouvé s'appelait Florine Cipariu, une trentenaire qui avait fait l'objet de plusieurs signalements pour prostitution. Elle avait affirmé être sa compagne, mais, d'après les procès-verbaux, on savait qui elle était en réalité. Cheffe de file de plusieurs femmes et jeunes filles parfois mineures grâce auxquelles Orrù, officiellement poissonnier au Mercato Trionfale*, tenait sous sa coupe une armada de travailleuses du sexe.

D'après les premiers témoignages recueillis par les carabiniers, on avait une idée du caractère et des goûts de la victime : arrogant avec les autres maquereaux, intrigant, bruyant, vulgaire. La police avait dû intervenir souvent, que ce soit sur son lieu de travail ou dans la *borgata*, pour mettre fin à des querelles et des rixes qu'il avait provoquées ou dans lesquelles il était impliqué. En effet, il s'avérait que plusieurs plaintes avaient été déposées contre ce délinquant de banlieue que, à part Florine Cipariu – ce qui n'était même pas sûr –, nul ne regretterait. Il avait eu le sort qu'il méritait.

Malinverno se disait que cette zone lui semblait plus désolée que d'autres banlieues romaines malfamées : Tor Bella Monaca, Laurentino 38 ou le Quarticciolo.

Pour commencer, il avait remarqué dès son arrivée des cochons, deux gros mâles et une truie avec ses petits, fouillant parmi les ordures qui gisaient près des conteneurs archipleins. Et plusieurs bâtiments, qui avaient surgi illégalement avant d'être autorisés grâce aux innombrables amnisties liées aux élections municipales, étaient là, inachevés, comme si les fonds nécessaires étaient venus à manquer durant leur construction. Certains n'étaient qu'à moitié recouverts d'enduit, d'autres présentaient des briques en tuf totalement à

* Grand marché couvert de Rome, situé via Andrea Doria.

nu. Les rares peintures achevées viraient au marron ou au grisâtre. Sur les balcons trônaient des appareils électroménagers en panne et non récupérés par les services d'enlèvement des déchets, des armoires en fer rouillées, des échelles pliantes de maçon ou des caissons recouverts de bâches en plastique à fleurs.

C'étaient des constructions édifiées sans aucune notion d'architecture, fût-elle discutable, et mal entretenues par des gens qui se fichaient totalement de l'élégance urbaine.

— Qu'est-ce que tu en dis, Simoncini, je peux jeter un coup d'œil à l'intérieur ?

— Attendons que la police scientifique ait terminé, ça ne devrait pas tarder, répondit le brigadier.

— Depuis quelle heure êtes-vous ici ?

— Depuis cinq heures moins le quart.

— Et que faisait la Roumaine ici à une heure pareille, un dimanche ?

Elle répliqua, légèrement contrariée :

— Je te l'ai dit, elle se prostitue… Elle avait fini sa tournée et rentrait chez son mec. Après le sexe payant, le sexe gratifiant…

Malinverno ne releva pas bon mot ironique.

— Où est-elle à présent ?

— Le procureur Arnone l'a fait conduire dans son bureau pour l'interroger et lui faire signer sa déposition.

Lucia Simoncini planta là Malinverno et suivit le responsable du Département des Investigations Scientifiques qui sortait à l'instant, entouré de ses collaborateurs.

— Capitaine, capitaine…

Ils complotèrent pendant quelques minutes.

À la fin de cet échange avec son supérieur, elle fit signe à Malinverno de la suivre.

— À présent, nous pouvons entrer.

Il la précéda dans la cour pavée, au-delà du portail : un accès indépendant dont jouissait Giannino Orrù, à côté de l'entrée de la copropriété.

Par la porte-fenêtre que protégeaient des barreaux robustes, on pénétrait directement dans la cuisine. Des meubles vieillots, aux portes parfois déglinguées et, à côté de celle donnant sur le couloir, un énorme réfrigérateur affligé de nombreuses figurines, la plupart usagées : des footballeurs tombés dans l'oubli. L'évier à deux bacs en inox était plein de vaisselle sale, empilée tant bien que mal. Une forte puanteur d'aliments avariés, mêlée à celle de la fumée, flottait dans la pièce. Sur la table, des traces de poudre blanche et une pipette.

Une partie de l'appartement était en entresol, dans la pénombre. Ils passèrent dans le séjour qui tenait également lieu de salon, avec un canapé à deux places recouvert de tissu à fleurs et du mobilier issu de grandes surfaces. L'objet le plus imposant et le plus coûteux semblait être un téléviseur à écran ultraplat, dernier cri. D'après l'ameublement, on devinait que Orrù devait être un sous-fifre de la pègre romaine. Un petit chef qui se contentait d'exercer son pouvoir sur les faibles, les exclus, les plus misérables.

Le brigadier Simoncini se mit à descendre un escalier en colimaçon aménagé dans un angle du séjour.

— Il est ici, en bas, viens…

Le propriétaire des lieux n'avait pas demandé l'autorisation de l'administration pour ce passage qui débouchait dans le garage. Le carabinier Baldari s'était informé auprès du comptable dont le numéro figurait sur la vitre de l'entrée.

Un box d'une vingtaine de mètres carrés, essentiellement utilisé comme salon pour des rencontres qui devaient rester discrètes, avec une entrée qui le protégeait de la curiosité des voisins. En effet, la rampe menant au garage était surmontée d'une terrasse sans aucun vis-à-vis. On pouvait arriver en voiture jusqu'à la porte blindée à deux battants, mais à l'intérieur il n'y avait aucun véhicule. Rien qu'une grande table, des chaises pliantes en bois et deux matelas tachés posés contre un mur.

Le cadavre gisait au centre de la pièce, à demi nu.

Malinverno pensa à un déchet de guerre. La dépouille pitoyable d'un homme massif qui, de son vivant, n'avait fait que répandre des souffrances, des angoisses, de l'anxiété. Un forçat de la peur, sous toutes ses formes possibles et imaginables.

— L'assassin a utilisé la méthode habituelle, dit le brigadier. Mais il m'a semblé comprendre que cette fois il s'est acharné avec encore plus de férocité sur le corps d'Orrù.

— C'est-à-dire ?

— Le médecin légiste ne pourra me donner des détails qu'après l'autopsie.

Malinverno observait les bras et les jambes du mort, presque entièrement recouverts de tatouages en tout genre, certains artisanaux.

Lucia Simoncini précisa :

— Il a fait de nombreux séjours en prison. Là-bas, il a eu tout le temps de faire joujou avec des aiguilles et de l'encre.

— Oui, mais le Tatoueur a choisi celui-ci, répliqua Malinverno en montrant la portion d'épiderme prélevée en bas de l'abdomen, sous le nombril de l'homme. On sait ce qu'il représentait ?

— Nous avons regardé sur Facebook. Il y a des photos d'Orrù à la plage, en maillot de bain. Il s'était tatoué le symbole de l'infini.

— Le symbole de l'infini ?

La jeune femme était en train de chercher dans son smartphone.

— Un huit couché.

La perplexité de Malinverno augmenta. Il se disait qu'il aurait été bon d'avancer la rencontre avec le Pr Marziale.

— Le fait est que notre tueur en série sélectionne les tatouages qu'il emporte. Dans ce cas, c'est très clair.

— Que veux-tu dire ?

— Parmi les nombreux tatouages de cet homme, il a choisi le symbole de l'infini. Ça me semble évident.

— Peut-être, mais pas forcément. Peut-être a-t-il pris celui-ci parce qu'il lui plaisait.

— Et pourquoi pas cette ancre sur l'avant-bras ? Pourquoi le déshabiller entièrement et lui arracher… le huit couché, comme tu l'appelles ?

— Qu'est-ce que j'en sais ? C'est peut-être un pervers ou un impuissant qui prend plaisir à voir des hommes nus, et pour ce faire, il doit les tuer.

— Hum, ce n'est pas convaincant. Malinverno secoua la tête en signe de dénégation. Les autres corps ne présentaient que peu de tatouages, voire un seul. Orrù en avait des dizaines, il n'avait que l'embarras du choix. Mais il a préféré le symbole de l'infini.

Lucia le regarda, perplexe, et se contenta d'enregistrer la remarque de Malinverno, sans lui accorder la dignité d'une intuition.

— Je peux le toucher ?

— Bien sûr, si tu y tiens.

Malinverno souleva le bras droit du cadavre.

— Il a le bout des doigts sales. On dirait de la graisse.

— De la graisse ?

— Ça ressemble à de la graisse pour voiture.

— Il n'y en a pas ici.

— Et à l'étage supérieur non plus, à ma connaissance.

Elle accepta le sarcasme.

— Dans le séjour ou à la cuisine ? Je n'en ai pas vu.

— Qu'est-ce qu'on en déduit ?

— Que Orrù ne se lavait pas souvent ?

— C'est possible. Et peut-être n'était-il pas chez lui quand l'assassin l'a capturé, expliqua Malinverno.

— Il l'aurait ensuite transporté ici ?

— Pourquoi pas ? Il lui a pris ses clés et l'a transporté ici.

Lucia appela le carabinier Baldari et lui donna des instructions. Peu après, celui-ci était de retour avec les informations demandées. Orrù ne possédait pas de voiture, la plupart du temps on venait le prendre. Le matin à quatre heures et quart, un Albanais qui l'aidait sur son étal au marché. Ou bien de grosses cylindrées, toujours conduites par d'autres, même s'il avait son permis. Tout ceci d'après les témoignages des voisins.

Une femme qui habitait dans l'immeuble d'en face, réveillée par une rage de dents, avait parlé d'une fourgonnette qu'elle n'avait jamais vue auparavant, garée devant le n° 16.

— Quel type de véhicule était-ce ? demanda le brigadier.

Le carabinier, qui n'avait pas trente ans et qui était originaire des Pouilles, teint et cheveux très foncés, souleva son béret et se gratta la nuque.

— Elle a été incapable de me le dire, il était dans un endroit plutôt sombre. Mais elle s'est dit que c'était bizarre, elle n'avait jamais vu un véhicule de ce genre.

— Quelle heure était-il ?

— Trois heures du matin.

— Très bien. Tu peux y aller, merci.

Comme Malinverno l'avait supposé, le Tatoueur devait avoir assommé Giannino Orrù à l'extérieur de son domicile avant de le traîner dans le garage.

Le brigadier Simoncini indiqua le cadavre.

— Je peux le comprendre : tu as vu sa corpulence ?

— Il ne pouvait pas l'affronter à visage découvert, en sonnant à sa porte, ajouta Malinverno.

24

Il n'était pas encore onze heures.

Avant d'aller chez lui pour prendre une douche et enlever son tee-shirt trempé de sueur, Malinverno essaya d'appeler Carla Tesei.

Son téléphone portable sonnait dans le vide et le fixe semblait débranché. À tel point qu'il décida de ne pas ignorer l'inquiétude sourde qu'il ressentait. Il se rendit à son domicile sans perdre de temps.

Bien que ce fût dimanche, il eut des difficultés à garer la Fiat 126 dans les environs de la via Po. Il enfourcha ses lunettes de soleil.

La porte d'entrée de l'immeuble était fermée, et il sonna à l'interphone sans obtenir de réponse. Il essaya à nouveau de téléphoner, mais en vain. Il se résolut donc à déranger la concierge un jour férié.

— Oui, j'ai les clés, mais…

— Donnez-les-moi, je vous en prie.

— Mais… je…

— Vite, donnez-les-moi.

Son ton était sans réplique.

La femme, qui portait une petite robe de chambre croisée sur ses seins, finit par céder. Sans avoir besoin de regarder les porte-clés à côté de la porte de la loge, elle saisit immédiatement le bon trousseau parmi les nombreux autres.

— Allons-y.

Devant la cage de l'ascenseur, Malinverno proposa de monter à pied, ce serait plus rapide.

— Vous, répondit-elle, moi, je n'y arrive pas. Prenez.

Elle lui tendit les clés.

Malinverno grimpa les marches quatre à quatre, jusqu'au cinquième étage.

— Carla, Carla, tu es là ? appela-t-il après avoir ouvert. Carla...

Elle était évanouie, un bras et une jambe pendant hors du lit. Le téléphone sans fil gisait sur le sol.

Entretemps, la concierge était arrivée.

— Mon Dieu, Madame Tesei...

— Appelez le 118, lui ordonna Malinverno tout en prenant le pouls de Carla. Dépêchez-vous.

Elle avait vomi, le lit était souillé. Malinverno essaya de la faire revenir à elle en lui donnant de légères tapes sur le visage. Sans résultat.

L'ambulance la transporta à la polyclinique.

Les médecins des urgences dirent qu'elle était épuisée, affaiblie, et qu'elle avait un besoin urgent d'être réhydratée. Le cancer était en train de faire son œuvre. Ils l'installèrent dans une chambre et la mirent sous perfusion. Pendant quelques heures, elle dormirait.

Malinverno rentra chez lui, considérant que pour le moment, sa présence était inutile. Il voulait rédiger l'article sur Giannino Orrù avant que quelqu'un ne diffuse ses informations exclusives. Il avait regardé son iPhone : certaines avaient déjà filtré.

Au *Globo*, tout le monde dormait, mais le *Corriere della Sera* et *Repubblica* parlaient d'une nouvelle victime du Tatoueur. Les informateurs avaient bien travaillé. Mais personne ne pouvait se targuer d'une vision directe et immédiate de ce qui s'était passé dans la via Invernizio. C'était sur cela qu'il misait.

En entrant dans la villa de la via Pomarance, il appréhenda ce qu'il trouverait chez lui, avec la présence d'Arrigo.

Son père était avachi sur le canapé, les pieds sur la table basse.

— Salut, Leo ! Comment ça va ?

Le téléviseur était allumé et son père regardait, sur une chaîne de sport, un match de foot entre deux équipes de nations étrangères et lointaines. Un truc de fanatiques.

— Salut, Arrigo. Je vais travailler au-dessus, je dois écrire un article en vitesse. Excuse-moi.

Excuse-moi, mon cul !

Il constata, contrarié, que son père avait empilé à la perfection les livres et les journaux qui étaient éparpillés un peu partout dans le salon. Il se souvint que la manie de l'ordre de son père frisait l'obsession. Mais en ce moment, il n'avait pas le temps d'y penser.

Une demi-heure plus tard, l'article était prêt et il le mit en ligne. Il envoya le mail à ses correspondants habituels et avertit ses collègues pour qu'ils le reprennent. D'ici peu, son post ferait le buzz sur Internet, dans les émissions de radio et de télévision, et le lendemain dans les quotidiens.

Comment appelaient-ils cela ? "Le cirque mass mediatique".

Depuis plusieurs jours, les journalistes harcelaient les familles des victimes, donnant à voir tout et n'importe quoi. On savait tout sur les victimes et sur leurs conjoints, y compris les détails et les caractéristiques les moins significatifs.

Il éteignit son portable avant qu'il ne se mette à sonner. Il devait s'occuper de son amie Carla Tesei.

Parfois, il se disait que Rome n'existait que pour les étrangers. Les seuls qui la regardaient avec l'admiration, la stupeur, la reconnaissance qu'elle mérite presque exclusivement, pour son histoire.

Rome était vraiment belle, vue d'en haut et en coup de vent, depuis sa Lambretta. En effet, si l'on excluait les ruines romaines, les églises avec les groupes sculptés que l'on pouvait éclairer avec une pièce de monnaie, la chapelle Sixtine et autres vestiges, pour le reste elle n'était que saleté, chaos, services publics dégradés, absence quasi totale de règles.

Désormais, sa ville était devenue une gigantesque scène aux décors grandioses et majestueux, derrière lesquels on pouvait cacher tout et n'importe quoi. Les touristes pouvaient l'emporter en petites portions : celles que permettaient les clichés, les selfies et les enregistrements vidéo des smartphones. Des lambeaux de vie romaine survivaient ainsi, dans la dimension sélective et parallèle des mémoires électroniques éphémères. Pour renforcer les convictions, teintées de lieux communs, des héritiers du Grand Tour.

Malinverno se livrait à ces réflexions en observant avec dégoût les poubelles débordantes et malodorantes qui entouraient la polyclinique. Un gros rat noir, le dos graisseux, fila à quelques centimètres de ses mocassins. Des marcassins – il l'avait lu dans le *Messaggero* quelques jours auparavant – avaient été surpris dans un quartier non loin du centre, fouillant parmi les déchets d'un marché de fruits et légumes. Des animaux en tout genre, et pas seulement ceux-là, étaient en train de saccager Rome.

Carla Tesei était réveillée, très pâle, assise sur son lit dont le dossier était relevé. Les bras transpercés par les tuyaux qui lui injectaient des sels minéraux et des médicaments.

— Comment te sens-tu ? lui demanda-t-il, en surveillant le ton de sa propre voix.

Elle lui souriait.

— Eh, comme si un camion m'était passé dessus.

Elle demanda ce qui lui était arrivé, car les médecins et les infirmières avaient été incapables de le lui dire.

— Je ne sais si je dois te remercier ou te maudire, commenta-t-elle, mi-sérieuse, mi-amusée.

— Pourquoi ?

— Parce que tu m'as sauvé la vie... momentanément...

— Ne dis pas de bêtises. Pense à te rétablir, pas à me remercier.

Elle semblait épuisée.

— Tu m'aides à faire descendre un peu le dossier, s'il te plaît ?

Il actionna le mécanisme et le laissa agir, jusqu'à ce que Carla lui fasse signe que cela suffisait.

— C'est bien, merci.

— Que disent les médecins ?

— Que veux-tu qu'ils disent ? Les douleurs, c'est moi qui les ai. Demain, on commence la chimio. Et dans deux mois, l'opération. En espérant que la taille de la tumeur aura diminué.

— Elle aura diminué. Un peu de confiance !

— Tu ne sais pas ce que c'est que la chimio. On te balance dans les veines du poison à l'état pur, et tu te sens très mal.

— Je l'imagine. Je te comprends.

Il ne put rien ajouter d'autre.

C'était une chambre à deux lits, le second était vide. Ils restèrent un moment à regarder par les fenêtres. Malinverno sentait à quel point il est difficile d'avoir un échange avec une personne qui est consciente de vivre ses derniers jours, et qui en est accablée au point de ne pas pouvoir en parler.

Carla parut soudain se souvenir :

— Comment se passe ta chasse au Tatoueur ?

Il lui fut reconnaissant d'avoir trouvé un sujet de conversation. Il lui résuma les dernières nouvelles concernant l'affaire et écouta les remarques de Carla.

— On dirait qu'il les collectionne, ces tatouages. Ça me donne des frissons.

— Je t'assure que, même si j'ai vu de nombreux cadavres dans ma vie, je suis bouleversé par ce qu'il leur a fait subir.

Il se rendit compte aussitôt que ce n'était peut-être pas un sujet adéquat, pour son amie clouée sur un lit d'hôpital.

Carla ne répondit pas.

— Tu dois m'excuser si, ces jours-ci, je t'ai négligée, crut-il bon de lui dire. Comme tu peux l'imaginer, je n'ai pas chômé.

Ce n'était vrai qu'en partie.

— Ne t'inquiète pas. Je le sais, tu as ton travail, ton Eimì..., répliqua-t-elle avec un filet de voix.

— Eimì... Sa voix se brisa presque. Je ne sais pas pendant combien de temps je l'aurai encore.

Carla le regarda en inclinant la tête sur le côté.

— Que se passe-t-il, dis-moi ? J'ai raté quelque chose ?

— Je crois que cette fois, c'est vraiment fini.

— Tu n'y as jamais cru, à cette histoire. Et pourtant...

— Et pourtant ?

— Cette fois, j'avais l'impression qu'elle pouvait arriver à te piéger.

— C'est sans doute pour ça, je ne veux pas me sentir coincé... piégé, comme tu dis.

— Ça me semble trop facile, presque banal. Carla fit une grimace de douleur à cause des aiguilles enfoncées dans son bras. Toi, tu n'es jamais banal.

— Merci. Alors, c'est quoi ?

— Personne ne nous apprend à reconnaître le bonheur, c'est cela le problème. Nous sommes incapables de savoir d'où il peut provenir, et nous ne savons pas comment nous en saisir et le garder.

— Qu'est-ce que ça veut dire ?

— Nous nous fabriquons plein de défenses mentales, alors que nous devrions seulement essayer d'être heureux. Partout, et avec tous ceux qui nous offrent cette possibilité. Et nous devrions aussi être reconnaissants du privilège qui nous est accordé.

— Que veux-tu que je te dise ? Tu as peut-être raison… c'est aussi ce que m'a dit un jour mon amie Insardà.

— Elle dit quoi, l'actrice ?

Il y avait une pointe de jalousie dans cette question, mais Malinverno se garda de la relever.

— Elle soutient que certaines personnes perçoivent une réciprocité, c'est-à-dire qu'elles ressentent une proximité qui fait qu'elles se reconnaissent. Du moins, c'est comme ça que je l'ai interprété.

— Et Eimì ?

— Je ne sens pas de réciprocité chez elle. Son corps me plaît, il m'a donné de la joie pendant quelque temps… mais sans plus.

— Tu vas finir par me dire que tu le fais pour elle…

— C'est exactement ça. Je ne veux pas lui faire du mal en continuant à profiter de son attirance pour moi. Malinverno s'était mis à la fenêtre donnant sur l'avenue arborée. Après une courte pause, il ajouta : Eimì est très jeune. Elle a une longue vie devant elle. Je ne veux pas être son défi remporté.

— Je ne sais pas pourquoi, mais je pense que tu le regretteras. Malgré tous mes efforts, je ne te comprends vraiment pas. Mais maintenant, excuse-moi… je suis fatiguée.

Carla ferma les yeux et s'endormit en quelques secondes.

L'état de son amie et la teneur de leur conversation lui firent quitter l'hôpital avec une sensation d'oppression que d'autres, moins orgueilleux que Malinverno, auraient appelée "mélancolie".

25

Eimì prit les sweat-shirts, les jeans et les chaussures et fourra le tout dans sa valise.

La journée s'était déroulée tranquillement, avec Vilma et Jimmy ils avaient fait comme s'ils étaient chez eux. Ils avaient profité de ce dimanche à la campagne, mangé, somnolé au soleil, bavardé, plaisanté.

À présent, le moment était venu de rentrer à Rome.

Ils avaient fermé la maison et laissé les clés à Faustina, conformément aux instructions de Malinverno à Jimmy Caviglia.

Pourquoi est-ce que je le vis si mal ?

Eimì n'arrivait pas à accepter la situation.

Et pourtant, depuis qu'elle avait fait la connaissance de ce journaliste fils de pute – un beau salaud, plus fuyant qu'une anguille –, elle avait toujours tenu à distance les garçons de son âge. Quelques histoires plus sérieuses que les autres, une ou deux relations qui avaient été un peu plus que purement sexuelles, et rien d'autre. Et maintenant ?

Elle avait envie d'en parler avec la seule personne en mesure de la consoler, la comprendre. Et elle avait besoin de se blottir dans les bras du seul homme auquel elle l'aurait permis en ce moment. Pour ce faire, elle aurait dû réserver un vol direct pour Athènes.

Elle entendit frapper à la porte.
La voix de Vilma Diberti.
— Je peux ?
Elle se passa l'index sous les yeux, par précaution.
— Viens, viens.
La journaliste avait son peigne à la main.
— Comment vas-tu ? demanda-t-elle en s'asseyant sur le lit.
— Ça pourrait aller mieux, reconnut Eimì.
Du haut de son âge, Vilma sentait qu'elle pouvait traiter cette jeune fille avec une douceur dénuée de précautions, ce qui aurait été impossible avec une femme de son âge.
— On n'en a pas parlé, et je ne crois pas que tu en aies envie. Je voulais juste te dire que je suis passée par là et que je te comprends.
Si elle n'avait pas jugé cela inopportun – elle la connaissait depuis peu –, elle lui aurait fait une caresse.
— Merci, tu es gentille. Eimì semblait hésiter, ne sachant si elle devait poursuivre, ou non. Ce que je ne comprends pas, c'est pourquoi…, ajouta-t-elle, se jetant à l'eau.
— Peut-être qu'il n'y a rien à comprendre. Je suis sûre que tu n'as rien à te reprocher, quoi que tu aies fait ou pas fait. Ne te ronge pas les sangs pour ça.
Eimì soupira.
— Comme je voudrais être aussi sage et détachée…
— Ce que tu appelles sagesse et détachement ne sont que le résultat des douleurs que nous avons connues, digérées et dépassées. Malheureusement, nous devons tous passer par ce genre d'expérience.
Ces mots achevèrent de conquérir définitivement Eimì.
— Qu'est-ce que tu veux dire ?

Vilma jugea qu'elle pouvait l'aider.

— Avec Leo, j'ai eu une histoire… ou plutôt une petite histoire, à peine plus qu'un flirt, comme on dirait dans une série télévisée.

— Quand ?

— Il travaillait au journal depuis peu.

"Toi, tu es une experte", lui avait dit Leo, et elle l'avait pris comme une manière élégante de lui faire remarquer leur différence d'âge. "Tu pourrais me donner des cours particuliers." Si bien qu'elle avait vite oublié cette différence qui la mettait mal à l'aise. Et au fond, cinq ans, ce n'est pas grand-chose.

Vilma, qui parlait tout en se coiffant, avait été séduite par ce jeune homme dégingandé, beau, effronté, animé par une grande passion. Elle était surtout séduite par le fait qu'il ne se prenait pas au sérieux, ce qui lui faisait traiter les autres et le monde avec indulgence.

Rien ne semblait l'atteindre, et pourtant tout le frappait.

Une phrase, une pensée écoutée ou un geste auquel il avait assisté lui revenaient en mémoire quand il s'y attendait le moins : elle s'en était rendu compte à la façon dont il se comportait à la rédaction. Avec les collègues et avec elle. Il transmettait spontanément ses félicitations au fils, fraîchement diplômé, du responsable des faits-divers, ou s'enquérait de la santé du rédacteur en chef du service politique. Ou encore, après des jours d'enquête jalonnés de voyages en train et en avion, il rentrait avec un petit cadeau pour la secrétaire de rédaction.

Il ne se laissait pas entraîner dans les vengeances au sein du journal, ne barbotait pas dans les commérages et se moquait éperdument de ceux qui le concernaient, se désintéressant des aspects bureaucratiques et peu romantiques du métier. Mais il était prêt à secourir ceux qui en avaient besoin et, du coup, à demander de l'aide sans le moindre embarras, si nécessaire. Il se faisait respecter sans élever la voix ni recourir à l'autoritarisme, car il était lui-même respectueux et joyeusement distant. En définitive, il se savait meilleur que ses collègues, et donc, il n'avait pas besoin de prouver quoi que ce soit.

Une dizaine de jours après le début de leur courte histoire, essentiellement constituée de sexe et de bavardages, le directeur avait envoyé Vilma Diberti et Malinverno au festival du cinéma de Venise, à l'époque où on l'utilisait comme homme à tout faire. Peu habitué à ce genre de journalisme pratiqué par des attachés de presse caractériels et par des petits mafieux, il n'en avait pas ramené d'interviews exclusives. Mais Vilma était contente de l'avoir avec elle, en tant qu'élément décoratif.

Toutefois, il n'avait pas fallu beaucoup de temps pour qu'une actrice plus célèbre pour ses conquêtes masculines que pour ses rôles au cinéma remarque ce journaliste aux boucles rebelles et au regard vif. Au retour d'une conférence de presse, Vilma l'avait trouvé au lit avec l'allumeuse. "Ah, tu es là ?" lui avait-il dit avec une mine à la fois insolente et innocente.

Rien de tragique. Elle le savait : l'histoire avec Malinverno n'avait été qu'une joyeuse parenthèse. Un cadeau de bienvenue réciproque, l'un dans la vie de l'autre. Leur relation finissait là.

— C'est un homme merveilleux, crois-moi, ajouta Vilma en guise de conclusion. Dommage qu'il ne le sache pas !

— Ah bon ? Moi, je le trouve très imbu de lui-même, objecta Eimì.

— Parce qu'il manque d'assurance. Quand il comprendra ce qu'il vaut et le bonheur qu'il peut donner, la femme qui croisera sa route pourra se dire chanceuse.

— Jusqu'ici…

Vilma sourit.

— Mieux vaut garder ses distances. Et souviens-toi d'une chose : lui aussi est perdant, en étant comme ça.

Eimì le savait.

Elles échangèrent un regard qui valait mille conseils : elles avaient beaucoup en commun, bien plus qu'elles ne pouvaient l'imaginer.

De l'étage du dessous, Jimmy Caviglia les appela.

26

À la radio, allumée dans la salle de bains pendant qu'il se douchait, on parlait de lui. Un journaliste de salon qui aimait se faire remarquer dans les talk-shows télévisés pour l'extravagance de ses tenues et la couleur de ses cheveux, teints à chaque fois de couleur différente, l'attaquait sans vergogne.

— C'est qui, ce Leonardo Malinverno qui se permet de répandre la terreur dans la ville en se targuant de révélations de provenance douteuse ? Il parle de tueur en série, mais je sais pertinemment que les enquêteurs ne sont pas convaincus que les quatre meurtres découverts à ce jour puissent être attribués à un tel genre d'assassin.

Le DJ de Radio Capitale s'improvisa avocat de la défense sans trop y croire : il savait très bien que les propos apocalyptiques du commentateur à tout faire faisaient grimper le taux d'écoute de l'émission.

— Par le passé, il est arrivé que Malinverno ait raison : dans le meurtre d'Ascanio Restelli*, son rôle a été déterminant pour l'enquête. Si bien que l'indigné spécial adopta l'ironie, qui fut suivie par les objections, amusées mais timides, de l'animateur, dans l'attitude

* C'est le sujet du précédent roman de Mariano Sabatini, *L'Imposture du marronnier (op. cit.)*.

typique de celui qui, en son for intérieur, se réjouit du taux d'écoute escompté.

— Il me semble que notre petit monsieur en jaune aime s'attirer des ennuis ; je ne voudrais pas que, tôt ou tard, nous soyons amenés à commenter son propre meurtre.

Tout en se savonnant, Malinverno s'attarda quelques instants sur ses organes génitaux, comme ça, histoire de conjurer le mauvais œil. Mais il souriait.

L'émission se poursuivit, mi-sérieuse, mi-facétieuse, avec les interventions des auditeurs. Beaucoup de femmes, toutes acquises à Malinverno.

Que d'énergie et de temps fichu en l'air. Ils n'ont vraiment rien d'autre à se mettre sous la dent…

Pendant qu'il tendait le bras vers la serviette de bain, une jambe déjà hors de la cabine de douche, il entendit frapper à la porte. Il n'eut pas le temps de répondre qu'Arrigo l'avait déjà ouverte.

— J'ai préparé le petit-déjeuner… tu viens ? demanda-t-il, légèrement embarrassé. Ça te va, Leo ?

Il resta là, nu et hébété, à regarder son père. Jamais ils ne s'étaient retrouvés dans une telle intimité.

— Non, merci, je n'ai pas faim, dit-il, en s'enveloppant rapidement dans la serviette qu'il serra autour de sa taille.

Arrigo referma la porte derrière lui.

Ça ne pouvait plus durer. Il sentait que la cohabitation avec son père, après toutes ces années de séparation et d'éloignement, empiétait sur son espace vital.

En sortant de chez lui, il jeta un coup d'œil dans la cuisine.

Sur la table, il y avait du yaourt, des toasts, des fruits à volonté, du lait, du café, des céréales, des biscottes, du miel, des confitures, des jus de fruits… Un petit-déjeuner ? On aurait dit un déjeuner au Quirinal*. Le tout constitué de ses provisions. De quoi nourrir une colonie de lycéens après une journée de sport intense. Mais où mettait-il toute cette nourriture, Malinverno senior, maigre comme un clou ? Une maigreur constitutionnelle, car il ne voulait pas entendre parler de sport.

— On doit faire venir un jardinier, Leo. On dirait une jungle !

Il le lui cria en mordant dans un toast, ce qui rendit la compréhension difficile.

On doit ? Il en fait déjà un problème qui le concerne ?

Il se demanda pourquoi la présence d'Arrigo le contrariait autant.

Il était fort probable que c'était sa propre contrariété qui l'irritait. Il aimait s'imaginer au-dessus de certaines mesquineries, voire réfractaire aux aspects désagréables de la vie. Mais il n'en était pas ainsi. Il était obligé de reconnaître que ça l'agaçait, car cela signifiait accepter d'être comme tout le monde. Le commun des mortels qui, avec banalité, se laisse embarquer dans des relations humaines qui peuvent provoquer de grandes souffrances.

— Excuse-moi, Leo…

Son père le rejoignit devant le portail. Il avait les lèvres barbouillées de confiture, il portait une chemise à fines rayures et des tongs. Des affaires qui lui appartenaient.

— Dis-moi vite, je suis pressé.

— Écoute, je ne sais pas comment te le dire…

Il fixait le bout de ses pieds.

— Tu as besoin d'argent ?

Il sortit son portefeuille de la poche de son pantalon, tout en lui posant cette question.

* Résidence du président de la République italien.

— Il faut que je passe à la pharmacie… et j'ai besoin de cigarettes.

Accro au tabac et hypocondriaque, quelle cohérence…

— Tu peux prendre les miennes. Il y a une cartouche dans ma chambre.

— Les tiennes me font tousser. Tu sais que je ne fume que des Dunhill !

Mais bien sûr, les plus coûteuses.

Il lui donna tous les billets de banque qu'il avait et démarra sa Lambretta, prête à bondir – au moins elle – malgré son année de fabrication.

27

En arrivant devant la porte de Guerci, il vit Cecilia qui avançait d'un pas rapide.

Il avait oublié à quoi elle ressemblait. Elle portait un tee-shirt marinière à rayures rouges, dont l'encolure bateau mettait ses épaules en valeur. Ses seins opulents tressautaient pendant qu'elle marchait en plantant ses talons dans l'asphalte.

— Salut, Leo. Comment vas-tu ? lui demanda-t-elle gaiement.

Qu'est-ce que tu fiches ici ?

— Tout va bien. J'allais chez… Il ne savait pas s'il devait lui dire la vérité.

— Tu vas chez Jacopo, je suis au courant, il me l'a dit.

Elle semblait euphorique.

— Ah, il te l'a dit…

Il ne savait pas sur quel pied danser, mais il lui fut reconnaissant de l'avoir tiré d'embarras.

En théorie, ces deux-là se connaissaient depuis longtemps, et Guerci avait mal vécu leur séparation. Et maintenant… quelque chose lui échappait.

Cecilia lui appliqua un gros baiser sur la joue.

Le commissaire-adjoint l'accueillit sur le pas de la porte, en boxer.

— Qu'est-ce que tu as à rire comme ça, espèce d'idiot ?

— Jac, Jac… Malinverno lui donna une tape sur l'épaule. Qu'est-ce que tu fabriques ?

— Sacré nom de nom, il ne manquait plus que toi !

L'appartement, situé au dernier étage, était lumineux. Meublé sommairement : quelques affiches de films sur les murs, des meubles bon marché, de nombreux livres entassés sur le sol. Des ampoules pendaient du plafond au bout de fils électriques : les suspensions seraient la dernière conquête de sa vie de célibataire.

— Tu me fais un café ?

— Fais-le toi-même, je dois m'habiller, lui dit-il en retournant dans la salle de bains, d'où Malinverno l'entendit siffloter.

La rencontre avec Cecilia semblait l'avoir mis de bonne humeur.

Dans la cuisine, sur le mur libre, trônait une reproduction de Norman Rockwell : on y voyait un vieil homme assis à un bureau, en train de manier ses instruments de travail sous le regard attentif d'un enfant.

Malinverno ouvrait et refermait les placards à la recherche de la cafetière moka, du bocal à café, du sucre et des tasses.

— Tu ne sais pas ce qui m'arrive. Il éleva la voix pour se faire entendre de Guerci qui était maintenant dans la chambre à coucher. Arrigo s'est installé chez moi. Quand je l'ai quitté, il s'était préparé un petit-déjeuner pantagruélique.

Son ami le surprit les mains plongées dans le bocal en verre contenant les *cantucci*, les croquants aux amandes que sa mère lui envoyait de Florence.

— Et donc, tu es venu te goinfrer ici ! Tu n'aurais pas pu prendre ton petit-déjeuner avec ton père ?

— Ça ne me vient même pas à l'esprit, dit Malinverno en dévorant un biscuit. Délicieux. Compliments à *mamma* Lidia !

Guerci s'assit sur une des chaises autour de la table afin d'enfiler ses chaussettes. Il avait passé un pantalon mais était encore torse nu.

— Tu peux les emporter, de toute façon je ne peux pas en manger.

— Ah, la diète imposée par ton coach… il faut dire qu'elle fonctionne. Je vois que tu as pris du muscle.

— Ne te fiche pas de moi, mon petit.

Malinverno continua à le chambrer :

— Ce sont sans doute les muscles qui ont poussé Cecilia à changer d'avis ?

— Je vais te dire une chose : sexuellement, ça va beaucoup mieux entre nous.

— Que s'est-il passé ?

Guerci lui répondit que, après une période de déprime et d'abstinence due à la séparation, il s'était mis à fréquenter d'autres femmes. La rumeur s'était répandue parmi leurs amis communs à la vitesse de l'éclair.

— Et ta femme est réapparue ! Un grand classique.

— Va savoir ce qui se passe dans la tête des femmes.

— Allons donc, c'est très facile à comprendre, au contraire. Les femmes veulent exactement le contraire de ce que nous voulons, nous, les hommes, lui expliqua Malinverno. Et évidemment, elles le veulent au moment le moins opportun.

— C'est aussi valable pour Eimì ?

Avec un grand soupir, il se lança dans l'exposé de sa situation avec la belle Grecque.

— Voilà les faits, conclut-il. Je ne sais pas si je veux continuer à la fréquenter, je ne suis pas sûr de pouvoir éprouver les mêmes sentiments qu'elle.

— Tu éprouves des sentiments ?

— J'ai des doutes là-dessus.

— C'est déjà une nouveauté. D'habitude, tu es sûr de ne pas en éprouver. Mais dépêche-toi de décider. Sinon, c'est elle qui ne voudra plus de toi, quand elle se rendra compte qu'elle n'a rien de commun avec un homme qui pourrait être son père.

Malinverno lui fit un doigt d'honneur.

Le commissaire ne releva pas l'insolence.

— Ah, j'oubliais… Il fit un geste éloquent de la main. À dix-huit ans, espèce de crétin, tu faisais encore tout tout seul. Même en le voulant, tu n'aurais pas pu la concevoir.

— Grand couillon. Il avait versé le café dans les tasses et lui en tendit une d'un geste brusque, au risque de lui renverser dessus le liquide brûlant. Parle-moi un peu de Cecilia, plutôt.

Ils se revoyaient depuis une quinzaine de jours, raconta Guerci tout en enfilant et en boutonnant sa chemise : c'était sa femme repentie qui avait pris l'initiative. Elle avait entendu dire que l'homme dont elle envisageait de divorcer commençait à se faire une raison, aidé en cela par les flatteries de ses collègues et amies.

Guerci écarta les bras.

— J'ai découvert que j'étais incapable de vivre seul.

Passé la tristesse de l'abandon, il avait failli mettre un point final à leur relation. Mais Cecilia était revenue juste avant qu'il ne le fasse, lui confirma-t-il.

— Et vous comptez vous remettre ensemble ?

— Qui peut le savoir, Leo ? Ne gamberge pas là-dessus, le prévint-il.

— Parle-moi un peu de ces collègues et amies… répondit l'autre, d'un air entendu.

— Je me suis permis quelques distractions, disons-le.

— Et nous qui pensions que tu voulais te faire moine ! Cecilia n'a vraiment pas envie que vous vous remettiez ensemble ?

— Je te l'ai dit : pour l'instant, on navigue à vue.

— À en juger par son air euphorique, vous faites plus que naviguer…

Guerci décida de changer de sujet.

— Comment se passe l'enquête sur le Tatoueur ?

Malinverno haussa les épaules.

— Difficile à dire. Et ton ami Sgrò ne me facilite pas la tâche.

— Il n'est pas écrit qu'il doive le faire.

— C'est une sacrée ordure, il s'est servi de moi et maintenant…

— Et maintenant, chacun pour soi !

— Un beau personnage, dit Malinverno en élevant la voix.

— Je ne pense pas qu'il t'ait donné des illusions sur ce sujet.

— Au contraire, c'est un roi de la magouille. Et ce n'est pas tout.

Guerci était allé prendre sa cravate qu'il était en train de nouer.

— Que veux-tu dire ?

— Je veux dire que le major, ce grand homme tout d'une pièce, ne va pas bien, à mon avis.

— Nous ne sommes pas des amis intimes, Leo. Je n'en sais rien.

— Il a disparu. Quand on a trouvé le dernier cadavre…

— Celui de Giannino Orrù ?

— Bien sûr, celui-là, confirma-t-il en continuant à grignoter les biscuits. Sgrò ne s'est pas montré via Invernizio. Du coup, j'ai un peu provoqué le brigadier Simoncini…

Il lui parla du problème d'alcoolisme dont souffrait le major.

— Mais il s'en était sorti, que je sache, objecta Guerci.

— Sorti ? J'aurais voulu que tu le voies, le soir où ils ont retrouvé Carla Piezzi. Il a presque fallu l'aider à monter en voiture. Il tanguait comme un canot en haute mer… une mer très agitée. Sauf que le liquide, il l'avait dans le ventre.

Après quelques hésitations, le commissaire lui raconta une histoire étonnante.

— Walter a été un étudiant extrêmement brillant, un lecteur acharné, passionné d'art et de musique. Mais son père l'a forcé à entrer dans le corps des carabiniers…

Ce n'était pas une famille aisée, et la sécurité du salaire représentait une conquête appréciable. Sgrò avait obtenu son diplôme après son service militaire chez les carabiniers, parvenant ainsi à faire carrière en tant qu'officier.

— Pourtant, à son âge, il est toujours major…, souligna Malinverno.

— En effet, il y a un truc qui m'échappe. Il a dû se passer quelque chose à Bologne, où il avait été muté pour quelques années.

À l'époque, Guerci et Sgrò ne se fréquentaient pas. Leurs relations étaient devenues plus étroites depuis seulement une dizaine d'années, à l'occasion d'une vaste opération contre les mafias romaines, qui avait vu les différentes polices engagées dans des actions communes. Durant ces mois-là, leur vieille amitié, soutenue par le fait qu'ils étaient de lointains cousins, s'était consolidée.

L'attirance de Sgrò pour la bouteille, qu'il s'agisse de vin ou d'alcools forts, remontait à plusieurs années en arrière. Quand il était étudiant, après avoir bûché, il allait prendre l'apéritif, la plupart du temps aux frais de ses amis. Le samedi, il aimait se saouler à mort, en puisant dans l'argent mis de côté en déchargeant à l'aube des fruits et des légumes sur les marchés.

Il aimait boire, et il aimait les femmes. Et il avait toujours cultivé ces deux passions en dehors des heures de travail ou pendant les jours de liberté. Même après son mariage.

— Tout cela jusqu'à ce qu'il rencontre une certaine Luigia Citran, dit Guerci.

Il le savait parce que les cousines se faisaient des confidences entre elles : la mère du commissaire – la qualification de commissaire-adjoint arriverait plus tard – et la mère de celui qui, à l'époque, était le capitaine Sgrò.

Pendant quelque temps, Luigia Citran, habituée à des fiancés généreux – prodigues en cadeaux, vacances et amusements –, s'était abandonnée, certes avec une pointe de condescendance, au bel officier des carabiniers, à la fière prestance et à la beauté ténébreuse. Le prestige de l'uniforme, de toute évidence, n'est pas seulement un lieu commun.

Dommage que, en dehors de l'entente physique avec lui, cette femme n'éprouvât pas grand-chose à son égard. De la sympathie, sans doute, mais sûrement pas l'attirance que Sgrò, qui en avait été le premier étonné, avait ressentie pour elle. Pour la première fois, une femme le repoussait après l'avoir séduit, et cela le rendait fou. Il n'arrivait pas à l'accepter.

— Luigia Citran…, répéta Malinverno, pensif.

— Une bombe, il avait vraiment perdu la tête pour elle. Je crois que c'est à cause d'elle que, à la fin, il a accepté d'être muté à Bologne, conclut le commissaire.

Malinverno referma le bocal à biscuits.

— Et là, qu'est-ce qu'il a fabriqué ?

— Je ne sais pas. J'avais trop de problèmes personnels pour écouter ou colporter des ragots sur autrui. Tout ce que je sais, c'est que Walter Sgrò est retourné à Rome, après deux ou trois ans si ma mémoire est bonne, plus cabossé qu'avant.

— Et maintenant, c'est moi qui en fais les frais…

— De quoi te plains-tu ? Tu es mal habitué avec moi qui te mâche le travail.

— Un tueur en série sévit à Rome et Sgrò se planque pour picoler… Tu trouves ça sensé, éthique, consciencieux ? Pas moi !

— Moraliste !

— Excuse-moi, avoir un certain sens moral, c'est être moraliste ? Si c'est comme ça, alors oui, je suis un moraliste !

— Tu en es où ?

— Moi ? Où ils en sont, eux, tu veux dire. Dans une impasse, apparemment. J'ai comme l'impression qu'ils attendent toujours le coup d'après : le Tatoueur abat des personnes comme des quilles dans un bowling et eux, ils s'en remettent au brigadier Simoncini…

— Ne sois pas misogyne. Elle est très compétente, au contraire.

— Compétente ? Je la trouve très jeune et inexpérimentée, elle se contente de bavardages et de théorie. Elle prépare son diplôme en psychologie et m'a intimé l'ordre de ne pas employer le mot “monstre”.

Guerci joignit les mains.

— Elle a bien fait, le Tatoueur est tout sauf un “monstre”.

— OK, c'est vous qui avez raison.

— Vois-tu, il existe toutes sortes de tueurs en série : le visionnaire, l'hédoniste, celui qui se croit chargé d'une mission et celui qui veut tout contrôler, et il y a aussi le luxurieux. Les actes de ces criminels, qui peuvent être répréhensibles ou horribles, sont de type humain, ils n'ont rien de dément ou de surnaturel.

— Et d'après toi, le nôtre appartient à quelle catégorie ?

— Je dirais qu'il y a chez lui des composantes histrioniques et hédonistes. Il aime se mettre en avant, courir des risques. Tuer lui procure ce que l'on appelle un orgasme émotif. Mais je le répète, au-delà du meurtre en soi, nous présentons tous certaines pulsions : la différence, c'est que, la plupart du temps, nous arrivons à les contrôler.

Malinverno n'était pas étonné par cette affirmation, mais il tint à préciser :

— Ce type arrache la peau de ses victimes…

— Tu parles d'une nouveauté… Tu as vu *Le Silence des agneaux* ? Ou plutôt, tu as lu le livre de Thomas Harris ? Il s'inspire de l'affaire Ed Gein, "le Boucher". Rien n'est inventé. Au milieu du XXe siècle, il écorchait ses victimes et en faisait des vêtements ou des objets d'ameublement. En Italie, expliqua Guerci, il y avait une trentaine de tueurs en série en circulation et avec ce genre de criminel, on ne pouvait jamais être sûr de rien. Récemment, l'un d'eux a même demandé une rançon. Ce n'était jamais arrivé auparavant, conclut-il.

— Notre assassin *très humain* se focalise sur les peaux tatouées. Cela pourrait être son mobile, non ?

— Tu peux faire une croix sur l'existence d'un mobile, du moins un mobile rationnel. Le seul indice que tu dois prendre en compte, ce sont les cadavres, ou plutôt les personnes qu'il transforme en cadavres.

— Oui, c'est clair. En se concentrant sur elles, on peut arriver à tracer le portrait-robot de l'assassin, son histoire, ses émotions, sa façon de penser, admit Malinverno.

— Exactement. Même la scène de crime, avec les traces comportementales qui s'y trouvent, peut servir à déterminer, de manière relativement approximative, la stature et la force de l'assassin, son métier, son âge, son orientation sexuelle et ses déviances… Des trucs de ce genre.

— Il me faudrait un *profiler* à l'américaine.

— À propos de *profiler*, j'ai entendu un jour John Douglas* dire qu'il recommandait toujours à ses agents d'observer le tableau s'ils voulaient connaître l'artiste… en l'occurrence, le tableau, c'est la scène de crime.

— Si les gens nous entendaient parler ainsi…, marmonna Malinverno. Il faut une sacrée dose de cynisme pour mettre sur le même plan un massacreur professionnel et un artiste.

— C'est comme ça : au-delà des métaphores, si tu veux coincer le coupable, tu dois étudier ses crimes.

— Je discuterais volontiers avec Douglas. Je crois qu'il m'aiderait.

— Espèce de crétin, moi aussi je peux t'apprendre des choses. Guerci se frappa la poitrine du bout des doigts. Avant tout, ne crois pas que le démembrement, en l'occurrence l'écorchage, ait pour but de provoquer la douleur ou l'humiliation…

— Y compris parce qu'il n'agit dans ce sens qu'après la mort de ses victimes, à ce qu'on m'a dit.

Guerci lui fit signe de le laisser finir.

— Il n'y a aucun sadisme, disais-je, c'est un acte qui entre plutôt dans la catégorie du fétichisme. Il est obsédé par l'accumulation et il nous faudrait comprendre ce que représentent pour lui ces lambeaux de peau tatouée.

* John Edward Douglas, né le 18 juin 1945 à Brooklyn, est un ancien agent du FBI qui fut l'un des premiers *profilers*. Au cours de sa carrière, il a eu un rôle déterminant dans l'arrestation de plusieurs tueurs en série. Il est l'auteur de nombreux livres sur la psychologie des criminels.

— Tu en parles au masculin. Il ne pourrait pas s'agir d'une femme ?

— Tu es un crétin, je te l'ai déjà dit… Il ne s'agit presque jamais de femmes, c'est rarissime, les pourcentages sont dérisoires. Et la dernière victime était un homme adulte : il est difficile pour une femme de frapper quelqu'un comme ça, et de le déplacer si nécessaire… ce n'est pas une femme, crois-moi. Ne perds pas ton temps.

— Je disais ça comme ça, se défendit Malinverno. Au moins dans ce domaine, la parité n'existe pas.

— Tu es vraiment misogyne…

— Pas le moins du monde, et tu le sais. Les femmes auront gagné quand on n'aura plus besoin de parité. Dis-moi plutôt ce que tu penses avoir compris, concernant le Tatoueur. Jusqu'à présent, ses victimes ne semblent pas avoir de lien entre elles… Comment les choisit-il ?

— Tu te demandes s'il les connaissait ? Guerci était en train d'enfiler une veste légère, prise sur le dossier d'une chaise.

Malinverno acquiesça.

— Eh oui. Y compris parce que, à part le détail du tatouage, elles n'ont apparemment aucune caractéristique commune. Il s'attaque à des jeunes, des adultes, des femmes, des hommes…

— Il ne s'agit pas tellement de ce que sont ses victimes ni de comment elles sont, mais de la façon dont l'assassin les voit, de ce qu'elles symbolisent dans son imaginaire pervers.

Malinverno craignait presque de poser cette question : et surtout, même s'il la devinait, il craignait la réponse de l'expert. Mais il avait besoin de partager une donnée factuelle.

— Il ne s'arrêtera pas, n'est-ce pas ?

Guerci secoua la tête, découragé.

— Pas tant qu'il éprouvera du plaisir ; au contraire, il intensifiera son travail…

— J'ai lu quelque part que, souvent, les tueurs en série envoient des messages aux enquêteurs ou à la presse.

— Avec ce genre de criminel, on n'est jamais sûr de rien. Peut-être est-il en train de le faire, peut-être laisse-t-il des indices qui échappent aux carabiniers…, avança Guerci.

Normal, nous sommes entre les mains de Sgrò et de Lucia Simoncini…

Il était probable que Guerci non plus n'estimait pas le major. Malinverno n'en était pas sûr : il sentait que son ami éprouvait un vague sentiment de respect pour l'âge de Sgrò, pour les épreuves qu'il avait vécues, et peut-être à cause de leur lointain lien de parenté. L'estime, c'était une autre affaire.

Guerci sollicita de nouveau son attention :

— Écoute-moi. Dans *Mindhunter*, que je te conseille de lire, John Douglas parle des techniques de chasse du lion : parmi les milliers de gazelles dans la savane, il choisit celle qui constituera son dîner. Ce qui le frappe et qui l'intéresse, c'est une certaine fragilité de l'animal, quelque chose en lui qui fait penser à une victime sacrificielle. Le tueur en série agit de même, il ne laisse rien au hasard mais choisit soigneusement et frappe de manière infaillible.

Malinverno s'en alla, la tête pleine de réflexions.

28

Clotilde – Clo pour les intimes – hésitait à frapper à la porte de son oncle pour lui apporter le café en même temps que le courrier.

La veille au soir, en passant dire bonne nuit à sa nièce qui bûchait son examen d'ingénieur en bâtiment pour la session d'automne, le major Sgrò l'avait informée que le lendemain, il n'irait pas au travail. Clo s'était rendu compte que, en apparaissant sur le seuil de sa chambre, son oncle avait tenté de cacher la bouteille de scotch. Il le faisait souvent par une sorte de pudeur, pour ne pas afficher sa dépendance devant la jeune femme. Comme s'il ne voulait pas la contaminer.

À table, il était moins prudent. Au cours du dîner, il avait vidé une bouteille de vin rouge, savoureux et puissant, dont Clo n'avait réussi à boire qu'un quart de verre. Et en y ajoutant de l'eau.

— Qu'est-ce que tu fais ! C'est du gâchis ! s'était spontanément écrié le major.

Puis, comme s'il voulait venger son fidèle compagnon de vie, il s'était versé un autre verre de vin qu'il avait avalé d'un trait. Pendant le reste du repas, alors que sa nièce essayait d'engager la conversation ou commentait le journal télévisé qui formait un bruit de fond, il n'avait répondu que par des monosyllabes ou des grognements.

Le soir, ils n'avaient pas de domestique pour les aider. Ils réchauffaient ce qu'elle leur avait préparé. Dans le meilleur des cas, Clo se hasardait à cuisiner un potage avec un cube de bouillon, dans lequel elle versait des petites pâtes en forme d'étoile, ses préférées. En revanche, si Giuseppina, l'aide ménagère, avait établi un menu comportant des tranches de filet de bœuf, les choses devenaient problématiques. Toucher de la viande crue impressionnait la jeune fille. Elle piquait alors les tranches avec une fourchette pour les déposer dans la poêle brûlante.

De toute façon, son oncle ne mangeait presque rien. Il grignotait un peu de pain, portait à sa bouche un petit cube de parmesan. Et il buvait. Il se sustentait avec l'alcool, ou plutôt, il pensait se sustenter avec, alors que, en réalité, celui-ci le rongeait de l'intérieur.

Elle le voyait se détériorer : son teint était de plus en plus jaune, et il était souvent fatigué ou de mauvaise humeur. Il abusait des alcools forts, même si les médecins les lui avaient interdits.

“Cirrhose du foie à un stade très avancé”, avait diagnostiqué le spécialiste auquel Walter Sgrò s'était adressé. Il aurait voulu arrêter de lever le coude, suivre un régime pour ne pas fatiguer son foie qui devait se régénérer en attendant une greffe éventuelle. En même temps, il aurait dû adopter un autre style de vie, et des périodes de repos prolongé. Mais avec le travail qui était le sien… Le médecin lui avait également prescrit des multivitamines et d'autres soins, qu'il avait suivis de manière très irrégulière.

Il se moquait de tout. Boire était sa seule consolation.

Quand la jeune fille frappa à la porte, elle entendit, presque simultanément, le bruit d'une bouteille en verre qui tombait sur le sol. Elle entrouvrit la porte pour voir si son oncle était présentable et le surprit un bras hors du lit, s'apprêtant à ramasser la bouteille de scotch vide.

— Tu sais pourtant, tonton, que tu ne devrais pas boire ! le sermonna-t-elle avec douceur. Elle posa le plateau avec le café sur la table de nuit et se saisit de la bouteille.

— Tu dis que je ne devrais pas boire ? Qu'est-ce qu'il me resterait ?

— Je suis là, moi ! Ça veut dire quoi, "qu'est-ce qu'il me resterait ?" ?

Elle lui donna un baiser sur le front.

Il était en nage, ses vaisseaux capillaires enflammés semblaient sur le point d'éclater.

Dans la chambre flottait une odeur désagréable, aggravée par la chaleur. Les fenêtres étaient ouvertes, les volets fermés. Clo ouvrit aussi ces derniers, obligeant le major à fermer les yeux sous l'effet de la lumière.

— C'est une belle journée, tonton, pourquoi ne vas-tu pas te promener ?

— Je ne peux pas, répondit-il en faisant un effort pour s'asseoir sur son lit. Tu oublies que j'ai pris un jour d'arrêt maladie et qu'on peut m'envoyer un contrôleur…

Tout en essayant de se lever,. le major n'arrivait pas à cacher la grimace de douleur que lui arrachaient les milliers d'aiguilles invisibles qui lui transperçaient le bas du corps. Il n'en avait pas la confirmation – il n'était pas question pour lui d'aller consulter un médecin – mais la cirrhose était désormais bien avancée. Il en avait pour preuve les œdèmes aux jambes, les érythèmes sur les bras, les nausées de plus en plus fréquentes. Il ne se sentait bien que lorsqu'il buvait jusqu'à l'étourdissement recherché. Malheureusement, cela durait peu, et les retours à la sobriété étaient de plus en plus pénibles et douloureux.

— Le courrier t'attend à côté, tonton chéri, la vie est belle… lève-toi !

Pour le pousser à quitter son lit, Clo avait décidé de ne plus lui apporter les enveloppes empilées par la femme de ménage sur le meuble de l'entrée. Si elle avait su quelle mauvaise nouvelle, et quels ennuis elles apporteraient…

Chaque fois que du courrier arrivait, le major craignait qu'il ne comporte une de ces maudites enveloppes avec la charge d'anxiété, d'inquiétudes, de responsabilités qu'elles impliquaient. Il se mit debout péniblement, enfila une pantoufle et, ne trouvant pas l'autre, se mit à marcher avec un seul pied chaussé. Il avança donc dans le couloir en boitillant.

Il l'aperçut de loin parmi le courrier en attente et décida à l'instant même, sans mesurer vraiment la portée de son geste, de ne pas la lire. Il ne l'ouvrirait même pas.

Factures du gaz et d'électricité, informations destinées aux copropriétaires, abonnement à l'*Espresso*, une carte postale d'un collègue qui ne renonçait pas à ce type d'envoi malgré sa désuétude, plusieurs dépliants publicitaires, et puis cette enveloppe macabre en papier Kraft. Macabre à cause de ce qu'elle signifiait et promettait.

Il n'y avait aucun doute concernant l'expéditeur. Comme les fois précédentes, il s'agissait du Tatoueur.

Cette fois aussi, il n'en parlerait à personne, même pas à son assistante, le brigadier Simoncini, et encore moins au colonel Torreggiani.

Il profita de l'absence de Clo, qui s'était enfermée dans la salle de bains, pour s'approcher du coffre-fort. Téléphone portable à la main, il composa la combinaison. Il jeta à l'intérieur l'enveloppe encore fermée et referma la porte. Puis il s'assit, aussi épuisé que s'il avait débité une tonne de bois. Après quoi, dans son bureau, il sortit du tiroir d'un secrétaire une petite flasque de whisky et en avala une grande gorgée. Peut-être cela calmerait-il sa tachycardie.

Dans la cuisine, il se versa vingt gouttes de Xanax, de la sérénité prête à l'emploi, et une tasse de café. D'autres que lui s'occuperaient du Tatoueur. Il devait aviser le colonel et lui envoyer un certificat médical.

29

Malinverno tentait de la joindre au téléphone et lui envoyait des SMS : mais pour ne pas qu'elle ait l'impression d'être une assistée invalide, il avait évité pendant quelque temps d'aller voir Carla Tesei à l'hôpital. Depuis que la rumeur de sa maladie s'était répandue, des collègues et des amis s'y étaient rendus : Vilma Diberti, Jimmy Caviglia, Sonia Persichelli et d'autres. Même Tommaso Lembo avait fait le déplacement.

Il se rendit à la polyclinique auprès de son amie dès qu'il eut fini sa tournée sur les lieux du crime : au cours de cette visite, il avait parlé avec les Intrieri, avec Florine Cipariu qui – avait-il découvert – connaissait Duranti, l'architecte, et avec Attilia Grimaldi, la propriétaire du magasin où travaillait Carola Piezzi.

Il trouva Carla dans un état de prostration évident. Elle avait maigri d'au moins cinq kilos, ses bras étaient abîmés par les aiguilles de la perfusion. Elle était tellement anémiée qu'il avait fallu plusieurs transfusions sanguines, et on lui avait administré des doses massives de fer.

— Quel gentil garçon… Tu es venu rendre visite à la moribonde…

On avait l'impression que le lit était sur le point de l'engloutir. Elle s'efforçait de plaisanter, mais ses yeux étaient remplis de tristesse.

— Je vois que tu es toujours aussi spirituelle !

Il fit tout son possible pour la distraire : il lui parla de l'enquête autour du Tatoueur, d'Eimì, de son père. Par moments, Carla fermait les yeux. Et pourtant, elle semblait intéressée, faisant des remarques et posant des questions malgré ses douleurs à l'estomac et des nausées de plus en plus fortes.

Elle en eut soudain une plus violente que les autres et rejeta un flot de liquide noirâtre dans le bassin que l'infirmière, une femme disgracieuse aux manières expéditives, lui avait laissé sur la table de chevet.

— Excuse-moi, Leo, je suis désolée de t'infliger ce spectacle…, murmura-t-elle.

— Arrête, je t'en prie. Ça va mieux ? Je vais jeter ça…, dit-il en se levant et en allant dans la salle de bains avec le récipient en acier.

Il le vida dans la cuvette du WC et le rinça avant de le rapporter à son amie. Il aurait pu demander ce service à l'infirmière désagréable, mais il avait préféré s'activer. Pour ne pas céder à l'énorme angoisse qui l'avait assailli.

Il était injuste et difficile de supporter l'idée qu'une vie, avec sa charge d'émotions, d'histoires, de sensibilité, d'acquis, était sur le point de se dissoudre. Et Malinverno avait du mal à accepter que cette vie en train de se consumer soit celle de Carla.

Mieux aurait valu une mort subite, aussi inexorable que l'amputation d'un membre gangrené. C'était ce qu'il souhaitait pour lui-même et pour les êtres chers. Un coup de ciseaux, et hop.

Et si une séparation brutale est douloureuse pour ceux qui restent, car ils n'ont pas le temps de faire leurs adieux, elle évite aux survivants une série de questions et de réflexions difficiles. Et avant tout, celles-ci : comment se comporter avec une personne dont on sait que bientôt elle ne sera plus ? Quels mensonges charitables ou quelles hypocrisies délicates peut-on offrir au mourant, et quelle quantité de douleur, due à cette séparation, pouvons-nous supporter ?

Malinverno en était convaincu : être aux côtés d'un mourant est épuisant sur le plan psychologique, plus encore que physique.

C'est pourquoi il resterait auprès de Carla jusqu'à la fin : en se rendant utile et en s'activant, peut-être éviterait-il de penser à tout ce qu'elle lui avait apporté de précieux dès le début. Et de penser à l'après, quand elle lui manquerait infiniment.

Une fois qu'elle serait stabilisée, c'est-à-dire dans quelques jours, ils la renverraient chez elle ; et il savait quoi faire.

Lorsqu'il sortit de la salle de bains, il la trouva assise sur le lit, grâce au mécanisme électrique du dossier.

— Même mon ex-mari est venu me voir, dit-elle sur le ton de l'humour, en rangeant son téléphone portable dans le tiroir. Il m'envoie des messages tous les jours. Il est clair qu'il me reste très peu de temps.

Il était difficile de la suivre sur ce terrain.

— Il attend peut-être l'héritage ?

— Eh ! Il en aurait bien besoin, avec la femme et les enfants qu'il a !

Après l'avoir abondamment cocufiée, y compris avec leur femme de ménage ukrainienne, Plinio Imbriani avait quitté Carla car il était tombé amoureux d'une soi-disant artiste peintre. Comble de l'originalité : il avait choisi une femme beaucoup plus jeune que lui. En âge de procréer. Résultat : deux adolescents qui commettaient les pires bêtises : *juste punition pour ce fils de pute*, concluait habituellement Carla.

— Avec moi, il est mal tombé, je ne lui laisserai pratiquement rien.

— Il a peut-être des vues sur ta maison…

— Pas si bête : je suis en location. Et si elle m'avait appartenu, j'aurais préféré te la laisser. Mon cher ex-mari est obsédé par sa quéquette…

Malinverno sourit.

— La maison m'aurait été utile en ce moment. J'y aurais flanqué Arrigo…

Ils parlèrent du vieux Malinverno avec le détachement et l'humour que seule une amitié complice permet. Puis ils gardèrent le silence pendant quelques secondes.

Carla fut la première à le rompre :

— Tu sais de quoi j'ai envie, Leo ?

— Ne me le dis pas, je t'en prie. Je ne connais pas d'*escort-boys*… et aucun de ton âge.

— Mais non… Si j'avais besoin d'un *escort-boy*, je le choisirais plus jeune que moi. Non… j'ai envie d'un joint, je crois que ça me ferait du bien.

Il connaissait le sujet et avait même écrit un livre là-dessus, *Poudres* : il y parlait de l'utilisation de la marijuana pour lutter contre le manque d'appétit, les vomissements, la douleur, les états dépressifs liés aux hospitalisations en oncologie, et pendant les cures de chimiothérapie.

De la marijuana de bonne qualité, non mélangée à d'autres saloperies, aurait sans doute aidé son amie.

Dommage qu'en Italie, on ne voulait pas comprendre qu'il aurait mieux valu légaliser les drogues douces, y compris pour lutter contre la petite et la grande délinquance qui en faisaient leur business. L'alcool et le tabac n'étaient pas moins dangereux. Et si on laissait les gens libres de se faire du mal en se saoulant et en s'enfumant les poumons, il n'était pas supportable que, au nom d'on ne sait quels intérêts cachés, on soit réticent à légaliser le haschich et la marijuana.

Les journalistes et les carabiniers, comme c'était prévisible, n'y comprenaient rien. Il lui semblait évident qu'on les choisissait parmi les candidats qui brillaient par leur stupidité.

Parfois, il aurait préféré des adversaires plus dignes de lui, car il était trop facile d'avoir affaire à des gens comme eux, pusillanimes, présomptueux sans raison, d'une mollesse répugnante. Il pouvait donc se consacrer à ses proies en toute tranquillité : dommage, l'ivresse du défi en avait été diminuée.

Depuis sa fourgonnette garée en double file – de toute façon, les agents de la circulation ne s'occupaient que de leurs propres affaires, sans doute planqués dans un bar ou en train d'en griller une à l'ombre, totalement indifférents aux embouteillages des heures de pointe –, il observait la jeune fille élancée, belle et insouciante. Elle glissait à travers la ville, presque en voletant. Sans se douter de la menace qui pesait sur elle. Une halte dans une librairie universitaire, quelques minutes dans une parfumerie, puis dans une maroquinerie et enfin dans un bar d'où elle était sortie la bouche barbouillée de sucre glace.

Il ne l'avait pas choisie pour son petit tatouage au poignet. Cela n'avait rien à voir…

Un coup de klaxon insistant. "Alors quoi ? Tu vas te bouger le cul ? Tu vois pas que j'peux pas passer ?" Un scélérat de plus de quatre-vingts balais, qui tenait debout par miracle, était sorti de sa voiture et lui criait en plein visage, à quelques centimètres de la vitre baissée. "Allez, dégage !"

Le regard haineux que l'homme reçut en guise de réponse suffit à le convaincre de faire demi-tour et de remonter dans son véhicule. Parcouru par une secousse électrique. C'était de la peur à l'état pur, jamais éprouvée auparavant. Pas avec une telle intensité, et il aurait été incapable de l'attribuer à une raison précise.

Quand la fourgonnette avança de quelques mètres sur le viale delle Province pour lui permettre de passer, le petit vieux évita de regarder à nouveau le conducteur. Cela lui avait suffi, il l'avait échappé belle. Par chance, ils se trouvaient dans une des rues les plus fréquentées de Rome, à quelques pas de l'université de La Sapienza.

Malheureusement, pendant ce bref laps de temps – il maudissait ce vieux débris, décrépit et indigne de continuer à vivre, si on pouvait appeler ça une vie… – la jeune fille lui avait échappé.

Ce n'était pas grave.

Il savait où elle habitait et il la retrouverait. Il devait juste attendre le moment opportun pour la capturer.

La seule façon de le faire plier, de le faire souffrir, de le pousser au désespoir. Et peut-être à l'action. Et là, il y aurait de quoi s'amuser.

Eimì avait réglé toutes les questions concernant l'université : elle avait vérifié le calendrier des examens de la session d'automne, déposé au secrétariat les documents requis, parlé avec l'assistant du professeur, rangé les livres, demandé à ses camarades de cours de la tenir au courant des dernières nouveautés en utilisant WhatsApp.

Pour autant que c'était possible, compte tenu de son état d'esprit, elle pouvait partir tranquille.

Le soleil, la mer, les amis, et son père. C'était de cela qu'elle avait besoin pour oublier et se remettre, et elle disposait de tout le mois d'août. Elle y pensait après avoir rangé sa valise dans le coffre et en montant dans le taxi pour l'aéroport. Elle ne pleurerait pas, même si la mélancolie lui serrait la gorge, elle ne pleurerait pas, parce qu'elle se l'était imposé. Leo Malinverno ne méritait même pas une seule larme. Et pourtant c'était dommage, car personne ne lui avait jamais autant plu. Elle avait, en revanche, de nombreux doutes concernant l'après, comme tous ceux qui vivent une déception amoureuse.

En fait, elle ne ressentait aucune douleur, peut-être parce que leur relation était née depuis peu : elle n'était pas encore consolidée par la compréhension réciproque, l'affection, l'interdépendance, le don de soi, qui transforment la passion arrogante du coup de foudre en amour proclamé. Celui qui, en cas de rupture, vous détruit.

Ce qu'elle éprouvait ressemblait davantage à de la déception, comme celle qu'elle avait connue après la séparation de ses parents. À dix ans, elle les voyait très beaux, invincibles : il lui semblait qu'ils étaient faits pour vivre ensemble jusqu'à la fin des jours. Et elle ne pouvait se concevoir en dehors d'eux. Plus qu'une famille, elle considérait leur trio comme une entité unique, inséparable. Alors que tout était fini. Auparavant, il y avait eu quelques discussions à peine murmurées, derrière des portes fermées avec moins de grâce que d'habitude.

Demetrios, peintre et poète moyennement doué, avait une maîtresse. Valeria l'avait découvert en les entendant flirter au téléphone. Face à ses dénégations, elle avait composé le dernier numéro avec la touche *repeat* et avait entendu la voix de la femme : "Mon amour…" Eimì avait appris tout cela des années après, en mettant bout à bout les révélations posthumes, occasionnelles et involontaires, de l'une et de l'autre. Peu de temps après, Demetrios était revenu à Athènes ; la vie de la petite fille, puis de l'adolescente, s'était organisée autour des va-et-vient entre l'Italie et la Grèce, marqués par la nostalgie quand elle pensait à son père, durant les longs mois d'études en Italie.

Était-elle destinée à rester seule, elle aussi ? Compte tenu de son expérience familiale, Eimì devait peut-être donner raison à Malinverno. L'amour n'est qu'une reconnaissance fortuite, on se donne et on se sépare. Mais elle s'en voulait à mort d'avoir caressé le rêve du *pour toujours* : deux mots incompatibles.

Par chance, et de manière inattendue, la réalité avait miné ces convictions stupides.

Tout en faisant la queue devant le comptoir du *check-in*, Eimì lut le SMS qui venait d'apparaître sur l'écran de son téléphone portable, qu'elle éteignit avec un sourire. Elle communiquait la joie de vivre rien qu'à la regarder, se dit le steward qui lui rendit son passeport en même temps que la carte d'embarquement.

30

Il se réveilla, couvert de sueur et avec un torticolis, en pensant au Tatoueur.

Où était-il ? Que préparait-il ? Et surtout, qui rêvait-il d'écorcher ? Lui aussi, au fond, menait à bien son projet, pour macabre qu'il fût. Comme Carla, occupée à résister à la maladie qui la frappait. Les objectifs étaient différents mais la volonté était la même. Des pensées encore prisonnières du sommeil, qui ne franchiraient pas la barrière des lèvres.

Le communiqué d'une agence de presse, qui arriva sur son portable sous forme de SMS, le poussa à allumer la télévision à une heure inhabituelle. Il regarda Rai News et, après deux reportages consacrés à la politique intérieure, la présentatrice lança une vidéo en noir et blanc, des images enregistrées par la caméra de surveillance d'une copropriété située via Boccea, qui montraient le Tatoueur en action.

Taille moyenne, longiligne, cheveux longs jusqu'aux épaules. Penché à la hauteur de la roue avant droite, on le voyait de dos en train de s'escrimer avec un cric. Le véhicule était une Volkswagen Westfalia des années 1960, un modèle légendaire, raison pour laquelle la voisine de la famille Orrù l'avait qualifié de bizarre. Une sorte de pièce d'archéologie.

Au bout de quelques minutes, après une interruption de la vidéo, Giannino Orrù arrivait. Un bref échange verbal – le Tatoueur était toujours à genoux – puis Orrù prenait le cric à son tour pendant que l'autre enlevait la roue. Les images muettes, floues et hachées, n'atténuaient pas le caractère dramatique de la scène à laquelle tout le monde assistait en différé.

Après avoir changé la roue, le Tatoueur avait asséné sur la tête d'Orrù, occupé à positionner le cric, un coup violent avec un outil non identifié, peut-être un marteau. Puis, les mains souillées de graisse, il l'avait traîné hors du cadre. La vidéo s'achevait sur le départ de la fourgonnette, dont il était impossible de lire la plaque d'immatriculation.

Malgré la canicule, un frisson parcourut le dos de Malinverno. Mieux valait se distraire.

Il décida d'aller manger à la Popote Solidaire. Il n'y était pas allé depuis un moment et, avec ce qui lui arrivait, il avait besoin de se plonger dans la normalité. Au marché, il acheta toutes sortes de fruits, y compris des papayes et des fruits de la passion, pour préparer une salade de fruits. Chez lui, pendant qu'il épluchait et coupait en petits morceaux pêches, abricots, pastèque, melon et ananas, son père ne cessait de lui tourner autour.

— Ne t'inquiète pas, il y en aura un peu pour toi aussi, le rassura-t-il.

— Mais tu jettes trop d'écorce d'ananas… Et ça, ça te sert à quoi ? En cette saison, les pommes sont immangeables… Tu devrais couper la banane en morceaux plus gros, ils vont se défaire…

Il l'aurait volontiers étranglé.

— Arrigo, s'il te plaît, finit-il par lancer. Va dans la pièce à côté et laisse-moi travailler en paix !

Heureusement que son père avait compris et s'était retiré dans le salon, tête basse et traînant les pieds. Il aurait sa ration de salade de fruits et se consolerait avec. Mais quand de tels incidents se produisaient, Malinverno se détestait lui-même. Parce que son père était pratiquement la seule personne capable de lui faire perdre patience.

Il avait mis les fruits dans un grand saladier et y avait ajouté le jus de fruits de la passion, un peu de marsala sec et du sucre roux ; il en préleva une portion pour son père et une autre pour Carla Tesei. Il la lui apporterait à l'hôpital après l'avoir mise au réfrigérateur. L'infirmière lui avait dit que Carla ne mangeait presque rien et il espérait que sa préparation la mettrait en appétit.

À la Popote Solidaire, il trouva Biagio Orlandi aux prises avec un lave-vaisselle.

— Rien à faire, il ne marche pas… bordel de merde, il va falloir que je le change.

— Il serait temps ! un vrai tas de ferraille… comme la Lambretta que tu m'as fourguée.

— Ouais, n'exagère pas. Tu as fait une bonne affaire, non ?

Ils se connaissaient depuis leur adolescence.

Biagio était arrivé au lycée classique en classe de seconde. Grand, mince, les yeux gris et l'air malin de qui a beaucoup enduré et appris avant les autres. Il n'avait guère changé depuis. Sur son nez imposant, il avait conservé une bosse consécutive à un coup de poing, et on distinguait quelques fils blancs dans sa barbe et ses cheveux coupés à la dernière mode.

Avant qu'elle ne devienne une amitié solide et sans la moindre ambiguïté, la relation entre eux avait dû dépasser l'écueil de l'attraction physique. De la part de Biagio, s'entend : il était homosexuel et ne s'en était jamais caché.

Les garçons lui plaisaient beaucoup et pour lui, tout était bon pour les conquérir, en dépit des railleries parfois grossières et le risque de provoquer des réactions désagréables. Comme le coup de poing d'un garçon qui lui avait fracturé le nez à Formentera à cause d'une tentative d'approche trop explicite, qui les avait conduits au commissariat.

Mais cette année-là, à la fête d'anniversaire d'une camarade de classe, le nouveau avait su profiter du jeu de l'ampoule grillée. Un jeu tout simple. Chacun, à tour de rôle, se plaçait à côté de l'interrupteur et après que garçons et filles s'étaient contemplés, profitant des moments d'obscurité, ils pouvaient s'unir à leur préféré et donner libre cours à leurs instincts. Une manière comme une autre de faire des expériences et d'éprouver le trouble d'une promiscuité limitée, mais excitante. Le tout agrémenté de petits cris, d'éclats de rire, de bousculades, de quiproquos, de baisers plus ou moins profonds.

Dans l'excitation générale, on pouvait comprendre que Biagio, après avoir assisté sans bouger à deux ou trois mêlées de ce genre, se soit jeté sur le jeune Malinverno, déjà très attirant et convoité. Mais quand leurs corps s'étaient étreints avec des mains baladeuses, Leo avait vite compris, malgré la lumière éteinte, qu'il s'agissait d'un garçon.

— Mais putain, qu'est-ce que…

Il avait détaché ses lèvres de celles du mystérieux embrasseur et l'avait repoussé sans dire un mot, mais pas assez vite pour échapper à une audacieuse palpation de braguette. Quand leur camarade avait décidé de rallumer en appuyant sur l'interrupteur, il avait eu la confirmation qu'il s'agissait bien de Biagio, au regard satisfait que celui-ci lui avait lancé. Mais les choses en étaient restées là, et mieux valait ne pas donner trop d'importance à l'incident.

— Ne recommence pas, je ne suis pas comme ça, avait dit Malinverno à Biagio le lendemain, sur un ton sans réplique.

Pendant quelque temps, ils ne s'étaient plus adressé la parole, même si Biagio continuait de le regarder avec concupiscence.

Quelques jours plus tard, à la récréation, Massimo Tellini, l'un des plus âgés, s'était mis à l'insulter grossièrement, en puisant dans le vaste florilège des épithètes homophobes. Une courte bagarre avait suivi. Car même s'il était seul face à ses agresseurs, Biagio n'avait pas renoncé à répliquer.

Malinverno qui, au même moment, se rendait aux toilettes, l'avait vu à terre, aux pieds de trois garçons qui le rouaient de gifles et de coups de pied : oubliant l'assaut qu'il avait subi à la fête, il avait pris sa défense : "À plusieurs contre un, vous n'avez pas honte ?"

Plus que la menace physique – ils étaient quand même deux face à une bande d'excités –, la considération et le prestige dont Malinverno jouissait à l'école firent leur effet.

À partir de ce jour, l'engouement de Biagio pour Malinverno se transforma en gratitude et en admiration. Il faisait toujours, de temps à autre, des allusions à peine voilées, au cas où Malinverno s'y serait laissé prendre, mais en substance il avait compris que, entre eux, il ne pouvait pas y avoir autre chose que de l'amitié.

Leur relation était donc ancienne, franche et sans tabou.

Il leur arrivait d'aller courir dans des parcs, de jouer au tennis, de nager dans une piscine et ensuite de se doucher ensemble sans la moindre gêne. Parfois, Biagio lui lançait des œillades sans trop se cacher, mais Malinverno n'y prêtait aucune attention.

— Qu'est-ce que tu as apporté ? demanda Biagio en regardant par-dessus le comptoir.

Malinverno lui montra le bocal en verre contenant la grande salade de fruits.

— Très bien. Tout le monde apporte des salades de pâtes, des côtelettes, des tomates avec du riz et des pommes de terre… Personne ne pense aux fruits.

— Eh, vu ce qu'ils coûtent… ça ne m'étonne pas !

La Popote Solidaire était un lieu unique, né de l'imagination de Biagio Orlandi et déguisé en association culturelle afin de contourner les services d'hygiène ; un lieu où les clients arrivaient avec au moins un plat cuisiné.

En partageant ce qu'il avait préparé, chacun pouvait consommer les plats des autres. Et contre une obole, très raisonnable, de trois euros, on avait droit à une place assise et à un verre de vin ou de bière. Mais comme la vraie particularité du lieu était la compagnie, Biagio finissait par admettre les gens fauchés, des soi-disant artistes, des fainéants et des glandeurs. Toutefois, il y avait aussi des enseignants, des écrivains, des journalistes et des gens exerçant des professions libérales, dont le point commun était qu'ils ne supportaient pas la solitude, occasionnelle ou habituelle, que les aléas de la vie leur avaient infligée.

Située non loin de la Pyramide de Cestius, derrière le cimetière des Anglais qui abritait les dépouilles de John Keats et de Percy Shelley, la Popote Solidaire était un lieu "tendance" pour les quartiers limitrophes de Testaccio et Ostiense, et pour l'ensemble de Rome. Murs recouverts de boiseries, longues tables avec des nappes en papier, chaises paillées ; les portraits d'Anna Magnani, d'Aldo Fabrizi, d'Alberto Sordi et d'autres personnages liés à la Ville éternelle dominaient les commensaux.

— Comment se passe la chasse au Tatoueur ? J'ai lu sur ton site… à propos, tu t'es converti au Web ? Biagio s'était accoudé au comptoir du bar.

Malinverno, qui s'était assis sur un escabeau, lui parla de sa rencontre avec Lembo.

— Quoi qu'il en soit, tu es toujours le meilleur ! commenta son ami.

— Merci, trop aimable.

— Dis-moi, tu as déjà rencontré ce snobinard de Duranti ?

— Duranti ? Giorgio Duranti, l'architecte ? Il était étonné qu'il le connaisse. Comment se fait-il…

— Tu sais bien que je connais tout le monde, Rome est un village…

— Tu as baisé avec lui ?

Il prit une mine contrite.

— Moi non, malheureusement.

— Il est gay ?

— Il te répondrait que non.

— Ce qui veut dire ?

Biagio sourit des yeux.

— Tu connais ce genre de type qui ne dédaigne aucun trou et qui te dit après : *mais moi, je suis hétéro* !

— Duranti en fait partie ?

— Je ne peux pas te répondre. Je sais, par des amis, qu'il aime picoler, et après, il dit que c'est la faute de l'alcool et de la cocaïne…

— Ils ont couché avec lui ?

— Et pas qu'un peu… Et il accompagna sa réponse d'un geste éloquent. Au lit, en bagnole, dans les chiottes des boîtes de nuit ou des discothèques, un peu partout.

— Je sais qu'il avait une histoire avec une fille, essaya d'objecter Malinverno, sans révéler l'identité de la victime du Tatoueur.

— Oui, Sabrina Olcese… Je te lis, qu'est-ce que tu crois ? lança Biagio pour dissiper la surprise de son interlocuteur.

— Comment tu expliques ça ?

— Il faudrait aussi que je te l'explique ? Demande-le-lui !

Il avait raison.

— Écoute, je suis ici pour une autre affaire…

Biagio le gratifia d'un grand sourire, révélant des dents parfaites et éclatantes.

— Tu as décidé de me rendre heureux et de coucher avec moi ?

— Ne dis pas de conneries. Il me faut de la marijuana.

— Intéressant.

— De bonne qualité, ça va sans dire. Ton prix sera le mien.

— Donc, c'est *intéressant*.

Biagio lui dit de revenir le lendemain, il s'adresserait à une personne de confiance. Malinverno s'en alla satisfait : il rentrait avec deux butins. Il n'en demandait pas tant.

31

Jimmy Caviglia avait dit jeudi : il lui téléphona pour fixer le lieu du rendez-vous.

Même si cette perspective l'épuisait par avance avec cette humidité tropicale, si lourde et oppressante qu'elle vous privait de toute énergie, Malinverno devait jouer une partie de foot à 5 ce soir-là. Il n'avait pas joué depuis des années, mais il ne se souciait pas des résultats sur le terrain. Cette partie représentait le seul espoir de rencontrer Giorgio Duranti et de le cueillir sans qu'il soit sur la défensive. En tout cas, c'était ce qu'il se disait.

N'ayant rien à faire au journal, ce qui le déstabilisait profondément même s'il avait du mal à l'admettre, il passa l'après-midi chez lui.

Il ne pouvait pas rester au salon : Arrigo regardait une émission sur une chaîne de sport, et il avait monté le son à plein volume.

— Excuse-moi, c'est parce que je n'entends pas bien !

Dis donc, quand est-ce que tu dégages ?

L'agacement qu'il ressentait n'était pas vraiment lié à des désagréments de ce genre – le son du téléviseur, la manière envahissante que son père avait de ranger des affaires qui ne lui appartenaient pas, les lumières éteintes de manière obsessionnelle pour ne pas faire grimper la facture, sa présence physique encombrante –, mais à la révélation suscitée par cette cohabitation inattendue.

Malinverno s'était brusquement rendu compte que la promiscuité avec Arrigo, après tout ce temps où ils avaient vécu chacun de son côté, renouvelait en lui le sentiment de vide qu'il avait dû subir et surmonter durant son adolescence. Ou plutôt, qu'il *avait cru* pouvoir surmonter. Avoir Arrigo auprès de lui, dans les pattes, lui rappelait toutes les fois où celui-ci lui avait manqué. Le sentiment d'abandon et l'inévitable sensation de solitude qui l'accompagne creusent des gouffres d'inquiétude. Et il avait beau être un champion en matière de dissimulation, Malinverno le vivait mal.

Avec tous ses quotidiens sous le bras, il se barricada dans son bureau, au sommet de la petite tour. Après avoir fait la une de tous les journaux, les informations sur le Tatoueur, le tueur en série romain considéré comme inactif depuis trop longtemps, occupaient désormais les pages des faits divers locaux. Pour ses collègues ignorants, comme les appelait Malinverno, quatre jours sans crimes ni informations significatives émanant de Walter Sgrò et des enquêteurs, c'était trop. Et naturellement, il n'était pas question d'investiguer et d'aller chercher le scoop. Non seulement c'était fatigant, mais il fallait savoir le faire.

Dans ce paysage médiatique désolant, le *Globo* était le journal qui se distinguait par sa mollesse et sa bêtise. Lembo, directeur régent, était celui qui consacrait le moins d'attention aux crimes du tueur : un simple entrefilet, page 18.

Malinverno ne put s'empêcher de murmurer : “Connard !”

En revanche, il remarqua avec un plaisir mêlé de vanité – cette vanité qui, en proportions variables, affecte tous les journalistes – l'éditorial de Saverio Orati dans l'*Eco d'Italia*.

NOUS DEVONS ÊTRE RECONNAISSANTS ENVERS MALINVERNO

Le plaisir de lire ce titre, et le texte qui confirmait l'estime d'un grand chroniqueur de faits divers pour ses qualités de journaliste d'investigation, était à peine mitigé par le soupçon qu'il s'agissait peut-être d'une tentative pour le pousser à accepter de faire partie de leur équipe. Une tentative à peine voilée.

C'était sans doute une idée de Saro Currò, la fouine.

Mais tant qu'il n'aurait pas parlé avec Orefici, Malinverno ne pouvait pas prendre la décision de quitter le *Globo*. Il avait presque oublié l'Everest : il devait appeler Evelina pour avoir des nouvelles de sa santé. À ce moment-là, le téléphone sonna.

Malinverno se leva du fauteuil dans lequel il était avachi, les jambes sur un accoudoir, pour récupérer son smartphone au milieu des papiers sur son bureau.

C'était un médecin de la polyclinique : Carla Tesei, lui expliqua-t-il, avait donné des dispositions pour qu'on lui communique toutes les informations la concernant. Ils avaient décidé de la laisser sortir, dans l'espoir que le retour à son domicile lui redonnerait un semblant de bonne humeur et de vitalité.

L'oncologue parlait d'une voix grave :

— Elle est très déprimée, même si elle s'efforce de plaisanter. Elle ne dort pas, elle continue à fumer et ce qui m'inquiète le plus, c'est qu'elle ne mange pas…

— Peut-être que la nourriture de l'hôpital n'est pas ce qu'il y a de mieux…

— Oui, c'est aussi pour ça que nous la renvoyons chez elle. Mais je sais qu'elle vit seule et je crois qu'elle n'aura pas la force de s'occuper d'elle-même.

— Soyez tranquille, docteur, elle ne sera pas seule.

Dans la petite salle où il attendait que Carla ait fini de s'habiller et que les infirmières fassent signer au médecin-chef l'autorisation de sortie, Malinverno observait un homme d'une cinquantaine d'années, en bermuda et tee-shirt. Un drôle d'énergumène, à la mine torve et à la voix bizarrement aiguë. Il parlait avec sa femme ou sa compagne. La peau visible était complètement ornée de mots au lettrage fascisant, des symboles celtiques et autres coquetteries similaires. Même les doigts de ses mains et ses doigts de pied étaient tatoués. Un personnage digne de *Tattoo Cover*, l'émission diffusée par Sky et consacrée aux dégénérescences de cette obsession à laquelle une équipe de *tattoo fixers* tente de trouver un remède.

Une fois, tard dans la nuit, il était tombé sur l'histoire d'une écervelée qui, sur la région du sacrum, s'était fait tatouer le prénom du garçon qui l'avait déflorée. Quand il l'avait laissée tomber, elle avait demandé que l'on cache ce prénom avec un dragon. Mais une fois mariée, elle avait soutenu que le dragon gâchait sa vie sexuelle, et elle était donc prête à changer à nouveau de tatouage. Un véritable cauchemar, fait d'absence de confiance en soi, de mortification du corps et d'auto-humiliation.

Il existe encore des gens qui se croient originaux ?

Malinverno n'arrivait pas à comprendre que ces fanatiques ne se rendent pas compte de leur conformisme esthétique poussé à l'extrême.

Il pensait aussi aux victimes du Tatoueur. Qu'est-ce qui les avait poussées à adopter ces signes corporels qui, fatalement, intéressaient tellement le tueur en série ? Il en parlerait bientôt avec le Pr Marziale.

Il fut tiré de ses réflexions par la voix de Carla Tesei, qui entrait en s'appuyant au bras d'un brancardier.

— Merci d'être venu si vite, Leo.

— C'est normal. Comment vas-tu ?

— Maintenant que je sors, mieux.

Dans le taxi, elle ne parla presque pas et parut même s'assoupir. Pendant que Malinverno réglait le taxi, Carla se rendit compte de l'endroit où ils se trouvaient.

— Oh, tu ne m'emmènes pas chez moi ? Pourquoi sommes-nous venus ici ?

Il l'aida à descendre. En prenant son poignet, il sentit à quel point celui-ci était devenu frêle.

— Tu vas rester un peu ici, avec moi… et avec Arrigo. Chez toi, tu serais seule.

— Je suis encore autonome, bordel ! Qu'est-ce que tu crois ?

Il fit mine de prendre les choses avec humour.

— Mais qu'est-ce que tu racontes ? Même avant, tu étais incapable de te débrouiller toute seule…

— Va te faire foutre, Malinverno.

Elle marmonnait et faisait la tête, mais il était clair qu'elle était soulagée d'avoir de la compagnie. Arrigo aussi en fut content.

— On attend encore quelqu'un d'autre ? Je vois que bientôt, il n'y aura plus que des places debout, plaisanta Carla.

— Ça ne peut faire que du bien à Leo… soyez tranquille !

— Qu'est-ce que c'est que ça ? Vous me vouvoyez ?

Carla sourit malgré son épuisement.

— En tout cas, j'ai l'impression que cette maison n'a jamais vu autant de personnes réunies.

— Du moins, pas depuis que j'y habite, précisa Malinverno. Mais attention : c'est une situation passagère, ajouta-t-il en regardant son père d'un air entendu.

— J'ai compris, j'ai compris… Arrigo fila à l'étage, dans sa chambre, les bras levés. Ciao, Carla, on se revoit au dîner.

Il était rapidement passé au tutoiement.

Malinverno conduisit son amie dans la chambre près de la cuisine, avec accès direct à la salle de bains. Des pièces lumineuses, propres, conçues pour la domestique. Mais Mimma ne venait que quelques heures par jour et ne dormait pas là : c'était donc une installation optimale pour Carla : elle n'aurait pas à monter et descendre l'escalier menant aux étages, et jouirait de son indépendance.

Elle s'assit sur le lit et se donna des petits coups de doigts sur le front.

— Zut, j'allais oublier…

— Quoi ? Les médicaments ? C'est moi qui ai tout, on me les a donnés…

— Non, Figaro, j'allais oublier Figaro ! Il doit être très malheureux.

— Ton chat ?

— Oui, j'ai téléphoné à la concierge et je lui ai dit que j'allais rentrer… que je m'occuperais de lui donner à manger.

— On va l'avertir, ne t'inquiète pas. À présent, allonge-toi.

Elle suivit son conseil avec un soupir.

— Non, c'est que…

— Dis-moi, finis ta phrase… Tu sais que je ne supporte pas qu'on laisse les phrases en suspens.

— C'est qu'il me manque, j'aimerais l'avoir avec moi, avoua-t-elle.

Et voilà, il ne manquait plus que le chat…

— Où est le problème ? Je vais téléphoner à Sonia Persichelli, au *Globo*, et je lui demanderai de le transporter ici.

— Sonia ?

— Oui, Sonia. Tu ne sais pas qu'elle adore les chats ?

Carla avait fermé les yeux. Le trajet et l'installation dans la maison de Leo l'avaient épuisée.

32

Avec Carla dans la villa, la présence d'Arrigo était devenue presque utile. Malinverno lui donna des instructions concernant le traitement de la malade et lui recommanda de l'inciter à manger.

— Je m'en occupe, tu peux être tranquille.

— C'est justement parce que tu t'en occupes que je ne suis pas tranquille, murmura-t-il.

— Qu'est-ce que tu as dit ?

Bénie soit la surdité !

Il aurait été judicieux d'entamer une discussion.

— Rien, rien…

Il répondit au coup de fil de Vilma Diberti : elle avait interviewé Adelfa Maiorini et les informations qu'elle avait rapportées étaient très intéressantes.

Puis il réfléchit à la tenue qu'il adopterait pour le match de foot. Il connaissait le fanatisme des adorateurs de foot en matière d'esthétique vestimentaire : le short et les vieux tee-shirts qu'il portait pour le jogging ne convenaient pas. Le maillot de Jimmy était à sa taille et celui-ci le lui prêterait : il s'arrêta donc dans un magasin d'articles de sport et acheta le reste, y compris les chaussures qu'il ne mettrait qu'une seule fois. Il demanda conseil au vendeur, qui était ravi de pouvoir instruire un néophyte. Et de le détrousser.

Rendez-vous au Cercle des Canotiers.

Avant d'entrer dans les vestiaires, où il avait fait en sorte d'arriver avant que les autres ne soient prêts, ou déjà sur le terrain, Malinverno s'arrêta pour admirer l'anse du Tibre, sur laquelle donnait la terrasse couverte. Le soir tombait avec une lenteur exaspérante, comme si la lumière ne voulait pas céder à l'alternance naturelle avec l'obscurité de la nuit.

La stridulation des cigales, le vert des arbres et des arbustes au bord du fleuve et l'écoulement paresseux de l'eau étaient des privilèges chèrement payés par les vieux carriéristes et les dames couvertes de quincaillerie qui cherchaient le confort de l'exclusivité en puisant dans une épargne et des retraites dorées. Eux étaient là-dedans, sirotant des alcools forts et des cocktails sucrés aux fruits, causant actions et vacances de luxe, et le reste du monde de l'autre côté de la haie, au-delà des portails.

Le vrai monde, cela va sans dire : celui qui survit, prisonnier des embouteillages, et qui s'épuise à vivre une vie pleine d'âpreté ; où le plus grand nombre, quoi qu'il fasse et conformément aux règles en vigueur, est vaincu. Et donc, l'unique voie de salut intelligente consiste à composer avec la fatalité de l'échec.

Les enfants et les petits-enfants des riches sociétaires, légitimés par le luxe – velours cramoisis, lumières tamisées, parquets anciens en marqueterie –, s'étaient donné rendez-vous au Cercle des Canotiers pour taper dans un précieux ballon sur un terrain en gazon soigneusement entretenu, réservé à leur usage personnel et, donc, jalousé par tous les autres.

Malinverno fut obligé de reconnaître en son for intérieur que de là-haut, la vue était imprenable. Il s'en détacha à regret.

Jimmy Caviglia trépignait d'impatience devant la porte du vestiaire.

— Alors, te voilà enfin ? J'ai cru que tu ne viendrais pas…

— Tout est calculé, jeune homme. Il écarta tout reproche d'un geste de la main. Où sont les autres ? demanda-t-il en enlevant son jean, qu'il accrocha à une patère.

— Ils nous attendent, dépêche-toi.

Sous le jean, il était en short de foot.

— Je suis presque prêt, je n'ai plus qu'à enfiler mon maillot, dit-il en enlevant son polo bleu. Ils y ont cru, à la crise de pubalgie ?

— Oui, oui, cet imbécile de Duranti a même fait des jeux de mots débiles.

Malinverno prit la pose, comme un mannequin.

— Tu me trouves comment ?

— Trop mignon.

— Trop mignon, jamais. Toi plutôt… Comment se fait-il que tu fréquentes cet endroit cher à l'élite romaine ?

— Je suis un infiltré, je ne pourrais jamais me le permettre. Mais on ne joue pas toujours ici, on passe d'endroits très modestes aux plus sélects, en fonction des organisateurs.

Sur le terrain, en attendant le remplaçant de Caviglia, les joueurs s'étaient fait apporter un apéritif, histoire de passer le temps. Prosecco de Valdobbiadene, canapés, bouchées en pâte feuilletée et minipizzas chaudes. Le pire viatique avant une partie. Mais il était évident que les joueurs convoqués étaient plus intéressés par l'obtention d'avantages grâce à leur passage au Cercle que par l'épreuve sportive. Des jeunes hommes apparemment imbus d'eux-mêmes : après une journée de gains plus ou moins licites, leur seule ambition était de s'amuser.

— Putain, on a même des VIP, ce soir ! s'exclama le plus grand, à demi chauve.

— Malinverno, ajouta, sur un ton surpris, un autre blond à la grande mèche.

— J'en crois pas mes yeux ! lança un type, petit et trapu, ventre proéminent. Tu es Leo Malinverno ?

— Oui, c'est moi, avoua-t-il en fixant Giorgio Duranti dans les yeux.

Ce dernier se trouvait un peu à l'écart ; il fumait un cigare toscan et tenait un verre dans sa main gauche. Il détourna le regard, puis intima aux autres :

— Alors, on le commence, ce match, oui ou non ? On n'est pas venus ici pour se goinfrer et faire salon…

Il était clair que c'était lui, par ailleurs le seul membre du cercle, qui commandait ici.

Le serveur en veste bleu foncé à boutons dorés se hâta d'emporter la petite table pliante avec les plateaux et les bouteilles. Les équipes se répartirent enfin sur le terrain.

Malinverno aurait le rôle d'attaquant, qui revenait habituellement à Caviglia, lequel proposa de jouer les arbitres de touche.

Il fut tout de suite évident que ce ne serait pas un match facile, surtout à cause de l'état d'esprit de Duranti, qui n'avait pas apprécié le coup de théâtre du remplacement de Caviglia par Malinverno, et qui jouait dans l'équipe adverse. Au bout de quelques minutes, Caviglia était déjà prêt à siffler la première pénalité, mais un coup d'œil de Malinverno suffit pour le faire changer d'avis.

Il y eut deux autres incidents du même genre. Duranti avait bousculé ou retenu Malinverno, et, du regard ou avec de légers signes de la tête, Malinverno dissuadait

Caviglia de sanctionner l'équipe. Jimmy se vit toutefois contraint de sermonner l'impétueux joueur.

— De toute façon, je vais te démolir, qu'est-ce que tu crois ? lui chuchota Giorgio Duranti.

Mais Malinverno se dégagea et réussit à passer le ballon à un coéquipier qui marqua. Même s'il n'avait pas joué depuis des années, il s'en tirait plutôt bien.

Pendant que les autres exultaient non loin de la cage adverse, Malinverno parvint à lancer à l'architecte, au centre du terrain :

— Qu'est-ce qu'il y a ? Tu n'es pas content ?

Il continuait de le provoquer, pour l'exaspérer et le faire sortir de ses gonds.

— Fais gaffe…, siffla l'autre.

— Tu ne peux pas tout contrôler, résigne-toi.

Duranti, plus grand de quelques centimètres, s'avança vers lui en bombant le torse, et le toisa de haut en bas.

— Qu'est-ce que tu veux ? Je vais te casser les pattes !

— Vas-y… Malinverno le regarda fixement. Comme tu l'as fait avec la pauvre Sabrina ?

Il vit les yeux de Duranti s'enflammer, mais les autres arrivaient pour reprendre le jeu, et ils ne donnèrent pas suite à leur différend.

Mais ce bref échange d'amabilités suffit à faire enrager l'architecte. Le match se durcit un peu plus. Au milieu de la seconde mi-temps, Duranti trouva le moyen de pousser Malinverno et de lui marcher sur le mollet avec ses chaussures à crampons, alors qu'il était à terre. L'écorchure contraignit Malinverno à s'arrêter. Bien qu'étonnés par le comportement de leur ami, ses coéquipiers aussi bien que ses adversaires ne dirent pas un mot pour défendre le nouveau venu. Au fond, personne ne le connaissait…

Pour lui, le match s'arrêtait là.

Malinverno alla se faire soigner à l'infirmerie du Cercle et, pendant que les autres terminaient la partie, il se changea et s'assit sur un banc, derrière le vestiaire.

Sa jambe lui faisait mal, mais le parfum des lauriers-roses et la pleine lune qui trônait dans le ciel dégagé rendaient cette soirée magnifique.

Les voix des joueurs se rapprochaient ; ils étaient épuisés et en nage.

— Bon sang, quel match !

— Un bon test !

— Quelle belle reprise…

— Et on vous a mis deux buts !

— Ouais, vous avez eu du bol, c'est tout… qu'est-ce que tu crois ?

Malinverno écouta le bêtisier des commentaires d'après-match, qui reproduisaient en miniature ceux qui suivaient les matches de première division, au-delà et à l'intérieur de l'écran de télévision.

Encore des bavardages, la douche, les plaisanteries, les bons mots, les bourrades… Des gamins en colonie de vacances. Les voix ne lui permettaient pas de distinguer qui parlait dans le vestiaire, malgré la minceur des parois en bois : Malinverno souhaitait que Duranti s'attarde pour échanger des boutades avec ses coéquipiers. Mais s'il sortait, il le rejoindrait. Il surveillait du coin de l'œil le petit portail donnant sur la rue. Il envoya un SMS à Caviglia, en espérant qu'il le lirait. Il compta ceux qui partaient : c'était le moment d'entrer en scène.

Le premier à voir entrer Malinverno fut le blond à la mèche, un énergumène bodybuildé, totalement soumis à Duranti.

— Ah, tu es encore là !

Il essaya de le bloquer, craignant qu'il n'agresse son ami, après l'incident sur le terrain.

— Lâche-moi !
Caviglia se leva pour venir en aide à Malinverno.
— Qu'est-ce que tu fais ? Lâche-le !
— Oui, laisse-le tranquille, dit Duranti en sortant de la douche, les mains sur les hanches. Il veut juste jouir du spectacle… laisse-le.
Mèche-blonde s'écarta.
Au milieu du vestiaire, nu et bouffi d'orgueil, Duranti se balançait d'un pied sur l'autre.
— Qu'est-ce qu'il y a, Malinverno ? Tu aimes la bite ?
— Moi, non, mais on m'a dit que tu ne dédaignes pas…, rétorqua Leo, indiquant du menton le pubis surmonté de poils roussâtres de l'architecte. Si tu veux, je te cite les noms et prénoms des garçons qui se sont amusés avec la tienne !
Il ne se souvenait pas si Biagio Orlandi avait donné des détails, mais il était sûr que Duranti ne courrait pas le risque de le laisser parler en présence de témoins gênants. Le coup de bluff fonctionna.
Malinverno en rajouta une couche :
— Si tu ne veux pas qu'on diffuse tes petits secrets, renvoie ton larbin.
Et, d'un signe de la tête, il indiqua Mèche-blonde.
Caviglia eut juste le temps de retenir le type.
— Quoi ? Moi, un larbin ? Je vais te casser la gueule !
— Va-t'en, Federico… Ne t'inquiète pas, je m'en occupe. Va…
L'autre sortit en jurant comme un charretier après avoir tenté de s'approcher de nouveau de Malinverno. Mais Caviglia l'en avait empêché.
— Tu n'es qu'une merde ! lança-t-il en quittant les lieux.
— Bon, maintenant qu'on est seuls, tu ne peux plus m'échapper.

Duranti s'était ceint la taille avec une serviette et, d'une autre, il se séchait les cheveux.

— Alors, on peut savoir c'que tu veux de moi ?

— Tu le sais très bien ; sinon, tu ne m'aurais pas fui jusqu'à maintenant. Je voudrais que tu me racontes tout.

— Qu'est-ce que je devrais te raconter ?

Malinverno alla droit au but.

— Tu n'as pas seulement frappé la pauvre Sabrina… Est-ce que tu l'as aussi tuée ? demanda-t-il, pour le pousser dans ses retranchements.

— Écoutez-moi ça… Duranti était en train de se rhabiller. J'ai tué personne, c'est clair ?

— Alors, dis-moi pourquoi tu la frappais ?

— Qui t'a dit ça ?

Il ne lui parlerait pas des soupçons qu'il avait eus en parlant avec Clelia Iozzia, sa collègue d'atelier, et avec Adelfa Maiorini. La vieille actrice s'était ensuite confiée à Vilma Diberti, mais cela aussi, il se garda bien de le lui dire.

— Ce ne sont pas tes oignons, parle-moi plutôt de ce qui te regarde…

— Et pourquoi je devrais te parler ?

Malinverno le fixa pendant plusieurs secondes.

— Parce que, entre autres raisons, une fois sorti d'ici, je pourrais aller raconter au major Sgrò que le 1er mai, comme te l'a reproché ton ami Umberto il y a quelques jours, tu ne t'es pas présenté pour le match de foot. Il y a au moins neuf témoins qui peuvent démentir tes affirmations…

— Ils ne le feront pas !

— Oh, je sais… Jusqu'à présent, ils t'ont protégé. Mais ils arrêteront de le faire s'ils sont accusés de faux témoignage, dans une affaire de meurtre aussi grave. Et dans ce cas, concernant le jour de la mort de Sabrina

Olcese, ton alibi ne tiendra plus. À ton avis, ce sont des raisons suffisantes pour que tu parles ?

Assis sur le banc, Duranti lança à Caviglia un regard noir. Le délateur ne pouvait être que lui.

— Ce n'est pas moi qui l'ai tuée, dit-il.

— Peut-être… Et où étais-tu le 1er mai ?

— Il m'est arrivé de la frapper, mais je ne l'ai pas tuée, répéta l'architecte.

— Ça te plaît de brutaliser les femmes ?

— Si elles me le demandent…

— Sabrina te le demandait ?

— Non, reconnut-il avant de poursuivre, face à l'expression interrogative de Malinverno. C'était une sorte de moule, toujours collée à moi… pleurnicharde et mollassonne.

— Jalouse ?

— Oui, jalouse. Elle me surveillait, me suivait, me téléphonait sans arrêt, partout… Elle me harcelait.

— Et toi, entouré de pédés et de vieilles en chaleur, tu lui donnais plusieurs raisons d'être jalouse…

Duranti était de plus en plus surpris par tout ce que ce foutu journaliste savait de lui.

— Mais qu'est-ce que tu racontes ?

— Tu le fais pour de l'argent ?

— Je fais quoi, pour de l'argent ?

— Tu baises avec qui en a envie. Tu le fais pour de l'argent ?

L'autre ne savait pas s'il devait répondre, et comment.

— Oui, mais je suis pas pédé.

— Comme je te l'ai dit tout à l'heure, ce sont tes oignons. Ça ne m'intéresse pas. Je veux savoir ce que tu as fait à Sabrina Olcese, et pourquoi. C'est clair pour toi ?

— Je ne l'ai pas tuée. Point barre.

— Et maintenant, tu vas me dire que tu aimes les tatouages…

Duranti répéta, sur un ton courroucé :

— Les tatouages…

— Tu as dit qu'elle t'avait montré son tatouage représentant les Érinyes, et que ça t'avait dégoûté.

— Ça ne m'a pas dégoûté. Je m'en foutais complètement…

— Tu sais qui le lui a fait, ce tatouage ?

— Non, j'en sais rien.

— Et comment se fait-il que tu aies besoin de tant d'argent ?

— En quoi ça te regarde ?

L'iPhone de l'architecte, posé sur le banc, se mit à sonner. Malinverno parvint à voir le nom qui apparaissait sur l'écran avant que Duranti ne le fasse taire. Citran : il le mémorisa car il lui serait utile.

Tout de suite après, un autre détail attira son attention, et il s'approcha.

— Mais bien sûr, c'est clair.

Il s'approcha de l'endroit où était assis l'architecte, puis regarda aux pieds de celui-ci. Lorsqu'il se redressa, il avait de la poudre blanche sur l'index.

— Tu le fais pour ça, c'est de la cocaïne !

Il avait dû en sniffer au début de la partie. Malinverno lui mit son doigt sous le nez.

— Tu fais partie de la brigade des stupéfiants ? ironisa l'autre en s'écartant.

— Non, non, mais c'est bon à savoir…, ça donne une idée de l'ambiance, dit-il, en pensant déjà à l'article qu'il écrirait.

Duranti le dégoûtait profondément. Pas parce qu'il était bisexuel ni parce que c'était un cocaïnomane. Il pouvait comprendre toutes les orientations sexuelles et les choix personnels, mais pas quelqu'un qui avait assez peu d'estime de soi pour brutaliser les femmes.

Ils le laissèrent cuver sa rage.

Quand ils se retrouvèrent dans la rue, Jimmy Caviglia ne put s'empêcher de lui demander :

— Leo, tu transmettras les informations à Sgrò ?

— Ça ne me vient même pas à l'esprit. Je suis un journaliste, pas un indic.

— Tu ne vas pas écrire tout ça ?

— Tu paries une bouteille de champagne que je le ferai ?

— Mais ce n'est pas lui qui a tué Sabrina Olcese…

— Ce n'est peut-être pas lui, mais il a fait pire, pour autant que ce soit possible. Il s'est servi d'elle, l'a rouée de coups et se fiche complètement qu'elle ait été tuée. L'assassin a mis fin à sa vie. Duranti la lui a empoisonnée.

— Fais attention, ce type est capable de te faire défoncer la gueule par un de ses acolytes, et ensuite, de porter plainte contre toi.

— Très bien. Comme le disait le vieil Andreotti*, une information démentie est doublement diffusée. Même chose pour les dépôts de plainte, ils ne font qu'amplifier ce que l'on voudrait faire disparaître. Et ce rat d'égout a trop de choses à cacher pour se mettre à remuer la vase dans laquelle il barbote. Il donna une tape amicale sur la nuque de son ami. Tu as compris, jeune blanc-bec ?

* Giulio Andreotti (1919-2013). Journaliste et homme d'État italien, il fut plusieurs fois président du Conseil, connu pour ses liens présumés avec la mafia.

33

Après quelques jours de tranquillité, à peine troublés par des douleurs contenues par les thérapies adaptées, Carla se sentit mal de nouveau et refusa de s'alimenter. Elle se sustentait avec des compléments alimentaires protéinés, quand elle parvenait à les avaler et à ne pas vomir.

La canicule et les séances de chimiothérapie compliquaient encore plus les choses.

Heureusement, elle et Arrigo s'entendaient très bien et faisaient bloc, par jeu, contre Leo, par ailleurs heureux de pouvoir confier son amie à son père et ainsi se consacrer à son travail. Il les trouvait souvent en train de fumer un joint. Arrigo l'emmenait aux contrôles médicaux, l'incitait à manger, passait des après-midis à bavarder avec elle, pendant que Figaro ronronnait de plaisir sur ses genoux.

— Ton père est très sympathique… De quoi te plains-tu ?

— Ouais, je t'en fais cadeau ! Tu le veux ?

L'histoire de toute une vie. Pour Malinverno, ce n'était pas nouveau. Beaucoup de gens trouvaient Arrigo charmant…

Il avait autre chose en tête : faire progresser l'enquête sur le tueur en série.

Il n'eut pas de mal à trouver l'adresse de Luigia Citran dont il avait fini par se souvenir, à force de se creuser les méninges. Il avait entendu prononcer ce nom pour la première fois par la domestique d'Adelfa Maiorini, la vieille actrice, et plus tard, Guerci avait évoqué le même nom à propos de la maîtresse de Sgrò. Enfin, "Citran" était apparu sur l'écran du portable de Duranti, pendant qu'ils discutaient dans le vestiaire. La fréquence avec laquelle le nom de cette femme intervenait dans l'histoire ne pouvait pas être une simple coïncidence.

— Je suis Leo Malinverno, madame, dit-il en se présentant au téléphone.

Une légère hésitation, puis une voix décidée et charmeuse :

— Je ne sais pas pourquoi, mais votre coup de fil ne me surprend pas…

— Il faut que je vous parle.

— Cela non plus ne me surprend pas, et en ce qui me concerne, je déteste les personnes prévisibles, Malinverno.

Il décida d'entrer dans son jeu :

— Vous vous ennuyez facilement ?

— Je ne m'ennuie jamais, justement parce que je ne les fréquente pas.

— Je vais bientôt écrire un article sur Duranti, l'architecte. J'espère que cela suffira pour vous donner envie de me rencontrer.

Il avait fait mouche.

Luigia Citran devait prendre un avion pour Milan : ils se donnèrent donc rendez-vous au restaurant Attimi de Heinz Beck, sur la terrasse de l'aéroport de Fiumicino.

Il ne l'avait jamais vue, mais il la reconnut tout de suite.

Elle était assise à une table d'angle, derrière la vitre séparant l'espace du restaurant de la zone de transit des passagers. Elle portait un tailleur clair, coupé dans un tissu qui devait être très coûteux. Malgré sa silhouette frêle, elle dominait l'espace à l'instar d'une souveraine, pleine de fierté et de mépris.

Lorsqu'elle le vit venir à sa rencontre, elle lui indiqua la chaise d'un signe de la tête. Cheveux courts artificiellement blanchis, un visage parfait à peine menacé par les années.

— Madame, je vous remercie de m'avoir accordé un peu de votre temps…

— Faisons vite, Malinverno, mes minutes sont vraiment comptées.

Le serveur lui apporta, à lui aussi, une assiette avec un tartare de sériole et lui versa une Falanghina dei Feudi di San Gregorio*, maintenue au frais dans un seau à glace.

Il crut que le nom de famille suffirait.

— Duranti.

Une moue légère et contrariée apparut aussitôt sur le visage de Luigia Citran.

— Que voulez-vous savoir sur ce ver de terre ?

— Je pensais que vous aviez de bons rapports…

— Nous avons baisé quelquefois, sans plus.

Malinverno était amusé par la franchise de cette femme.

— Et vous ne considérez pas cela comme de *bons rapports* ?

— Je voulais dire : chèrement payés.

— C'est Adelfa Maiorini qui vous l'a présenté ?

— Vous savez beaucoup de choses…

— Oui, mais une seule m'intéresse… L'expression intriguée de Luigia l'incita à poursuivre : le 1er mai dernier, vous étiez ensemble ?

— J'aimerais vous dire que non… parce que je sais que je lui fournis un alibi et qu'il ne le mérite pas, mais c'est la vérité : nous étions ensemble.

— Pendant combien de temps ?

* Vin blanc de la région de Rome, frais et aromatique.

— Nous étions ensemble depuis la veille, jusqu'au soir du 1er mai, dans ma maison de l'Argentario*.

Cette révélation, malheureusement, mettait Duranti à l'abri de tout soupçon.

— Je peux vous demander pourquoi vous lui en voulez tellement ?

— Sûrement pas parce que je serais amoureuse de lui : il m'a dérobé une montre d'une valeur de vingt mille euros, et cinq mille euros en liquide.

— Vous n'avez pas porté plainte contre lui ?

— Cela aurait vraiment été de mauvais goût de ma part… Je ne cherche pas ce genre de publicité.

C'était une femme fascinante, qui ne se cachait derrière rien ni personne.

— Et pourquoi avez-vous décidé de dire la vérité et de le mettre hors de cause ?

Malinverno lui posa cette question, tout en prévoyant en partie la réponse.

— Mentir me rendrait trop semblable à lui, ce serait une revanche mesquine et vulgaire. Mais je cherche, et je trouverai, le moyen de tout récupérer.

— J'imagine que ce n'est pas à cause du dommage économique…

— Je déteste être utilisée.

C'est évident…

— Je peux vous poser une dernière question ?

Luigia Citran acquiesça, presque avec bienveillance. Parler de cette crapule qu'était Giorgio Duranti lui permettait de digérer la rancœur qu'elle avait accumulée. Mais elle ne s'attendait pas à un changement de sujet aussi soudain.

— Que pouvez-vous me raconter sur Walter Sgrò ?

* L'Argentario est un promontoire montagneux situé au sud du littoral de la Toscane. Il forme une presqu'île appréciée des célébrités.

Elle regarda Malinverno avec stupéfaction.

— Comment pouvez-vous savoir ? Elle n'attendit pas la réponse. Beaucoup d'années ont passé. Cela fait une vie…

— Avec le major, vous avez eu le même type de relation qu'avec Duranti ?

Elle réfléchit quelques secondes, en se passant plusieurs fois la main gauche sur la droite.

— Mais non, avec Walter, il y avait des sentiments… Je ne nie pas qu'il était attiré par mon argent, mais nous étions épris l'un de l'autre.

— Et pourquoi vous êtes-vous quittés ?

— Je ne sais pas, Malinverno, je ne m'en souviens plus.

Il comprit que la disponibilité de Luigia Citran avait atteint sa limite. Spontanément, il prit congé d'elle en inclinant légèrement la tête.

L'article sur Giorgio Duranti auquel aucun de ses collègues n'avait eu l'idée de s'adresser, par distraction ou par refus de se compliquer la vie, avait été copieusement lu et "repris". Sans susciter, pour le moment, aucune émotion de l'architecte, dont l'image était fortement écornée par le portrait qu'en brossait Malinverno. Un cocaïnomane sordide, violent avec les femmes et dénué de tout scrupule pour se procurer de l'argent, dont il était avide.

Un homme qui vivait au-dessus de ses moyens : la Maiorini séduite et oubliée, et donc portée à le dénigrer – elle l'avait confié à Vilma Diberti. Bateaux, vacances, dîners, vêtements de marque, voitures, motos… Duranti ne se privait de rien et, pour avoir ce qui se faisait de mieux, il était prêt à faire fi de toute dignité. Évidemment, Malinverno ne révéla pas l'identité de ses informatrices, Adelfa Maiorini et Luigia Citran.

— Après avoir appris le genre d'existence que mène ce type si une seule femme se tient à distance de lui, j'aurais gagné la partie, déclara Malinverno à Carla Tesei.

Tout ce tapage autour de Duranti poussa Saro Currò et Silverio Orati à réitérer leur tentative d'enrôlement de Malinverno à l'*Eco d'Italia*. Celui-ci reconnut leur numéro sur son portable et ne répondit pas aux appels.

En revanche, il accepta tout de suite celui du brigadier Simoncini.

— Dis donc, tu ne lâches jamais le morceau !

— J'essaye.

— Tu sais qu'après la parution de ton papier, un homme est venu porter plainte contre Duranti ?

— Un homme…

— Qui dit avoir subi un chantage à la *sextape* dans un but d'extorsion.

Si une seule femme… ou un homme…

Malinverno se félicita en lui-même du travail accompli.

À propos de travail, il téléphona à Evelina pour savoir s'il pourrait rencontrer l'Everest et clarifier sa situation au *Globo*. Mais il n'y eut rien à faire, les visites étaient toujours limitées.

— Il faut que tu attendes deux ou trois jours. Dès que ce sera possible, je lui en parlerai, lui promit Evelina.

Il irait voir Orefici pour demander sa protection, après avoir baisé sa femme.

Je suis un minable.

Il se donna l'absolution parce que, en fait, il ne demandait pas une protection, mais il cherchait à comprendre s'il devait accepter, ou non, l'offre de Currò et Orati. Et il ne pouvait pas nier que l'hypothèse de ne plus travailler avec cette larve de Lembo le tentait énormément.

Il décida de rendre visite à Paolo Marziale pour utiliser au mieux ces jours d'attente. Attendre que le tueur donne signe de vie. Attendre que Sgrò et Simoncini fassent avancer l'enquête. Attendre qu'Orefici le reçoive. Attendre que Carla aille mieux, ou pire. Et lui, il détestait attendre.

Sonia lui fixa un rendez-vous avec l'anthropologue.

Il rejoindrait l'embarcadère du lac Trasimène avec la Fiat 126 de sa mère, qui était en vacances Dieu sait où. Il devait aussi lui parler et la convaincre, entre autres, de prendre Arrigo chez elle. En voyage vers l'Ombrie, il écouta une cassette de duos Ella Fitzgerald-Louis Armstrong. Cela suffit à lui rendre sa bonne humeur habituelle.

Pendant que le canot à moteur accomplissait le court trajet jusqu'à l'Île Majeure, le coucher de soleil répandait une lumière ambrée, illuminant les eaux presque immobiles du lac Trasimène. Parvenu sur l'autre rive, debout sur le ponton, Malinverno s'arrêta un instant, le souffle presque coupé par l'émotion, pour admirer l'émouvante gradation de couleurs créée par le crépuscule. Une petite brise agréable lui ébouriffait les cheveux. Des oies, des canards et des cygnes circulaient tranquillement, sur la grève et sur les pontons en bois.

Sur la petite place à l'entrée du village, quelques baraques : un bar et ses tables, des tentures et des bancs, une bibliothèque de livres usagés qu'il s'efforça d'ignorer. Il n'y avait pas grand monde alentour. Il s'adressa à un vieillard à la peau sillonnée de rides pour lui demander où se trouvait la maison de Marziale. Elle était au bout de la rue principale le long de laquelle étaient assises quelques femmes qui brodaient, en direction des broussailles. Il y arriva quand les vêpres sonnaient.

Une construction à trois étages, sans doute fin XIXe, en pierre vive, aux volets verts. De l'intérieur provenait un morceau des AC/DC à plein volume : personne n'aurait pu entendre Malinverno frapper au petit portail ouvert. Mais il tenta vainement de faire tinter la clochette suspendue à côté du montant.

— On peut, professeur ? Je suis Malinverno… je peux ?

Un long corridor sombre menant à un escalier. Ameublement style *arte povera*, livres entassés un peu partout : sur le sol, le long des murs. Il suivit la source de la musique, monta l'escalier et passa sous une arche, puis descendit trois marches.

La première chose qu'il vit dans la grande pièce fut une jeune fille aux cheveux blond cendré, très longs, qui lui couvraient partiellement les seins. Pour le reste, elle était nue.

— Pardon, j'ai frappé…

Le garçon, pieds nus, bermuda kaki et torse nu, le buste et les bras recouverts de tatouages, posa palette et pinceau et alla vite éteindre la stéréo.

— Tu dois être le journaliste… Papa m'a dit… Il zozotait un peu. Il lui tendit une main sale de peinture. Je suis Valerio, le fils de Paolo.

— Leo Malinverno.

— Elle, c'est Rosita, mon modèle.

La jeune fille qui, comme Valerio, avait à peu près le même âge qu'Eimì lui sourit sans se démonter ni se couvrir. Parfaitement à l'aise, enveloppée dans le dernier rayon de soleil qui pénétrait à travers la grande baie vitrée donnant sur le lac.

— Peintre…

— Oui, oui.

Le jeune homme lui montra la peinture abstraite posée sur le chevalet, une explosion de couleurs, rien qui puisse évoquer une femme nue.

— Le professeur ?

— Euh… Il paraissait embarrassé. Il a dû partir…

— Comment ? Nous avions rendez-vous !

— Je suis désolé, je pense qu'il sera de retour dans la soirée.

— Pouvez-vous me donner son numéro de portable, s'il vous plaît ?

— De portable ? Valerio sourit. Mon père n'a pas de portable.

Il ne lui restait qu'à attendre.

C'est une malédiction.

Malinverno refusa la proposition du jeune Marziale, qui l'invitait à rester chez eux.

— J'ai vu qu'il y a un hôtel de l'autre côté de l'île, j'irai là-bas, merci.

— Comme tu voudras, ici il a plusieurs chambres…

En entrant, Malinverno avait senti une odeur d'oignon brûlé. Le fringant Valerio, certes hospitalier, devait avoir des talents culinaires du même niveau que ses qualités de peintre. Il se dit que, à l'hôtel, il mangerait mieux. Il ne se trompait pas.

Depuis des jours, il n'avait pas fait de vrai repas. Il choisit les linguine aux filets de tanche fumée, les brochettes d'anguille panées, divers accompagnements de légumes et la tarte maison, à la crème et aux pignons. Pour digérer, une grappa locale au fenouil sauvage.

Sa chambre donnait sur la forêt. Il faisait frais et on n'entendait que des bruits naturels : les grillons, les oiseaux nocturnes, le vent dans les branches. Car grâce à Dieu, sur l'île, les voitures et les deux-roues motorisés étaient interdits.

Allongé sur le lit, les pieds croisés, Malinverno se plongea dans la lecture des *Buddenbrook*. S'il n'avait pas été tourmenté par les meurtres du Tatoueur et par l'angoisse due à la maladie de Carla Tesei, il aurait pu passer de belles vacances sur l'île. Loin de tout, isolé, comme il aimait à le faire.

Mais une demi-heure plus tard, il fut saisi d'inquiétude. Il vérifia s'il y avait du réseau pour le portable, au cas où le Pr Marziale se serait décidé à l'appeler. Il essaya de reprendre sa lecture, mais au bout de dix minutes, sa nervosité le poussa à sortir.

Sur le cours faiblement éclairé, un couple de personnes âgées et quelques habitants du lieu se promenaient. Les autres vacanciers assistaient à une présentation dans le jardin du Café Littéraire. Malinverno était décidé à vérifier si Marziale était rentré. Valerio avait dit qu'il serait là dans la soirée.

La porte, comme tout à l'heure, était ouverte. Comme tout à l'heure, il sonna sans obtenir de réponse. Il traversa la maison en suivant le bruit des voix, au loin : ils devaient être à l'arrière de la maison. Il dépassa la porte-fenêtre de la cuisine donnant sur le jardin qui, par degrés, descendait jusqu'à la plage. Le clapotis de l'eau et les cris joyeux de Rosita et de Valerio, cachés par les buissons, laissaient deviner qu'ils étaient en train de s'amuser dans le lac. Ils s'éclaboussaient, plongeaient, se poursuivaient…

— Excusez-moi, j'ai frappé…

Valerio sortit de l'eau.

— Ohé, Leo…

Il était nu ; autour d'eux, il n'y avait ni vêtements ni serviettes de plage. Rosita le suivit dans le plus simple appareil. La lumière du croissant de lune était leur complice.

— L'eau est délicieuse, viens te baigner ! dit la jeune fille.

— Oui, viens, allez…

— Le professeur n'est pas rentré ?

— Non, je suis désolé… Allez, tu te baignes ? insista Valerio.

Pourquoi pas ?

Il se déshabilla et entra dans l'eau. Elle était fraîche, pas encore froide. On était bien.

Plus tard, assis sur le sable, ils mangèrent du pecorino et burent du vin rouge.

Après être rentré quelques instants pour se rhabiller, Valerio se roulait un joint.

— Ça te dit ?

— Oui, merci, dit Malinverno en prenant les papiers de soie et le sachet d'herbe. Rosita est…

— Ma copine ? l'interrompit Valerio. Il sourit : Non, non… On est ensemble quand on en a envie. Elle est comme ça… on est comme ça.

— OK, OK.

— D'ailleurs, si tu en as envie… Valerio indiqua d'un mouvement du menton la maison où Rosita était partie se doucher. Il n'y a pas de problème. Elle te trouve charmant, elle me l'a dit…

Malinverno fit non de la tête.

— Merci.

— Tu enquêtes sur les crimes du Tatoueur ?

— Oui.

— J'ai lu ça sur Internet. Ça fait peur. Avec moi, il en aurait, du travail.

Il voulait parler de ses tatouages.

— Je peux te demander pourquoi tu te les es fait faire ? Ou plutôt, pourquoi tu en fais.

— C'est bien ça. En effet, je crois que je continuerai, j'ai encore pas mal de surface à couvrir, dit-il en riant.

— Tu penses déjà au prochain ?

— Eh oui. Pour moi, ce n'est rien d'autre qu'une extension de mon expression artistique. Je regrette seulement de ne pas arriver à me les faire tout seul…

— Je peux l'imaginer. Quel sera le prochain ?

— Je n'ai pas encore décidé, mais ce n'est pas très important. Tous me plaisent.

— Chacun a une signification particulière ?

Il secoua la tête en signe de dénégation.

— Ils correspondent à mon état d'âme du moment. Ce sont des fragments d'âme partagée.

— Ton âme ?

Valerio Marziale répondit, après réflexion :

— La mienne, et celle de l'auteur.

— Le Tatoueur.

— Le Tatoueur, confirma le jeune homme.

Le professeur ne donna pas signe de vie, ni ce jour-là ni le lendemain. Malinverno appela Arrigo pour avoir des nouvelles de Carla : on l'avait gardée à la polyclinique pour une série de perfusions mais elle était déjà rentrée. Il reçut aussi un coup de fil de Lucia Simoncini qui voulait lui parler, en tête à tête, avait-elle précisé. Il décida de partir le lendemain.

De plus en plus inquiet, il essaya de se calmer en lisant *Les Buddenbrook*. L'après-midi, il se promena sur les sentiers verdoyants de l'Île Majeure ; au temps du fascisme, de nombreux juifs s'y étaient réfugiés, et il visita aussi les ruines romaines, le vieux moulin à vent, le château, l'église de Saint-François.

— Excuse-moi, excuse-moi…

Le matin de son troisième jour au bord du Trasimène, alors qu'il prenait son petit-déjeuner, il vit Paolo Marziale venir à sa rencontre. Il avait l'aspect d'un vieux hippie : barbe et cheveux longs et blancs rassemblés en queue de cheval, rides profondes dans un visage tanné par le bronzage. Il portait un pantalon vert et une tunique indienne dans des tons de violet. Grand, mince, une forte ressemblance avec Valerio. Au-delà de leur différence d'âge, tous les deux étaient du genre excentrique, peu portés à se soumettre aux conventions sociales, y compris le téléphone portable et la montre. Le professeur, en effet, ne possédait ni l'un ni l'autre.

Où était-il allé ? Pourquoi n'était-il pas venu au rendez-vous ? Une pensée fugace et involontaire, qui ne s'appuyait sur aucun fondement, traversa l'esprit de Malinverno. Pour ce qu'il en savait, et compte tenu de la vidéo vue sur Internet et retransmise à la télévision, Marziale aurait pu être le Tatoueur. Il y avait bel et bien une ressemblance. Mais il chassa cette intuition inutile.

— J'ai eu un problème avec les épreuves de mon livre et j'ai dû voir mon éditeur, se justifia le professeur.

— J'étais sur le point de partir…

— Je suis désolé. Mais à présent je suis là, allons chez moi.

Ils s'enfermèrent dans le bureau de Marziale, au premier étage : des livres partout, une légère odeur d'encens. De l'étage du dessous parvenait la musique acide qui plaisait à Valerio.

— J'ai trouvé quelques matériaux sur ce tueur en série… une sale histoire, dit l'anthropologue en posant sa tasse de café et en croisant les doigts.

— Eh oui. Et moi, je n'y connais pas grand-chose. Je suis trop éloigné de ce genre de culture.

Marziale sourit.

— Au rez-de-chaussée, nous avons un exemple digne d'attention.

— Oui, nous avons un peu parlé ensemble.

— L'erreur à ne pas commettre, c'est de considérer que tous les tatouages que les gens affichent revêtent une signification.

— Je vous demande pardon, professeur…

Il l'arrêta d'un geste.

— Je t'en prie, tutoie-moi.

— Je te demande pardon, professeur, reprit-il, mais l'assassin choisit un tatouage précis, quand la victime en présente plusieurs… Cela doit vouloir dire que pour lui, le tatouage est significatif.

— Pour lui, probablement. Le professeur s'adossa plus commodément à son fauteuil. Mon propos était plus général, sociologique.

Malinverno acquiesça.

— À ses débuts, l'art du tatouage avait une signification perturbatrice ; aujourd'hui il est devenu une industrie, y compris à cause de l'effet qu'il provoque et de la quantité de gens qu'il concerne, poursuivit Marziale en s'approchant de la fenêtre. Pense à ce que devait représenter, au XIXe siècle, le fait de corrompre la pureté de son propre épiderme, pense à l'originalité et au courage de ceux qui accomplissaient ce geste, devenant ainsi des héros.

Marziale lui parla aussi d'Olive Oatman, la première femme occidentale qui, au milieu du XIXe siècle, eut le visage marqué par les tatouages pratiqués par les Amérindiens qui l'avaient enlevée. Un phénomène de cirque qui gagnait sa vie en racontant l'histoire de ses tatouages.

Il disserta sur les tatouages au cours des siècles : la culture gréco-romaine, qui refusait d'altérer la beauté des corps, et donc, seuls les esclaves étaient marqués pour signifier leur condition inférieure ; la dynastie Tokugawa qui, avec l'*irezumi* au Japon, marquait les coupables d'infractions de droit commun ; le commerce de têtes coupées et tatouées qui s'était développé au XIXe siècle ; la culture hippie qui célébrait le retour à une vie naturelle et rebelle, et qui s'était donc emparée des signes tribaux.

Pendant que Marziale dissertait sur un ton professoral, Malinverno réfléchissait au sentiment d'insécurité qui pousse quelqu'un à faire inciser sa chair, juste pour se distinguer des autres. Au-delà de l'image qu'elles avaient donnée d'elles-mêmes, les victimes du Tatoueur devaient être des hommes et des femmes en quête d'une affirmation rapide de leur propre personnalité.

Il essaya de le dire au professeur :

— Il me semble que c'est une forme de transgression pacifique, un mouvement de rébellion tolérable et, tout compte fait, accepté. Mais désormais, quel sens cela a-t-il ?

— Prends-le comme un besoin de créativité. Une manière comme une autre d'élargir ses propres capacités expressives qui, de cette façon, se multiplient à l'infini.

Il ne pouvait pas parler librement : Valerio avait recouru aux tatouages, et son père aurait pu s'en offenser.

— Un besoin de créativité, dis-tu. Cela signifie que les tatoués n'en ont pas beaucoup… ou bien ils l'expriment dans d'autres espaces, ajouta-t-il, en pensant au fils du professeur.

— Mais aujourd'hui, si tu me permets le paradoxe, les tatoueurs sont plus significatifs que les tatouages, ou que ceux qui se font tatouer.

— C'est-à-dire ?

— Les tatoueurs sont des stars. Pense à Sailor Jerry, Ed Hardy, Lyle Tuttle, Charlie Wagner. Ou bien, pour rester dans l'Italie d'aujourd'hui, à Pietro Sedda, Marco Manzo, Miss Arianna… de vraies légendes du tatouage.

Ces noms ne disaient pas grand-chose à Malinverno.

— Ces gens-là, poursuivit Marziale, ont permis de repousser les limites entre ce que le sort nous a donné et ce que l'on désire faire de son propre corps.

L'assassin serait-il jaloux d'un tel pouvoir ?

34

Arrêté sur une aire d'autoroute pour faire le plein d'essence, Malinverno reçut un message du brigadier Simoncini.

Le major est mort. Viens vite.

Il suivit l'adresse de ce qu'il pensait être la maison de Walter Sgrò.

Il s'interdisait de faire des suppositions sur ce qui s'était passé. Il préférait constater par lui-même, le plus vite possible.

Malgré l'essoufflement de la vieille Fiat 126, il réussit à parcourir en moins d'une heure les quatre-vingts kilomètres qui le séparaient de Rome. Il s'occuperait plus tard des radars et des amendes, que sa mère recevrait bientôt.

Bien que ce fût un samedi du mois d'août, la ville ne semblait pas vouloir se vider. Le manque d'argent, la crise… tous attendaient la mi-août pour prendre quelques jours de vacances. Quelques jours seulement.

Des voitures de carabiniers montaient la garde devant l'immeuble de la via Città del Capo. Même si le major était désormais un peu en retrait et sans grand talent d'investigateur, ce n'était pas n'importe qui.

Le jeune carabinier qui filtrait les entrées demanda à Malinverno de décliner son identité, mais un collègue plus âgé vint à son secours pour lui dire qui c'était. Il lui ouvrit le chemin en le priant d'entrer.

Lucia Simoncini, pâle et très éprouvée, était assise dans le salon. D'autres carabiniers circulaient dans la maison.

— Te voilà enfin. Ils l'emportent bientôt.

Il se retint pour ne pas suivre son instinct et aller regarder dans la pièce voisine.

— Raconte-moi, s'il te plaît, demanda-t-il avec tout le tact dont il était capable.

— La concierge était venue lui apporter le courrier…

Le brigadier, les bras serrés contre sa poitrine, résuma ce qui s'était passé.

Le major était absent depuis quelques jours, il était malade et le colonel avait demandé une visite de contrôle car il se méfiait de lui. Quand la concierge était revenue pour lui préparer son déjeuner, Sgrò n'avait pas ouvert.

— Elle est descendue prendre les clés, poursuivit-elle, les larmes aux yeux, et quand elle est entrée, elle l'a trouvé mort dans son bureau.

— Mort naturelle ?

— Oui, bien sûr.

— Tu as dit que Torreggiani lui a envoyé un contrôleur…

Elle l'interrompit :

— Depuis longtemps, il souffrait d'une cirrhose du foie et, il y a un an, il avait eu une encéphalopathie… Il ne dormait pas, il avait des trous de mémoire, des moments d'absence. Mais il le cachait.

— Pourquoi n'était-il pas à l'hôpital ?

— Il n'avait pas… Sa voix se brisa… Il n'avait pas voulu.

— Mais dis-moi… Torreggiani et Sgrò n'étaient pas en bons termes ?

— Que veux-tu dire ?

— Tu as dit que Torreggiani lui a envoyé un contrôleur. Un tel traitement n'est pas habituel entre hauts gradés…

Elle parut irritée.

— Je t'en prie, pose la question à Torreggiani, je ne sais pas quoi te répondre.

Il l'aida à se lever et ils se rendirent dans le bureau, parcourant jusqu'au bout un couloir donnant accès à plusieurs pièces.

Ils eurent un choc en découvrant le major Sgrò, qui paraissait vieilli de dix ans depuis la dernière fois où ils l'avaient vu dans la villa de la via Pomarance. Il avait la bouche ouverte, de la bave au menton et un tee-shirt blanc couvert de taches. Des vomissures, probablement. Les dernières heures de l'officier, enfermé seul dans cette grande maison, n'avaient pas dû être faciles.

Sur le bureau devant le corps, à quelques centimètres de la main droite allongée sur le plan, une feuille de papier format A4, extraite de l'enveloppe en papier kraft qui gisait, déchirée, à côté d'un coupe-papier.

CAÏN FUT LE PREMIER

Malinverno lut et regarda le brigadier.

— Je ne sais pas ce que c'est…

Il était en train d'ouvrir le courrier. Il montra les lettres et les magazines posés en vrac sur le bureau.

C'était une feuille de dessin normale, comme celles qu'utilisent des millions d'étudiants. Le texte, en lettres capitales, avait été transcrit avec un normographe.

— Envoie-le à la police scientifique.

Lucia Simoncini le fixa.

— Tu crois…

— Je regrette de l'avoir touché, dit-il en le reposant. Je pense qu'il vient du tueur en série.

— Je le pense aussi. Mais que signifie “Caïn fut le premier” ?

— Aucune idée. Tu savais que le Tatoueur entretenait une correspondance avec Sgrò ?

— Non, il n’y a jamais fait allusion.

— Caïn… Tu te souviens que Caïn a été le premier assassin dans l’histoire de l’humanité.

— Selon la Bible, précisa la jeune femme.

— Bien sûr, selon la Bible. Devons-nous supposer que le tueur en série est un fanatique religieux ?

— Ça n’aurait rien de surprenant : souvent, les tueurs en série se laissent influencer par des messages millénaristes, ou des trucs dans ce goût-là.

Leur attention fut attirée par un certain remue-ménage du côté de l’entrée et par des bruits de voix un peu trop élevés pour un lieu où un officier des carabiniers venait de mourir.

— Que se passe-t-il, Baldari ?

— Brigadier, je ne sais pas si je peux…

Le jeune carabinier regarda Malinverno, hésitant à poursuivre en présence d’un journaliste.

— Pas de problème, tu peux parler.

— Clotilde Petracca.

— Qui est-ce ?

— La nièce du major.

— Dis-moi.

— Il semblerait qu’elle ait disparu.

Déjà éprouvée par la perte du major Sgrò auquel, de toute évidence, elle était très liée, et pas seulement parce que c’était son supérieur, Lucia Simoncini était décontenancée par tout ce qu’elle ignorait de lui. Et pourtant, ils avaient travaillé en contact étroit pendant trois ans. Pourquoi n’avait-il jamais fait allusion à cette nièce qui vivait chez lui ?

Lorsqu'ils avaient réussi à joindre la sœur du major, en vacances en Égypte, pour lui annoncer la mort de Walter, la signora Isabella Sgrò avait dit qu'elle avait eu comme un pressentiment. Elle aurait voulu téléphoner à son frère et lui demander des nouvelles de Clotilde qui, depuis la veille au soir, ne répondait pas au téléphone.

— D'accord, mais tu sais comment sont les jeunes…

À ce moment-là, Malinverno pensa à Eimì, se demandant où elle était et ce qu'elle faisait. Cette Clotilde est peut-être partie avec des amis. Peut-être à l'étranger… Si j'ai bien compris, elle vivait ici avec son oncle. Elle avait sans doute son accord, tu ne crois pas ?

— Oui… non, je ne sais pas.

Lucia Simoncini paraissait troublée.

Malinverno pensait déjà à l'article qu'il écrirait.

— Je dois y aller, excuse-moi.

— Vas-y, vas-y. Mais ne parle pas de la feuille ni de Clotilde, eut le temps de dire le brigadier. En ce qui concerne la jeune fille, je veux d'abord savoir ce qui s'est réellement passé.

Il sentit qu'il pouvait répliquer.

— À condition que tu ne communiques l'information à personne d'autre.

35

Arrivé devant la villa, Malinverno fut immédiatement frappé par l'aspect du jardin. Les haies et les buissons étaient soigneusement taillés, tout comme les arbres, les mauvaises herbes arrachées, les allées nettoyées. Il ne l'avait jamais vu aussi propre.

Il était stupéfait.

— Arrigo, que s'est-il passé ? C'est toi ?

— Mais non, espèce d'idiot… je suis vieux…

Évidemment. Comment ai-je pu penser une chose pareille ?

— Alors ?

— J'ai appelé quelqu'un. La situation était catastrophique, on n'arrivait même plus à circuler et les plantes grimpantes envahissaient le portail…

— Dis-moi qui tu as appelé.

— Je ne me souviens plus. J'ai téléphoné au type dont le nom figurait sur un bout de papier posé sur le frigo.

Le prospectus que lui avait donné Adelfa Maiorini, quand il l'avait vue sur la terrasse de sa maison.

— Tu as payé combien ?

— Trois cents euros. Ils sont venus à trois.

— Merci. Mais qui t'a donné l'argent ?

— Qui veux-tu que ce soit ? Carla…

Non seulement Arrigo avait pris, sans le consulter, l'initiative de ce travail domestique – initiative qui, théoriquement, si elle n'avait constitué la énième ingérence dans sa vie, aurait dû le réjouir, mais il avait utilisé Carla, sans doute en la mettant dans l'embarras. En lui faisant sentir qu'elle était une invitée dont le devoir était de contribuer. Comme si ce qu'elle était en train d'endurer ne suffisait pas…

Il préférait ne pas donner suite à l'incident et aller voir son amie pour s'excuser.

Dans la chambre, où le lit avait été refait, il n'y avait que Figaro, installé à l'endroit où Carla posait la tête.

Il appela son père, qui était dans le jardin, pour qu'il monte.

— Arrigoooo, Arrigoooo ! Où est Carla ?

— À l'hôpital. Il y a deux heures, elle s'est sentie mal et j'ai appelé l'ambulance.

— Tu n'aurais pas pu me le dire avant ?

— Je n'y ai pas pensé. J'ai appelé l'hôpital et j'ai parlé avec elle, elle est juste déshydratée… elle ne boit pas…

Il planta là son père qui continuait à parler. Il devait écrire rapidement son texte sur la mort de Sgrò. Il se mit au travail tête baissée. Dès que l'article fut mis en ligne sur son site, il transmit le lien à Orati pour lui offrir un certain avantage et, au bout d'un quart d'heure, il l'envoya à toute sa liste de contacts. Les principales agences de presse avaient déjà fait le buzz sur la mort du major mais les détails publiables émanaient de Malinverno.

On pouvait donc comprendre que Currò revienne à la charge. Celui-ci était en train de l'appeler avec son portable personnel, dont Malinverno avait enregistré le numéro. Même le directeur de l'*Eco d'Italia* se mettait en quatre. Il mit son iPhone en mode silencieux et se glissa sous la douche pour trouver un peu de fraîcheur. Il voulait aller voir Carla à l'hôpital. Arrigo le poursuivit jusqu'au seuil de la maison.

— Monsieur Currò au téléphone, il te demande.

Comment diable a-t-il eu le numéro de mon fixe ?

— Dis-lui que je le rappelle dès que possible, répondit-il, déjà en selle sur sa Lambretta.

Avant d'entrer dans la clinique, il s'arrêta au kiosque devant le portail afin d'acheter la glace préférée de son amie, le parfait à la cerise amarena. En sortant, il faillit marcher sur un pigeon éventré, sans doute par une mouette. Un homme qui tirait une petite carriole fouillait l'intérieur d'une poubelle avec un bâton muni d'un crochet. La ville était sale, personne ne faisait son travail et chacun ne pensait qu'à soi, essayant d'arracher un privilège ou de se prévaloir d'une impunité illusoire.

Carla avait sûrement pleuré : elle avait les joues rouges, les paupières gonflées. Mais elle le rassura d'une voix faible :

— Je vais bien, ne t'en fais pas.

Elle fit de grands efforts et mangea la moitié de la glace.

Malinverno lui raconta les dernières nouveautés en omettant la mort de Sgrò : Carla n'était pas en état de supporter des avis de décès.

Elle ne commenta presque pas les nouvelles journalistiques qui, en temps normal, l'auraient galvanisée.

— Je veux rentrer à la maison, Leo, dit-elle en le regardant fixement. Puis elle ajouta, avec un sourire las : Arrigo me manque.

— Tant mieux, il manque à quelqu'un ici-bas : il faut croire qu'il a encore une miette d'humanité.

— Ne sois pas cynique.

Il parla avec le médecin de garde, qui le rassura sur la possibilité de sortie, et en informa son amie avant de la quitter :

— Demain tu seras dehors, Carla. J'enverrai Arrigo qui te ramènera. Tu es contente ?

Il essaya plusieurs fois de joindre Marziale au téléphone. Il imagina la maison de celui-ci plongée dans la musique assourdissante de Valerio, pendant que le professeur était perdu dans ses travaux. Il n'y avait qu'un seul téléphone, au rez-de-chaussée : s'il ne passait pas par là, il ne risquait pas de l'entendre. Il n'arriva à lui parler que dans l'après-midi.

L'homme était essoufflé.

— Me voici, j'étais dans le jardin, j'ai couru…

— Je voulais te demander une chose… Tu ne peux sans doute pas m'aider, mais…

Malinverno ne savait pas comment s'y prendre. Il ne voulait pas lui révéler trop de détails.

— Dis-moi, et je verrai si je peux satisfaire ta curiosité, insista le professeur.

Il décida de tenter le coup :

— Quel rapport entre Caïn et les tatouages ?

— Comment cela, quel rapport ? Caïn a été le premier humain tatoué, on en parle dans la Genèse puis dans le Lévitique, le texte qui fait comprendre l'aversion du catholicisme pour les tatouages. Si j'ai bonne mémoire, il dit : "Vous ne ferez point d'incisions dans votre chair, et vous ne vous ferez pas de tatouages. Moi, je suis l'Éternel."

— Intéressant. Et donc, tout dérive de Caïn ?

— Exact. L'Apocalypse aussi fait référence au marquage des bêtes, le tristement célèbre 666 sur lequel on a échafaudé des milliers d'hypothèses millénaristes, ésotériques, maçonniques… Mais pour cela, tu devrais t'adresser à un spécialiste de la Bible ou à un historien des religions.

Malinverno ne savait pas très bien ce qu'il aurait fait de ces informations, mais il remercia Marziale et prit congé de lui.

Il passa le reste de l'après-midi et de la soirée dans son bureau. Il rédigea l'article sur les tatouages, avec les déclarations du professeur, et se livra à des recherches.

Sa mère, professeur de grec et de latin, aurait été fière de lui.

Il éprouva le désir de relire les vers de Dante sur les Érinyes, et ouvrit donc la *Divine Comédie*, chant IX de *L'Enfer*.

… d'un seul coup se dressèrent soudain
trois Furies infernales ensanglantées
dont le corps et les gestes étaient féminins

et qui d'hydres très vertes étaient entourées ;
serpenteaux et vipères étaient leur crinière,
*dont leurs fronts terribles étaient couronnés**.

Une scène terrifiante. Comme les autres chants, le grand poète devait l'avoir écrit sous l'effet d'hallucinogènes, se dit-il.

Il pensa à Eimì, peut-être à cause de la fierté de son front qui la rapprochait des Furies. Eimì était une jeune fille fière, très belle et fière. Ce n'était sûrement pas de sa faute si cela n'avait pas marché entre eux. Des deux, c'était lui qui était rance. Il n'aurait pas supporté qu'une relation s'use et finisse par ne plus l'émouvoir ; il était incapable d'accepter une liaison qui ne soit pas enthousiasmante. Mieux valait rompre, avec toute la souffrance que cela impliquait.

Avant de s'effondrer sur son lit, il envoya un SMS à Lucia Simoncini. Quand la réponse arriva, il avait activé le mode silencieux et s'était déjà endormi.

* Traduction de Danièle Robert *(op. cit.)*.

36

La maudite lumière estivale qui vient te débusquer.

Ce fut justement la lumière du petit matin, avec les parfums du jardin et les cris ininterrompus des perruches, qui le réveilla très tôt.

Son premier geste conscient fut de regarder son téléphone portable. Il y découvrit le message que Lucia Simoncini lui avait envoyé la veille au soir : *Confirmé : Clotilde a disparu. Demain matin je rencontre sa mère.*

Il se rendit spontanément dans la via Città del Capo, au domicile de Sgrò. La voiture des carabiniers montait toujours la garde devant l'immeuble.

Depuis le seuil de la porte, au dernier étage, il vit Lucia Simoncini s'avancer en traversant le salon, en compagnie d'une femme plutôt grande ; la soixantaine, dégingandée, cheveux courts poivre et sel. Une femme élégante, terriblement angoissée par le sort de sa fille unique.

Ses mains tremblaient, elle serrait un petit panda en peluche : sans doute le seul objet qui représentait la présence de sa fille. Elle avançait à petits pas, lèvres serrées.

Le brigadier fit signe à Malinverno de l'attendre.

— Venez, madame, je vous accompagne dans votre chambre, vous allez vous reposer un peu.

Elles tirèrent la porte d'une des chambres donnant sur le couloir. Malinverno entendit un bruit de sanglots.

Tout ce sang, tous ces gens qui souffraient, dans cet été brûlant et morbide. Avec les journalistes qui poursuivaient frénétiquement les proches des victimes, à l'affût d'une déclaration ou d'une larme qui aurait jailli à point nommé, et les studios de télévision transformés en chambres ardentes.

L'*horrortraitement* : c'était ainsi que Malinverno définissait la douleur palpitante transformée en divertissement télévisé. Il ne pourrait jamais le comprendre ni le justifier.

La besogne sadique du Tatoueur devenait inévitablement violence de masse, capable de fasciner et d'angoisser une multitude de personnes capables d'empathie. Mais il fallait déduire de ces gens la foule immense des chacals qui campaient devant leur téléviseur du matin au soir, dans l'espoir de grappiller des détails macabres. Les téléspectateurs aussi ont leur part de responsabilité, et elle n'est pas négligeable.

— J'espère qu'elle dormira un peu... Elle est debout depuis hier matin. Elle est arrivée cette nuit, dit Lucia en rentrant dans le salon.

— Cette nuit ?

Le brigadier acquiesça.

— Nous sommes allés la chercher au Caire.

Malinverno remarqua que les vêtements civils – pantalon de couleur foncée et tee-shirt moulant – la mettaient en valeur. Combien d'années avait-elle perdues à cause du major Sgrò ?

— Ce qu'elle vous a raconté vous a été utile ? demanda-t-il en s'asseyant dans un fauteuil.

— Pas vraiment. Elle n'avait pas eu sa fille au téléphone depuis quelques jours, elles s'envoyaient des SMS. Le dernier avant-hier, dans l'après-midi.

— Qui est la dernière personne à l'avoir vue ?

Elle sourit, lèvres serrées.

— Son oncle, probablement, mais il ne peut plus rien nous dire.

— Clotilde vivait ici avec Sgrò ?

— Oui, sa mère l'appelle Clo comme tout le monde ; elle m'a dit qu'elle faisait des études à l'université, qu'elle travaillait bien…

Ils ne se rendaient pas compte qu'ils parlaient d'elle au passé, comme si elle était déjà condamnée.

— J'imagine que vous avez déjà activé toutes les procédures de recherche.

— Oui, oui…

— Et toi, comment vas-tu ? lui demanda-t-il sur un ton plein de compréhension. Tu as un peu dormi ?

— Non.

— Tu devrais.

— Comment veux-tu que je fasse ? Torreggiani m'a confié cette affaire… qu'il supervise, naturellement.

Même si cela pouvait paraître étrange, Malinverno se félicita de cette nouvelle inattendue.

— Bien.

— Oui, je devrais en être contente. Macho comme il est…

Cette dernière affirmation lui avait échappé, mais elle ne fit rien pour se rattraper.

— Tu sais, il y avait quelque chose chez Walter… chez le major, qui déclenchait en moi un instinct maternel insoupçonné.

— C'est pour ça que tu te sens si mal ?

— Oui, je crois. Je m'en suis rendu compte en parlant avec la signora Sgrò, la mère de Clotilde. J'aurais voulu le sauver et je n'y suis pas arrivée.

— Le sauver de quoi ?

Elle réfléchit un instant.

— De lui-même, j'imagine.

Malinverno proposa qu'ils se fassent un café. Ils passèrent dans la cuisine et il s'affaira avec les dosettes et la cafetière électrique.

— Écoute, l'autre jour, quand j'étais au bord du Trasimène, tu m'as appelé et tu as dit que tu voulais me voir…

— C'est exact. Je voulais te dire que nous avons de nouveaux éléments concernant les salons de tatouages.

— Ah oui ?

— Peut-être que ça ne mènera nulle part.

— Dis-moi quand même.

— Comme tu le sais, nous les avons épluchées sans trop de résultats, nous avons questionné, montré les photos des tatouages relevés…

— Y compris celui d'Orrù ? Le huit couché ?

— Le symbole de l'infini, oui. Lucia Simoncini sirotait son café. Le propriétaire d'un salon de tatouages dans le viale Eritrea est sûr d'avoir reconnu la patte, la technique, la main, la précision… je ne sais pas comment dire… il a utilisé des termes techniques.

Malinverno écoutait avec la plus grande attention.

— Ce type, dont j'ai oublié le nom, soutient que c'est l'œuvre d'une certaine Felicia Risso.

— Ah. Et cette Risso est propriétaire d'un salon de tatouages à Rome ?

— Ce n'est pas si simple. Nous l'avons cherchée sans succès.

— Je ne comprends pas.

— C'est une sorte de free-lance, et d'ailleurs, elle ne réside pas à Rome.

— Où habite-t-elle, alors ?

— En Romagne, d'après ce type. Mais nous ne l'avons toujours pas trouvée.

— Et lui, comment l'a-t-il connue ?

— À un de leurs rassemblements, je ne sais pas comment cela s'appelle. Un festival de tatouages, de tatoués et de tatoueurs. Il y a cinq ans. À l'entendre, elle a même obtenu un prix. Mais personne d'autre ne se souvient d'elle, et son profil Facebook…

Malinverno lui coupa la parole :

— Le profil de cette Felicia Risso ?

— Oui. Son profil n'a pas été mis à jour depuis un an.

— Je regarderai.

— Dès que j'en saurai un peu plus, je te tiendrai informé.

À l'aide d'une petite pince, il préleva le lambeau de peau du formaldéhyde, en faisant bien attention à ne pas abîmer le symbole qui y était reproduit. Pour éliminer toute humidité de l'épiderme, faute de disposer d'un four adapté, il utilisa un sèche-cheveux.

Il avait appris les procédures du meilleur taxidermiste italien, un vieil homme qui, dans les Langhe, embaumait toutes sortes d'animaux : chevreuils, sangliers, blaireaux, renards, et même des petits campagnols.

Il avait été son élève, plusieurs années auparavant. Il se souvenait de la jouissance qu'il avait ressentie à dépecer les animaux : plonger les mains dans leurs viscères en éprouvant leur consistance molle et visqueuse, vider leurs carcasses pour les remplir ensuite de plâtre et d'argile.

Il avait souvent regretté de ne pas pouvoir utiliser la même technique avec ses victimes.

Mais son projet était différent et il le réalisait avec un maximum de concentration, sans marquer de temps d'arrêt. Il devait récupérer tous les tatouages de sa bien-aimée : les avoir entre les mains, les caresser, les collectionner, les rendre éternels. Les faire siens.

Elle lui avait suggéré les thèmes à dessiner, les arguments pour les faire accepter des clients. Mais le reste, Felicia l'avait fait toute seule. Elle les avait vraiment réussis, les rendant uniques. Une artiste du tatouage, on pouvait l'appeler ainsi. Les journalistes et ces crétins de la télévision avaient pris l'habitude de l'appeler "le Tatoueur" alors que c'était elle la reine du tatouage.

Couleur, précision du trait, originalité de l'exécution… Personne n'aurait pu contester l'habileté de ses œuvres, car c'était de cela qu'il s'agissait. Ce n'étaient pas de simples tatouages, mais des fragments d'âme.

Il les avait tous devant lui et les admirait, avec des éclairs de satisfaction dans les yeux. Après les avoir traités comme il savait le faire, il avait collé les portions de peau tatouée sur des carrés en plexiglas, qu'il avait ensuite recouverts avec un autre carré identique, aux mêmes dimensions.

Sur ces dessins, il en était sûr, persistaient les intentions, la sueur et l'haleine de sa Felicia, mêlées aux pigments colorés, dans les pores des innocents qui avaient eu le malheur de les rencontrer tous les deux.

Il pouvait se considérer comme satisfait.

On sonna à la porte. Ils se regardèrent.

— J'y vais, déclara Malinverno.

C'était la concierge avec le courrier.

— Il y a cette enveloppe.

— Elle vient d'arriver ?

La femme, frêle et négligée, acquiesça.

— Qui l'a déposée ?

— Je l'ai trouvée dans la loge… J'étais montée voir la signora De Dominicis…

Il prit congé de la femme et retourna dans la cuisine.

Dès qu'elle fut informée, Lucia Simoncini téléphona à la caserne et prit des dispositions pour que l'on vérifie les caméras de surveillance du quartier, afin de savoir si quelqu'un était entré dans l'immeuble de la via Città del Capo.

— Qu'est-ce qu'on fait ? On l'ouvre ?

Elle lui indiqua l'enveloppe.

— C'est…

— C'est la même que pour l'autre message. "Caïn fut le premier."

— Tiens, mets ça. Elle prit les gants en latex posés près de l'évier et les passa à Malinverno. Au cas où il y aurait eu des empreintes digitales…

Malinverno lui fit remarquer que, sur l'enveloppe, figurait le nom de Walter Sgrò, décédé de mort naturelle. Théoriquement, c'était le parent le plus proche qui devrait l'ouvrir.

— Non, non, laissons-la dormir. J'en prends la responsabilité, ouvre-la !

— Bordel, il y a du sang…

— Fais attention.

Alors qu'ils étaient tous les deux penchés sur la table, maniant précautionneusement le contenu de l'enveloppe, Isabella Sgrò arriva par-derrière.

— Mon Dieu, qu'est-ce que c'est… Mon Dieu, mon Dieu… Mais cela appartient à Clo, ma petite Clo…

Elle faillit s'évanouir. Malinverno la retint juste à temps, avant que sa nuque ne heurte le buffet. Ils durent appeler un médecin, qui administra un sédatif à la femme.

D'un sachet matelassé, ils avaient extrait une enveloppe en plastique s'ouvrant sur le côté : elle contenait un lambeau de peau humaine soigneusement aplatie, dans du film alimentaire transparent.

Un travail soigné et propre, ils durent le reconnaître.

La signora Sgrò avait reconnu, dans le tatouage reproduit sur la portion d'épiderme, la rose que sa fille s'était fait dessiner. On comprenait qu'elle ait eu un malaise.

Après qu'un jeune carabinier eut emporté le tout pour le remettre à la police scientifique, Lucia Simoncini et Malinverno s'assirent de nouveau sur le canapé du salon pour réfléchir sur la signification du message joint à cet objet effrayant, écrit avec la même technique que le précédent.

SOUS LE SIGNE DES FURIES

Malinverno se souvint du passage du grand poète.

… d'un seul coup se dressèrent soudain
trois Furies infernales ensanglantées
dont le corps et les gestes étaient féminins

et qui d'hydres très vertes étaient entourées ;
serpenteaux et vipères étaient leur crinière,
dont leurs fronts terribles étaient couronnés.

— Attends un peu… L'autre jour, je me suis souvenu de ce que m'avait dit le major Sgrò sur les Érinyes et sur le tatouage de Sabrina Olcese. Et je suis allé chercher le passage de la *Divine Comédie* où il en est question.

— Et alors ?

— Et alors, dans le texte il est question de Furies, et non d'Érinyes. J'ai vérifié, dans la mythologie grecque, ce sont des Érinyes, et des Furies dans la mythologie romaine.

— Tu veux changer de métier ? Te lancer dans la philologie ?

— J'ai les belles-lettres dans le sang…

— Voilà, le sang… c'est de cela que nous étions en train de parler.

— Tu as dit que la tatoueuse disparue s'appelait Felicia Risso ?

Le brigadier fit signe que oui.

— Sur mon tableau magnétique, j'avais écrit les noms des victimes avec les tatouages prélevés… Tu as une feuille de papier ?

— À côté, dans le bureau.

Lucia semblait peu convaincue.

Malinverno se rendit dans le bureau et revint. Il écrivit quelque chose et le montra à la jeune femme.

Sabrina Olcese – **É**rinyes
Simon Intrieri – **E**lfe
Carola Piezzi – **L**oup
Giannino Orrù – **I**nfini

Elle le regarda en fronçant les sourcils.

— É-E-L-I. Il épela les initiales des tatouages. Mais si, aux É d'Érinyes, tu substitues le F de Furies, vu que l'assassin écrit *Sous le signe des Furies* en utilisant le terme choisi par Dante, j'obtiens F-E-L-I : les deux premières syllabes de Felicia…

Lucia Simoncini pâlit.

— Bon sang ! Cela signifie que l'assassin communiquait avec Sgrò. Il lui indiquait la progression des délits !

Elle était bouleversée par ce raisonnement.

— La progression, exactement.

— Eh oui. Et ce *Caïn fut le premier* me fait penser que le premier crime fut perpétré un 1er mai, poursuivit le brigadier. Ça ne peut pas être un hasard. Le Tatoueur tenait à nous faire comprendre ce qu'il faisait, et à quel rythme.

Malinverno lui expliqua le rapport qu'il y avait entre Caïn et ces crimes, répétant ce que lui avait dit le Pr Marziale.

— *Caïn fut le premier*, le premier tatoué de l'histoire, premier mai, premier crime… Il veut nous dire : suivez-moi… Et Caïn peut aussi indiquer le prochain meurtre, avec un tatouage qui commencerait par la lettre C.

— C'est tortueux, mais cela peut avoir un sens, compte tenu du fait qu'il s'agit d'un fou criminel. Si l'on admet cette hypothèse, il devrait y avoir encore trois meurtres. Les trois lettres qui complètent le prénom "Felicia".

Elle souligna cette affirmation en montrant trois doigts.

— Qui peut le dire ? Il pourrait y en avoir trois, plus les cinq du nom de famille, Risso.

— Très juste. Mais tu penses que cela peut vraiment être cette Felicia Risso ?

— Être… qui ?

— La complice du tueur en série ?

— Je ne crois pas, cela contredirait tout ce que nous savons sur les meurtres en série, trancha Lucia.

— Des nouvelles de la tatoueuse fantôme ?

— Aucune. Disparue dans le néant.

— Est-il possible qu'elle n'ait ni parents ni amis ?

Elle secoua la tête.

— Nous n'arrivons pas à retrouver son lieu de résidence et ses seules connaissances sont… étaient les victimes du Tatoueur.

— Ils sont sans doute complices. Elle, elle réalise les tatouages, et lui, il élimine les gens.

— Hum, je ne sais pas…

Malinverno se tourna vers la fenêtre ouverte ; on entendait, au loin, le bruit de la circulation. Le ciel était d'un bleu qui incitait à la baignade.

— Pourrions-nous supposer que le Tatoueur veut attirer notre attention sur Felicia Risso ?

— Pourquoi pas ? Pour une obscure raison qu'il est le seul à connaître.

Il avait entre les mains une histoire terrifiante et il ne pouvait pas l'écrire. Pas tout de suite. Une fois de plus, Malinverno eut conscience des avantages et des inconvénients liés à sa collaboration avec les enquêteurs.

— Je suis en train de me dire… Le brigadier se rappela à son attention. En quelques heures, deux messages du Tatoueur… Nous continuons à l'appeler le Tatoueur même si je suis de plus en plus convaincue que ce n'est pas lui qui est l'auteur de ces tatouages… Deux messages, disais-je, adressés à Sgrò.

— Oui, deux messages adressés à Sgrò.

— Il est vraisemblable qu'il lui a écrit pour chaque meurtre.

— Où sont les autres messages ? se demanda Malinverno. Ils doivent être ici, quelque part. À moins que le major ne les ait détruits… Il est étrange qu'il n'en ait pas parlé, tu ne trouves pas ?

— Je ne crois pas. Il y a beaucoup de choses dont il ne m'a pas parlé, reconnut-elle. Mais on devrait les chercher.

— On peut ?

Elle resta un instant interdite : ils n'avaient pas de mandat de perquisition, et Isabella Sgrò était en train de dormir.

— Non seulement on peut mais, à mon avis, on doit le faire, dit-elle, résolvant ainsi le dilemme. Une jeune fille a disparu, et sa mère sera d'accord pour qu'on le fasse.

37

Enfermés dans l'appartement de Sgrò, séparés du monde comme ils l'auraient été sur une île déserte, ils passèrent plus de deux heures à fouiller les papiers du bureau, les étagères des bibliothèques, les fichiers. Lucia ouvrit meubles et tiroirs, Malinverno déplaça les tableaux, en quête d'un coffre-fort. Il finit par trouver celui-ci, derrière le miroir de la chambre d'amis.

— Il a peut-être tout mis là-dedans. Qu'est-ce que tu en dis, brigadier ?

— Je dis que c'est sûrement le cas. Étant donné que nous avons cherché partout sans rien trouver.

Malinverno se gratta la nuque.

— Comment fait-on pour l'ouvrir ?

— On aurait besoin des pompiers, et il a l'air très robuste. En outre, nous ne pouvons pas demander une intervention sans l'autorisation du juge.

— Il nous faut la combinaison !

— Et où la trouver ?

— Jusqu'ici, nous avons cherché autre chose…

— Remettons-nous au travail.

Ils ouvrirent des agendas, des carnets de notes, feuilletèrent rapidement les livres… La combinaison pouvait être n'importe où. Une recherche épuisante.

La jeune femme s'assit.

— Bon, réfléchissons.

— Nous, on la cacherait où, cette combinaison ?

— Je n'ai pas de coffre-fort, dit Malinverno en riant. J'y mettrais de la mortadelle et des pots de pistou…

— Attends, j'ai parlé de combinaison… je voulais dire le mot de passe. Moi, je l'ai noté dans mon téléphone portable, que j'ai toujours avec moi.

— Le portable ! Génial… Où est celui du major ?

— Je l'ai vu dans le salon.

Malinverno se leva d'un bond pour aller le chercher. Comme tous les téléphones portables qui appartiennent à des gens d'un certain âge, il n'avait pas de mot de passe pour le débloquer.

— Où cherches-tu ? demanda Lucia.

— Eh bien, je suis en train de parcourir la liste des contacts, elle ne comporte pas beaucoup de numéros… Tiens, j'y suis ! Il y a un Forti C., le seul contact qui m'inspire… Forti C., coffre-fort.

Il était en train de revenir en arrière sur le clavier.

— Forti C. ? Vas-y, essaye.

— Un peu trop facile, mais ce serait compréhensible pour un homme dont la mémoire part en lambeaux… et puis le numéro : 0197 – 31676731.

— Un préfixe inexistant…

— Et le numéro se répète de manière spéculaire, conclut Malinverno. Je crois que nous avons trouvé la combinaison !

Le brigadier était déjà en train de la composer sur le clavier du coffre-fort mural. Mais rien ne se produisit.

— Ce n'est pas ça, dit-elle.

— Essaye d'enlever ce préfixe bidon.

— OK.

Toujours rien.

— Et si tu composais le numéro à l'envers ? proposa Malinverno.

— À l'envers... Très bien.

Elle s'exécuta.

La porte eut un déclic, et s'ouvrit.

Malinverno sourit.

— *Et voilà**.

À l'intérieur, ils trouvèrent une liasse de billets de cinquante euros, deux sachets en velours renfermant des bijoux, et cinq enveloppes matelassées, comme les deux qu'ils avaient déjà. Quatre étaient ouvertes, et une encore fermée. Ils se regardèrent. Malinverno semblait hésiter.

— Désormais, on est au pied du mur, dit Lucia Simoncini. Ouvre-la ! Moi, je regarde les autres.

Le brigadier se mit à examiner le contenu des quatre enveloppes déjà ouvertes. L'une contenait deux verres de lunettes et un feuillet sur lequel était écrit : SOUS LE SIGNE DES FURIES et les initiales S. O. ; sur le feuillet contenu dans la suivante, qui renfermait deux lacets de chaussures, on ne voyait que les lettres S. I., alors que sur le feuillet de la troisième, on pouvait lire les initiales C. P. accompagnées du bonnet d'un soutien-gorge qui avait dû appartenir à Carola Piezzi. Dans la dernière enveloppe, la phrase ET NOUS EN SOMMES À QUATRE, les initiales G. O. et un lambeau d'étoffe, sans doute un fragment de tee-shirt. Tous les textes avaient été écrits à l'aide d'un normographe.

— Qu'y a-t-il dans la cinquième enveloppe ?

— Ce feuillet, avec les initiales C. S., et rien d'autre.

— C. S. représente Clotilde Sgrò. Les autres initiales correspondent aux victimes que nous connaissons déjà, ce qui veut dire que la nièce du major est la prochaine. Même si...

* En français dans le texte.

— Continue ! insista Malinverno.

— Il me semble que, avec elle, il s'est comporté différemment. Il n'a pas conservé le tatouage de la rose, mais l'a renvoyé à l'expéditeur, si je puis dire. Et il n'y a aucun objet qui lui appartienne.

— Tu veux dire… tu penses… d'après toi, elle pourrait être encore en vie ?

— Cela se pourrait. Elle réfléchissait. Il semble être entré dans une phase de dépression, et cet enlèvement pourrait avoir eu un seul but : pousser le major à faire quelque chose.

— Le pousser ?

— Quand le tueur a envoyé l'enveloppe, on ne savait pas encore que le major était mort.

— À présent, il doit le savoir.

— Le pousser à faire quoi ?

Elle écarta les bras.

— Que veux-tu que je te dise ?… Peut-être que, avec ces messages, le Tatoueur ne visait qu'à maintenir notre attention en éveil, nous inciter à le rechercher.

Chacun des deux semblait suivre son propre raisonnement.

— Sais-tu à quoi je suis en train de penser, brigadier ?

— Non, dis-moi.

— Les Furies étaient considérées comme des divinités de la vengeance, surtout dans les délits contre la famille. Voilà pourquoi, à mon avis, Dante utilise le mot "ensanglantées".

— Pour un type comme celui-là, la vengeance peut jaillir du simple fait qu'il se sent ignoré.

Lucia Simoncini appela ensuite un carabinier. Elle lui remit le matériel, en lui recommandant de l'apporter, avec un maximum de précautions, à la police scientifique, pour les analyses d'usage.

— Ils ne trouveront rien. Je le sais.

— Nous avons affaire à un assassin scrupuleux et habile.

— Malheureusement pour nous.

— Pour nous et pour les victimes, ajouta Malinverno. Écoute, il est l'heure de déjeuner et je n'ai même pas pris mon petit-déjeuner. Si je t'invitais à manger avec moi ?

Malgré quelques réticences, elle finit par accepter. De toute façon, pour le moment, ils ne pouvaient rien faire de plus.

Il l'emmena en Lambretta chez Biagio, à la Popote Solidaire. Parmi les plats proposés aux clients, ils choisirent un couscous aux légumes sautés et des boulettes de poulet au citron. Pour finir, Malinverno prit une part de tarte aux griottes.

— Je n'ai plus du tout de place pour un dessert... Peut-être une tranche de pastèque, c'est tout, dit Lucia.

— Voilà ton secret pour garder la ligne, la complimenta Biagio.

Malinverno la raccompagna à la caserne de la piazza del Popolo, et il eut l'impression qu'elle se serrait un peu plus contre lui, sur le scooter.

— Ne fais rien que je n'approuverais pas, lui dit-elle en le quittant.

— Ah, brigadier, si j'attendais toujours ton approbation, je ne serais pas un bon journaliste !

La sonnerie du téléphone portable mit fin aux formules de politesse. Lucia était en train de franchir la porte cochère de la caserne.

Sur l'écran du portable, Malinverno lut le nom d'Evelina.

— Salut, ma belle !

— Allô, Leo ?

C'était la voix, très faible, de Pietro Orefici.

Merde alors, l'Everest !

Il ne s'y attendait pas. Heureusement, le directeur du *Globo* n'avait pas entendu son salut désinvolte à sa femme. Ou peut-être avait-il fait semblant de ne rien entendre.

— Comment vas-tu, chef ?

C'était la seule question qui lui était venue à l'esprit.

— Merveilleusement bien, espèce de crétin ! Comme si j'avais été criblé de balles… mais parlons plutôt de toi.

— Parlons de moi…

Il respirait avec difficulté, faisant de longues pauses.

— Evelina m'a parlé de Lembo… C'est un âne, il s'y connaît en journalisme comme moi en cardiologie…

Malinverno essaya de placer un mot :

— En ce qui me concerne…

— Dès que je serai sur pied, je le fiche dehors !

— Chef, ta considération me fait extrêmement plaisir…

L'autre l'interrompit :

— Alors, tout est réglé. Dès que j'irai mieux, on se verra.

Et il raccrocha.

Malinverno repartit en Lambretta, sourire aux lèvres.

Lembo est un âne.

38

Trois jours plus tard, l'enquête de Lucia Simoncini était toujours au point mort. Malinverno partit pour Bologne. Cette ville avait été évoquée trop souvent, en lien avec Walter Sgrò. Il voulait en savoir davantage.

Carla Tesei était de nouveau chez lui, de plus en plus faible ; la chimiothérapie avait été interrompue, car elle était trop épuisée pour la supporter. Et quand elle n'avait pas de douleurs, que les médecins calmaient avec de la morphine, elle dormait beaucoup. Arrigo disposait de toutes les instructions nécessaires et il fallait reconnaître que, au moins dans ce domaine, il s'avérait très efficace. Avec Carla, il manifestait une aptitude au soin dont son fils ne l'aurait jamais cru capable.

Malinverno pensa que sa sœur Ippolita aurait été du même avis que lui : avec eux, leur père n'avait jamais révélé cette caractéristique. L'âge, apparemment, l'avait changé.

— Tu me laisses de l'argent, Leo ?

Il n'a pas changé tant que ça.

Pendant le voyage en train, il finirait *Les Buddenbrook*. Avant de se plonger dans la lecture, il mit ses écouteurs pour ne pas se laisser distraire par les conversations stupides, et de surcroît à voix haute, de ses compagnons de voyage.

Les haut-parleurs répétaient leur continuelle invitation à ne pas déranger les autres voyageurs, à baisser la sonnerie des téléphones portables, mais en vain : personne n'en tenait compte. Malinverno se disait qu'on aurait dû sanctionner sévèrement ceux qui vous empêchent de lire, de dormir, de se perdre dans ses propres pensées. Il en était intimement convaincu : peu de gens savent apprécier et supporter la solitude d'un voyage de quelques heures, qui peut devenir une bulle de bonheur ferroviaire.

Il se confia à la protection de Debussy et d'autres maîtres de la musique symphonique.

À Bologne, il faisait beaucoup plus humide qu'à Rome. Malinverno s'en voulut d'avoir eu l'idée d'un tel voyage.

À l'extérieur de la gare, il fut attiré par une vieille enseigne en bois : *Da Gildo*, écrite à la main, avec une belle calligraphie. Juste avant, une odeur de friture non rance, alléchante, était parvenue à ses narines. Des *crescentine* et des *tigelle**, avec une planche de charcuterie, constituèrent son déjeuner.

— Chez nous, monsieur, la friture est une expérience mystique, lui dit le propriétaire du restaurant, avec un fort accent dialectal. Un Lambrusco vous ferait plaisir ?

— Ah oui, un immense plaisir.

Des tables recouvertes de petites nappes en papier, des chaises paillées, des murs tapissés de boiseries. Un lieu qui avait sûrement vu passer beaucoup d'étés, mais qui s'avérait accueillant et qui inspirait confiance.

Bien que l'après-midi fût bien avancé, le soleil tapait impitoyablement. Après s'être installé dans un hôtel

* Petites fougasses de forme circulaire, de la région de Bologne et de Modène, farcies de charcuterie et/ou de fromage. Elles se servent, elles aussi, à l'apéritif.

proche de la piazza Malpighi, il alla se promener à pied, cherchant l'ombre des palais et la protection des portiques.

Il avait rendez-vous avec Gilberto Stanzani dans la via dell'Osservanza. Le vieux journaliste habitait une sorte de sous-sol, auquel on accédait par une cour étroite. Une vie au *Resto del Carlino** en free-lance, sans jamais accepter d'être salarié et, aujourd'hui, une situation d'indigence. Il trouva son ami extrêmement vieilli, voûté, amaigri.

Stanzani l'attendait sur le seuil de sa maison.

— Malinverno, quel plaisir de te voir… viens… viens…

Il le précéda à l'intérieur. Dans la maison, on se serait cru en fin d'après-midi, et l'odeur de renfermé rendait l'air irrespirable. Ils s'assirent dans une sorte de séjour donnant sur une cuisine ouverte.

— Comment vas-tu, Gilberto ?

Une pile de journaux à côté de lui, le téléviseur allumé, mais avec le son coupé.

— Je résiste, mais je ne sais pas très bien pourquoi… dans quel but…

— Allons donc, *dans quel but* ? Tu es un grand journaliste.

— J'ai été un journaliste ; grand, je ne sais pas. Aujourd'hui, je suis un vieil homme qui survit avec la retraite minimum, et je dois remercier Berlusconi qui l'a portée à cinq cents euros. Tu vois ma situation…

Stanzani avait appartenu à une famille aisée, mais ses choix de vie excentriques, entre autres celui de se

* *Il Resto del Carlino* (autrement dit le journal qui pouvait s'acheter avec deux centimes, c'est-à-dire le reste du *carlino*, le Petit Charles, pièce de Bologne) est un quotidien italien basé à Bologne, qui diffuse à plus de cent soixante mille exemplaires en moyenne.

consacrer au journalisme au lieu de s'occuper des entreprises familiales, avaient conduit son père et ses frères à l'écarter de l'héritage. Et lui avait été trop orgueilleux pour revendiquer quoi que ce soit. À quatre-vingts ans passés, il ne pouvait rien changer à cela.

Malinverno jugea qu'il méritait une preuve d'estime tangible.

— À la maison, j'ai ton livre *L'Italie tête en bas*, et chaque fois que je le relis, je me souviens des raisons pour lesquelles je suis devenu journaliste, moi aussi.

— Tu sais, je ne me souviens même plus des raisons pour lesquelles je l'ai écrit… ni quand…

— J'avais quinze ans quand il est sorti, c'était il y a vingt-cinq ans !

— Tu te rends compte. Il y a vingt-cinq ans, j'arrivais encore à baiser de temps à autre… Aujourd'hui, je dois chercher un fantôme au fond de mon caleçon…

Ils rirent tous les deux de cette réflexion amère.

— Tu préférerais fréquenter des boudins, comme le faisait ton bienfaiteur ?

Il secoua la tête.

— Je préfère le déclin au pathétique. Il se donna une tape sur les genoux. Écoute… mais pourquoi es-tu ici ?

À vrai dire, au téléphone, Malinverno l'avait trouvé moins atteint. Le trouver dans un tel état de confusion le mit mal à l'aise.

— Je suis en train d'enquêter sur les crimes du Tatoueur… l'affaire concerne le major Sgrò… ou plutôt concernait, car il est mort il y a quelques jours.

— Ah oui, Sgrò. Un gros tas de merde.

Peut-être que tout n'est pas perdu.

— Dis-moi, dis-moi.

Stanzani regarda le bout de ses pieds.

— Je suis désolé, en ce moment je ne peux pas t'aider…

Il était visiblement perdu.

Malinverno n'avait aucune intention d'insister et de l'humilier.

Cet homme qui n'était plus qu'un débris avait été un grand journaliste d'investigation ; il avait gagné beaucoup d'argent et en avait dépensé encore plus. Il avait couché avec des actrices et des présentatrices de télévision, il avait été redouté et respecté. Avec ses révélations sur les propriétés non déclarées au fisc d'un président du Conseil, et ses capitaux cachés à l'étranger, il avait provoqué la chute d'un Gouvernement. Il incarnait l'histoire du journalisme en Italie, et il se retrouvait dans cet état…

Malinverno regarda la cuisinière à gaz sans aucune casserole dessus, la corbeille à fruits vide sur le buffet.

— Allez, je t'invite à déjeuner, Gilberto.

Les yeux de son ami brillèrent.

— Je trouve que c'est une excellente idée, merci. Il se leva en prenant appui sur les accoudoirs.

Pour rejoindre le restaurant, deux pâtés d'immeubles plus loin, ils mirent presque une demi-heure. Stanzani marchait à petits pas et s'arrêtait tous les dix pour reprendre haleine. Il payait ainsi soixante ans de tabagisme actif et passif, depuis que les salles de rédaction étaient de vrais fumoirs.

Ils commencèrent par des *stecchi alla bolognese** accompagnés d'un Pignoletto**. Le vieux journaliste paraissait affamé : depuis quand n'avait-il pas fait un repas correct ?

* Spécialité de Bologne : brochettes de viande, fromage et mortadelle, enrobées de béchamel, panées et frites, et servies en hors-d'œuvre.

** Vin rouge mousseux, de Bologne et de Modène.

— Je prends un risotto aux cuisses de grenouille, je peux ? demanda-t-il.

— Mais bien sûr, Gilberto ! Et moi les *balanzoni**, dit Malinverno au serveur.

— Et en plat principal ?

Le serveur prenait la commande.

— Une escalope à la bolognaise**.

Stanzani était aussi ravi qu'un enfant dans une fête foraine.

— Et moi, des tartines à la mousse de mortadelle.

— Apportez-nous aussi des courgettes marinées, s'il vous plaît.

Pendant un moment, ils restèrent silencieux. Ils burent et mangèrent, des plats qui n'étaient pas vraiment estivaux. Stanzani s'était enfilé dans la bouche un objet qu'il avait tiré de la poche de poitrine de sa chemise. Un dentier, probablement.

— Et toi, quel travail fais-tu ? demanda-t-il à un certain moment, alors qu'ils attendaient le plat principal.

Sans se démonter, Malinverno lui expliqua ce qu'il faisait.

— Tu m'as dit que tu étais à la recherche de ce capitaine…

— Oui, Gilberto, le major Sgrò…

Malinverno réitéra ses explications. Les calories apportées par le repas, ajoutées à la hausse de tension due au vin, produisirent un petit miracle : elles rendirent à Stanzani un semblant de mémoire.

* Autre spécialité bolognaise : pâtes fraîches vertes aux œufs, farcies avec des épinards et de la mortadelle.

** Il s'agit de tranches de veau frites dans du saindoux et plongées dans un bouillon de viande pour les rendre encore plus moelleuses, puis recouvertes d'une tranche de jambon cru et d'une généreuse quantité de parmesan.

— Le capitaine… non, le major, tu as dit… Je me souviens d'avoir fait sa connaissance, il y a trente ans, je crois.

— Oui, oui, il y a une trentaine d'années, confirma Malinverno.

— Ici, il faisait la pluie et le beau temps… J'ai même parlé de lui dans le journal… Il s'appelait comment, déjà ?

On est mal barrés.

— Sgrò, Walter Sgrò.

— Hum. Sgrò, oui, je me souviens de lui. Il parlait la bouche pleine. Je me demande ce qu'il est devenu… tu le sais ?

Leo lui répéta qu'il était mort, en essayant de ne pas se montrer étonné par cette question.

— Il était dans le pétrin et à un certain moment, il a dû partir, poursuivit le vieux journaliste. Ses chefs ont voulu le protéger, mais je crois qu'il l'a payé cher.

Il lui raconta une sale histoire. Sgrò avait tenté de faire porter à un carabinier non gradé la responsabilité de la soustraction de cent millions de lires en faux billets, récupérés après un discret coup de filet.

Voilà pourquoi il n'a pas fait carrière.

— Et il en a fait quoi, de ces faux billets ?

L'autre répondit, comme si c'était une évidence :

— Il les a fait passer pour des vrais.

— Et toi, tu as raconté tout ça ?

Il projetait déjà d'aller consulter les archives du journal.

Le vieil homme se gratta la nuque.

— Je ne me souviens plus… Je crois qu'ils m'en ont empêché.

Il se remit à manger sa mousse de mortadelle.

— Dis-moi, Gilberto, tu as connu le major ?

Stanzani réfléchit quelques secondes, les yeux perdus dans le vide.

— Oui, je l'ai connu. Chez Nives Ardito, finit-il par dire, satisfait de lui-même.

— Qui est-ce ?

— Nives… Nives Ardito. La plus belle putain de Bologne.

— Ah, ne put s'empêcher de dire Malinverno, celle-là, tu ne l'as pas oubliée. Ça veut dire que vous alliez voir les putes ensemble ?

— Mais non, bordel de m… Il habitait chez Nives.

— Et toi, tu allais chez elle ?

— Non, moi j'allais chez Perla… Nives était propriété exclusive du capitaine, tout le monde le savait.

"Le capitaine", encore !

S'il avait bien compris, cette Nives Ardito tenait un genre de maison close que Sgrò fréquentait, tout comme Stanzani, à l'époque plus jeune et fougueux. Il ne put tirer grand-chose de plus de la mémoire-passoire du vieux journaliste. Mais il réussit à savoir où habitaient Nives et Perla.

Malinverno avait eu du mal à s'endormir.

Même la lecture du roman offert et dédicacé par Elda Lanza* n'avait pas pu le détendre. À la fin, il s'était décidé à mettre le climatiseur en marche. Malheureusement, au réveil, il s'était retrouvé avec un mal de gorge qui l'avait mis de mauvaise humeur.

Les tentatives de recherche sur sa tablette n'avaient pas donné les résultats espérés, et dès qu'il eut retrouvé la lucidité nécessaire, il se rendit à la rédaction du *Resto del Carlino*. Il voulait récupérer les articles de Gilberto

* Elda Lanza (1924-2019), journaliste et romancière italienne, auteure de plusieurs romans policiers à succès.

Stanzani sur Walter Sgrò et demanda à accéder aux archives. Dans le hall, en attendant qu'on l'autorise à entrer, il vit venir à sa rencontre quelqu'un qui avait presque l'air d'un adolescent.

— Je suis Gangemi… Puis il ajouta, pour que les choses soient claires : le directeur du *Carlino.*

Malinverno se demanda quel âge il pouvait avoir : même pas quarante, à coup sûr. À peu près le même âge que lui.

J'ai tout raté dans ma vie.

— C'est un honneur pour nous de t'avoir ici. Le journal est à ton entière disposition.

En vérité, il n'y avait pas grand-chose dans les archives. Deux articles signés Gil.Sta. – l'un plus long, l'autre plus court – dans lesquels il était question de cent millions de lires qui s'étaient égarées (égarées ?) ; Sgrò était mentionné comme étant le responsable de la saisie de cette somme chez une bande de faussaires. Un entrefilet citait ensuite les accusations à l'encontre d'un certain Calligaris, contraint de quitter l'Arma, le corps des carabiniers.

La police, peut-être avec l'accord de l'éditeur et du directeur de l'époque, avait sans doute muselé le redoutable Stanzani. Malinverno lut l'enquête conduite par son ami sur les présumés pots-de-vin versés au maire : ils avaient dû servir à détourner son attention.

39

Malinverno passa les jours suivants à chercher Nives Ardito. Elle disposait sûrement d'informations précieuses sur Sgrò.

Il se rendit dans le quartier du Pilastro, au nord-est de la ville, à l'adresse que Stanzani avait retrouvée dans un recoin de son cerveau fracassé. Un habitat populaire, un immeuble où vivaient surtout des squatters étrangers ou italiens. Il sonna aux interphones, frappa aux portes, arrêta les gens qu'il croisait en descendant les escaliers à pied : personne ne se souvenait de cette femme.

— La signora Taide est la seule qui peut t'aider, lui dit une belle femme noire, sans doute une Somalienne, par l'entrebâillement de la porte fermée par une chaîne. Elle est née ici.

Cette Taide travaillait au marché du quartier, elle vendait des fruits et des légumes. Obèse, les cheveux mal teints, les mains abîmées et rêches.

— Bien sûr que je m'en souviens, de la Nives… Elle eut un grand rire gras. La pute la plus pute qui ait jamais existée au Pilastro. Mais elle est partie il y a trente ans, on l'a plus revue.

Et d'éclater de rire à nouveau, tout en répétant le nom de Nives.

— Vous êtes très aimable, madame. Et vous sauriez aussi quelque chose sur une certaine Perla ? lança Malinverno.

Autre éclat de rire.

— Perla était son amie, une pute elle aussi. Elles ont fait pleurer toutes les femmes du quartier, aucun homme n'était capable de… vous voyez ce que je veux dire ? Ils allaient tous chez elles pour faire leurs affaires.

Il ne put s'empêcher de demander :

— Comment savez-vous tout cela ?

— Comment je le sais ? Mon père y allait et mes frères aussi… tous les trois !

— Je comprends. Et vous ne savez pas où Nives s'est installée ?

La marchande de fruits et légumes secoua la tête.

— Et Perla, vous ne savez pas où je peux la trouver ? Ou à qui je pourrais m'adresser ?

— Je crois que Perla habite au Canale delle Moline. C'est là que je l'ai rencontrée il y a plusieurs années. Mais vous devriez demander à don Pietrangelo…

— Don Pietrangelo ?

— Le curé. Oui, parce que ces deux-là étaient très portées sur la religion. Elle éclata de rire à nouveau. Ça peut sembler bizarre, hein, toujours à l'église à se frapper la poitrine, à prier, à réciter le chapelet…

Elle rit plus fort.

À la sacristie, on leur apprit que don Pietrangelo ne s'occupait plus de la paroisse depuis 1996, mais qu'il vivait toujours là et que, le lendemain, il rentrerait d'une visite à ses neveux de Ferrare.

Pour ne pas perdre de temps, Malinverno se rendit au Canale delle Moline. Il questionna tous les gens qu'il rencontra, vérifia les noms sur les interphones de plusieurs immeubles, mais ne réussit pas à trouver Perla. C'était prévisible, car il ne connaissait pas son nom de famille.

Le soir, il retourna voir Stanzani et ils allèrent ensemble au restaurant.

Cet homme avait une faim de loup ; il faut dire que, une fois qu'il avait payé le loyer du trou à rats dans lequel il vivait, il ne pouvait se nourrir que de conserves de haricots ou de corned-beef.

Tout ce que Malinverno put obtenir de son vieux collègue fut des confessions intimes, impudiques.

— Perla savait y faire, elle connaissait des jeux coquins… mais Nives a toujours été mon rêve… un terrain miné, propriété du capitaine Sgrò. Et toujours le même refrain : “Mais toi, quel est ton travail ?”

À chaque fois, il reprenait son explication : avec lui, à la différence de son père, il arrivait à faire preuve d'une patience qui l'étonnait lui-même.

Le lendemain, la rencontre avec don Pierangelo, à la sacristie, fut plus fructueuse.

Le prêtre était presque nonagénaire. Peut-être mal assuré sur ses jambes, mais lucide. Il ne quitta pas son fauteuil, les mains posées sur le pommeau de sa canne, la soutane longue, élimée et d'une propreté douteuse. La barbe mal rasée.

— En quoi ce malheureux curé presque centenaire peut-il t'être utile, mon fils ?

Il avait une voix ferme.

Après que Malinverno lui eut révélé les raisons de sa présence, il poussa un soupir. De toute évidence, il était stupéfait.

Le journaliste lui donna un dernier élément d'information, pour le décider à parler :

— Je m'occupe actuellement d'une série de crimes très violents, et j'estime que si j'en savais un peu plus sur le passé de Sgrò, cela m'aiderait à y voir plus clair… et peut-être à mettre un terme à cette série de morts.

Don Pierangelo joignit les mains.

— J'ai compris, mon fils, mais je ne peux pas violer le secret de la confession. Nives et Perla étaient mes paroissiennes.

— Pourquoi dites-vous *étaient* ?

— Tu n'es pas au courant ? Nives est morte il y a plusieurs années… Perla n'habite plus ici, même si, de temps à autre, elle vient me voir et se confesser.

— Quel est son nom de famille ? Rien ne vous empêche de me le dire…

Le prêtre se leva péniblement, en s'aidant avec sa canne ; il alla vers une étagère et en sortit un cahier relié en cuir. Avant de se rasseoir, il appuya sur l'interrupteur du ventilateur posé sur la table. Mais l'objet était dans un tel état de délabrement que cela ne changea pas grand-chose.

Il feuilleta le répertoire.

— Pelagalli, elle s'appelle Perla Pelagalli.

Et il lui donna l'adresse de la femme.

— Je vous remercie, don Pietrangelo.

Malinverno lui tendit la main. Le prêtre la lui serra de sa main gauche, en s'accrochant presque à lui.

— Tâche d'être gentil avec elle, elle a eu une vie difficile… comme Nives.

Ses yeux semblèrent s'enfoncer un peu plus dans les orbites. Un souvenir, qui avait affleuré dans sa mémoire, l'avait visiblement attristé.

Dans la cour de l'immeuble donnant sur le Canale delle Moline, on lui indiqua l'étage où vivaient les Pelagalli. Mais il sonna d'abord à l'interphone. Il donna le nom de don Pietrangelo pour vaincre la méfiance à l'égard d'un inconnu, arrivé sans crier gare.

— Venez, venez, l'invita la femme en lui ouvrant la porte.

Visiblement, elle tenait à son apparence. Seins plantureux, cheveux teints en un rouge flamboyant, une robe qui n'était pas à la dernière mode mais qui moulait son corps opulent, couverte de bijoux, les doigts, déformés par l'arthrite, chargés de bagues serties de grosses pierres.

— Comment ça se fait que don Pietrangelo vous envoie chez moi ? Asseyez-vous là.

Elle lui montra un fauteuil revêtu de cretonne.

De la cuisine parvenait une odeur engageante d'oignons rissolés.

— Vous savez, madame, je suis journaliste.

— Ça alors, un journaliste chez moi !

Elle s'assit ; on ne savait pas si elle était flattée ou bouleversée par cette révélation.

Il lui raconta pourquoi il était là et ce qu'il attendait d'elle.

Par la fenêtre de la pièce où ils se trouvaient, on voyait, au-delà du cours d'eau, la façade médiévale de l'édifice d'en face. Un sacré fossé social, du Pilastro à là-bas.

Perla resta un instant silencieuse, puis elle soupira.

— Qu'est-ce que je dois vous dire, mon bon monsieur ? Il y a longtemps que je n'ai pas eu de nouvelles de Nives… une sœur, pour moi…

— Je comprends…

— J'ai essayé de l'aider comme je pouvais…

Elles étaient amies depuis leur enfance, raconta Perla, et elles habitaient chez leurs parents respectifs. Ensemble, elles avaient commencé à faire le trottoir, à se vendre pour de l'argent, car elles ne savaient rien faire d'autre. Nives Ardito était restée veuve d'un homme qui ne lui avait laissé que des dettes et un enfant en bas âge.

— Même la maison était hypothéquée, rendez-vous compte. Aussi sympathique qu'*un gatt tachè i maròn* !

Malinverno sourit.

— Quoi ?

— Un chat qui, avec ses griffes, s'accroche aux roubignoles, le mari de Nives…

Une image éloquente. Ils rirent, mais la gravité reprit rapidement le dessus.

Gildo Ardito, c'était son nom, frappait régulièrement sa femme et son fils, lequel s'était retrouvé une fois à l'hôpital après une crise de colère de cet homme fruste et violent.

— C'est arrivé quand ?

— Michelino devait avoir sept ans… et ce n'était pas la première fois qu'il recevait une telle rouste, sauf que cette fois il est tombé à la renverse et s'est cogné très fort la tête contre un pot de fleurs.

— Pourquoi son père le frappait-il ?

— Il frappait Nives aussi… Il n'y avait pas de raison précise, il pouvait avoir perdu aux cartes et il les tabassait. Je suis intervenue quelquefois, mais cet homme me faisait peur.

— De quoi est-il mort ?

— Je ne sais pas. On l'a trouvé mort… en bas d'un pont, mais je ne sais pas si quelqu'un l'a poussé. Qu'est-ce que vous voulez, il était toujours *bresco*…

— *Bresco ?*

— Oui, *bresco*… ivre mort. Il lui arrivait même de tomber par terre.

Malinverno acquiesça.

— Et, dites-moi, il frappait sa femme parce qu'elle était… parce qu'elle se prostituait ?

— Gildo voulait de l'argent, et il en voulait beaucoup, mais ce qui est sûr, c'est qu'il n'aimait pas que

Nives couche avec d'autres. C'est pour ça qu'on le faisait chez moi… Vous savez, on était très demandées…

— Je peux l'imaginer… Et qui s'occupait de l'enfant pendant ce temps ?

— Michelino ? Tantôt moi, tantôt sa mère… tantôt les clients qui attendaient leur tour. Souvent, ils l'aidaient à faire ses devoirs, des avocats, des profs, des gens riches… notre clientèle était de qualité.

Il était rare que Malinverno soit choqué : toutefois, il fut frappé par l'image de l'enfant qui étudiait pendant que sa mère se prostituait. Ce n'était pas du trouble, plutôt un vague sentiment d'injustice joint à un certain malaise.

— C'est à ce moment-là qu'il a arrêté de parler, ajouta Perla.

— L'enfant ? Que lui était-il arrivé ?

— Il a vu plein de médecins, personne n'y a rien compris. Il ne parlait plus, il était devenu bizarre, terrible…

— Terrible, dans quel sens ?

— Il se tenait mal… capricieux, geignard.

— Peut-être qu'un client…

— Oui, peut-être… Il lui était arrivé d'ouvrir la porte de la chambre où sa mère était avec les clients… mais qu'est-ce qu'on pouvait y faire ? Le laisser, à qui ? Quand Nives a décidé de l'emmener l'après-midi chez don Pietrangelo, il a carrément arrêté de manger. Qu'est-ce qu'on pouvait y faire ?

— Bien sûr, bien sûr, parvint-il à dire, histoire de ne pas la contrarier.

Il poussa la porte, content de la note qu'il avait obtenue en mathématiques. La matière qui lui posait le plus de problèmes, alors qu'en italien et en histoire c'était un champion.

Mais ce jour-là, la maîtresse l'avait félicité devant toute la classe, pour le devoir qu'il avait rédigé à la fin du dernier trimestre. La maîtresse ne lui plaisait pas, elle parlait en le fixant dans les yeux, elle l'intimidait. Toutefois, en lui rendant sa copie avec la note, elle lui avait souri pour la première fois.

Il voulait le dire tout de suite à sa mère : "Maman, maman, j'ai eu huit et demi… "

Il la trouva nue sur son lit, à quatre pattes, le visage enfoui dans son oreiller. Que faisait-elle ? Et l'homme derrière lui, qu'est-ce qu'il lui faisait ? Lui aussi était nu. Il ne se souvenait pas de sa tête, il ne l'avait jamais vu. Jeune, de belle prestance, très poilu.

L'image de ce corps et de sa brutalité revenait dans ses cauchemars nocturnes. Il s'agitait, grognait, soufflait et… il poussait, poussait… en lui tenant les hanches. À chaque assaut, sa mère aussi émettait des sons. Des gémissements intermittents.

Peut-être, se dit-il avec un pincement au cœur, que l'homme lui faisait mal.

— Maman, tu es malade ?

— Mais qui est-ce ? Bordel de merde, qui est-ce ?

L'homme se retira et se mit à pousser des jurons.

Nives se tourna et essaya de le retenir, pour l'empêcher de s'en prendre à son fils.

— Michelino, qu'est-ce que tu fais là ? Va-t'en à côté, va voir Perla. Puis, s'adressant à l'homme :

— Allez, ne t'en fais pas, on continue… ne t'en fais pas… va-t'en, Michelino !

Ils fermèrent la porte. À clé, cette fois.

De la cuisine parvenait une odeur de brûlé.

— Bon sang ! Perla bondit sur ses pieds et fila en direction de l'odeur en question. Il l'entendit se plaindre : Le ragoût ! le ragoût !

En bas, le fleuve coulait. Malinverno se mit au petit balcon. Il était en nage.

Quand Perla revint, elle tenait à la main un morceau de pain de campagne trempé dans le ragoût.

— Vous voulez goûter, monsieur ? Dites-moi s'il est mangeable…

Elle le lui mit sous le nez.

Après avoir soufflé sur le morceau de pain, il ouvrit la bouche et prit directement le pain des mains de la femme.

— Hum, c'est bon… C'était brûlant, et il faillit faire couler la sauce sur sa chemise.

— Pourquoi vous ne mangez pas avec moi ? J'ai mis l'eau sur le feu pour les tagliatelles.

Tagliatelles, quel mot magnifique.

Ils s'attablèrent dans la cuisine qui était bien rangée et très propre. On sentait que les pâtes étaient faites maison, poreuses, et se mariaient voluptueusement avec la sauce : parfaites.

— Merci, Perla, c'est exquis.

— Nom de Dieu, si j'avais su que je cuisinais si bien, j'aurais jamais fait la pute.

Elle rit, bouche ouverte.

Malinverno profita du fait qu'elle avait baissé la garde.

— De quoi Nives est-elle morte ?

La femme s'essuya les lèvres avec la serviette en papier, après avoir vidé le verre de vin rouge.

— Nives s'est suicidée. Au gaz.

— À cause du major Sgrò ?

— Il était le capitaine, le corrigea-t-elle, surprise par l'intuition de Malinverno. Oui, comment vous le savez ? C'est à cause de lui qu'elle s'est tuée. Tant qu'il a été ici, il a fait tout ce qui lui plaisait avec Nives, qui était belle, vous savez ? Oh, qu'est-ce qu'elle était belle… bien plus que moi !

— Et après ?

— Après, il paraît qu'il est tombé amoureux d'une autre, à Rome…

Il a rencontré une certaine Luigia Citran, une bombe, qui lui a fait perdre la tête. Il se souvenait de ce que lui avait dit Guerci.

Perla poursuivait :

— Il avait déjà une femme, il avait Nives… qui était toute à lui, croyez-moi, au point qu'elle avait arrêté de faire des choses avec les autres. Et il avait aussi celle-là. Vous trouvez ça normal ? Qu'est-ce que c'est que ces hommes ? Vous êtes comment, vous, les hommes, nom de Dieu ?

— Et vous dites que Nives s'est suicidée à cause de Sgrò ?

— Elle en était tombée amoureuse. Elle qui ne l'avait jamais été, même pas de son animal de mari… Elle avait perdu la tête pour le beau carabinier, autoritaire et sûr de lui.

— Autoritaire ?

— C'était lui qui commandait tout le monde. Il avait même loué une chambre pour Nives, on était encore au Pilastro, et il avait décidé qu'il ne voulait pas avoir Michelino dans les pieds.

— C'était son fils… pourquoi n'en voulait-il pas ?

— C'est un peu gênant…

Étonnamment, l'ancienne prostituée avait baissé les yeux.

— Vous n'êtes tout de même pas timide, Perla…

— Disons que le capitaine aimait faire des choses brutales, bruyantes… Je les entendais, de l'appartement d'à côté. Et un jour, pendant que… Michelino est entré dans la chambre et il s'est jeté sur lui : il avait quatorze ans, il était en train de devenir un homme.

— Il s'était remis à parler ?

— Mais non, il passait son temps à lire et à regarder dans le vide. À l'école aussi. Il a redoublé deux fois, en sixième et en quatrième.

— Et lorsque Sgrò est parti ?

— Une tragédie. Comme des chiens autour d'un os… tant que Sgrò était là, les usuriers ont fait attention, ils ont été discrets. Après, ils n'ont plus eu aucun respect.

— Il lui avait laissé de l'argent ?

— Oui. Des faux billets. Et par représailles, ils ont frappé son fils. Jusqu'à ce qu'il s'évanouisse, le pauvre ; ils lui ont brisé les jambes, les côtes… et cassé la tête. Elle leur avait dit qu'elle ne savait pas que c'étaient des faux billets, mais ils s'en foutaient.

— Vous, Perla, vous ne pouviez pas imaginer que Nives se tuerait ?

— Je venais juste de m'installer ici, et je crois que c'est aussi à cause de ça… Les larmes lui vinrent aux yeux. Si j'étais restée près d'elle, peut-être…, dit-elle d'une voix brisée.

— Pourquoi avez-vous quitté le Pilastro ?

— Vous l'avez vu, cet endroit, plein d'étrangers et de négros ? Il y avait aussi les Roumaines, les Polonaises, les Albanaises, très belles, qui étaient arrivées, et je ne pouvais plus lutter, à quarante ans passés.

Malinverno se souviendrait de cette femme sympathique, au caractère trempé, forgé par les expériences de la vie, capable d'élans de générosité.

Avant de monter dans le train à destination de Rome, il passa au restaurant où il était allé avec son vieil ami Stanzani, et prit des dispositions pour qu'ils lui livrent un repas complet par jour.

40

Carla Tesei était assise sur son lit, dans la chambre à coucher de la maison de Malinverno ; Figaro était installé sur ses jambes et elle le caressait. Frêle comme un roseau, chauve, visage exsangue. Elle parlait d'une voix faible, rauque, en regardant fixement l'objectif. Sans flancher, sans trébucher sur les mots même si, de temps à autre, elle s'arrêtait pour reprendre son souffle ; comme si son discours – un message vidéo – avait été soigneusement répété.

Mon très cher Leo,

À présent je peux te l'avouer, j'ai été lâche : terrorisée à l'idée de me casser ne fût-ce qu'un bras, incapable de supporter la douleur physique. Je crois qu'on devrait nous accorder au moins la dignité de quitter ce monde comme et quand nous le décidons, avant que la maladie ne nous dévaste et n'emporte nos dernières traces d'humanité. J'ai trop attendu. Je ne veux pas me transformer en un tronc, sous calmants et livrée à la pitié d'autrui.

C'est tombé sur moi. Je ne fais pas de tragédie. Mais j'ai décidé d'en finir ; ça suffit.

Je suis fatiguée, très fatiguée. Je pars sur mes deux jambes, pleinement consciente et, tout compte fait, heureuse. Contente d'avoir l'argent et la force de le faire. Mais je pense aussi à tous ceux qui n'ont pas droit à ce choix. Je pleure sur eux, pas sur moi.

Toi aussi, tu dois sourire et non pleurer, Leo. La vie est trop belle pour la dilapider dans la douleur. Elle a été belle pour moi, j'en ai joui. Je pensais avoir trop donné à notre travail, sans jamais avoir rien reçu en échange. Je me trompais : je t'ai eu, toi, ami délicieux et adoré. Je ne te l'ai jamais dit, et je le fais maintenant. Cela en aura valu la peine, rien que pour le privilège d'avoir été ton amie. À y bien penser, j'ai eu beaucoup plus que la plupart des gens.

Le soleil, la chaleur, la lumière me manqueront, et le vol des mouettes, et les bonnes choses à boire et à manger. Et toi aussi, tu me manqueras, mais je sais que tu te souviendras toujours de moi.

Je ne te demande qu'une chose. Occupe-toi de mon Figaro. Il ne te donnera pas trop de travail. Un bol de croquettes et une litière propre : c'est tout ce dont il a besoin. Il saura t'en être reconnaissant. Il est gentil, vous vous entendrez bien.

J'y pense depuis des années, depuis la première tumeur. Je pars en Suisse pour le suicide assisté : pendant que tu regardes cette vidéo, il devrait déjà avoir eu lieu. Un jour peut-être, bientôt, j'espère, ce sera possible ici aussi. J'ai tout prévu de longue date. Mes cendres seront dispersées en mer, je ne veux pas être enfermée dans une niche poussiéreuse. Je n'ai jamais cru à la vie éternelle, mon ciel est toujours bleu et lumineux. Parce que libre. Je sais que je vivrai dans tes souvenirs, et cela me suffit amplement. Fais un bon repas en mon honneur, comme au bon vieux temps où nous étions ensemble. Un temps magnifique.

Merci. Tâche de t'aimer toi-même et surtout de te faire aimer.

J'emporte avec moi ton étreinte et, toi, tu garderas la mienne, je te serre très fort dans mes bras.

Le visage blême, Arrigo lui avait remis le téléphone portable contenant la vidéo, dès son retour à la maison.

Malinverno se sentait assommé, il était perdu.

— Mais qu'est-ce que c'est ? Pourquoi ?

— Tâche de comprendre, Leo, elle était épuisée.

Il parlait très doucement.

— Qu'est-ce que tu en sais, toi ?

Il essayait de composer le numéro de Carla sur son portable.

— Qui appelles-tu ? C'est inutile…

— Qu'est-ce que tu en sais ? Ses mains tremblaient, il n'arrivait pas à composer le numéro et il flanqua le téléphone par terre. Je t'ai demandé… qu'est-ce que tu en sais ?

Il hurlait.

Arrigo vit qu'il avait les yeux humides et il tenta de lui poser une main sur l'épaule.

— Tu dois rester calme, mon fils…

Malinverno se dégagea. Il ne savait pas quoi faire et fut assailli par une angoisse insurmontable. Il sentait le sol se dérober sous ses pieds et avait envie de donner des coups de poing contre les murs, les portes, et à son père. Il sortit dans le jardin, maudissant ce jour…

Puis il rentra et, en se précipitant dans le bureau au premier étage, il faillit piétiner le chat. Le chat de Carla, Figaro.

Il est gentil, vous vous entendrez bien.

Il téléphona en Suisse, à deux cliniques dites “de la mort douce”. On lui expliqua que si une personne en pleine possession de ses moyens avait décidé de mettre fin à ses jours, ils n'auraient pas pu l'en empêcher. Ils ne lui auraient même pas dit si elle figurait parmi leurs clients. C'étaient les règles.

Le portable de Carla était éteint. Mais pourquoi ce choix ? Pour autant qu'il puisse la comprendre, il n'arrivait pas à l'accepter. Il se sentait coupable de l'avoir laissée seule avec Arrigo.

Il resta enfermé dans son bureau, les coudes sur la table de travail et les poings sur les tempes. Tard dans l'après-midi, presque à la nuit tombée, il éprouva le besoin d'aller courir. Il le fit avec une rage qu'il n'avait jamais éprouvée auparavant. Il fit deux fois le tour de la villa Ada. Puis il alla se promener en ville, sur sa Lambretta, jusqu'à trois heures du matin.

La semaine qui suivait le 15 août, presque tous les magasins étaient fermés : les gens qui avaient dû renoncer à ces miettes de vacances profitaient de la trêve nocturne pour oublier le soleil cuisant.

Malinverno termina son errance à la Popote Solidaire, où il bavarda avec Biagio. En fait, il l'écoutait, pendant que la pensée de Carla tournait dans sa tête, au point de le plonger dans un abîme de tristesse.

Lorsqu'il rentra à la villa de la via Pomarance, il était mort de fatigue. Il se jeta sur son lit et s'endormit instantanément. Un sommeil agité par des cauchemars auxquels Figaro mit fin. Il le trouva blotti à côté de lui et en train de jouer, délicatement, avec son bracelet en corde. Il le prit dans ses bras. Étrangement, le chat se laissa faire.

Il devait écrire l'article sur son passage à Bologne et, avant même de se doucher, il s'installa dans son bureau. Il eut du mal à se concentrer. Avant de mettre l'article en ligne, il s'assura d'avoir éteint son portable : il ne voulait entendre personne. En descendant l'escalier, il se demandait ce qu'il avait raté. Une impression déplaisante.

Arrigo était en train de prendre son petit-déjeuner dans la cuisine.

— Je t'en prie, parle-moi de Carla…

— Leo, tu le sais, elle était à bout de forces. Avant-hier, à quatre heures du matin, j'ai dû appeler l'ambulance.

Il tapa sur la table, avec la paume de la main.

— Pourquoi ne me l'as-tu pas dit au téléphone, quand je t'ai demandé des nouvelles ?

— Elle m'avait fait jurer…

— On aurait peut-être pu faire quelque chose…

Son père lui versa du café.

— Non, Leo, j'ai parlé avec son médecin. C'était la fin.

— Tu étais au courant de son projet ?

— Oui, avoua-t-il, elle m'en avait parlé.

— Quand ?

— Quelques jours après son arrivée ici. Mais elle avait tout organisé et payé depuis deux ans déjà.

Malinverno regardait par la fenêtre.

— Crois-moi, Carla était sereine, ajouta Arrigo.

Il n'y avait pas grand-chose d'autre à dire. Même si cela lui faisait mal, et cela lui en faisait beaucoup, Carla Tesei était une femme adulte qui avait pris sa décision librement. Il ne cessait de se le répéter.

Dans l'après-midi, profitant du fait que la chaleur commençait à baisser, il proposa à son père de l'aider à débarrasser la chambre de Carla. Le plus tôt serait le mieux, pour qu'elle ne devienne pas une sorte de sanctuaire.

Arrigo était en train de tout ranger méticuleusement dans une boîte en carton : quelques livres, des médicaments, des vêtements…

Leo s'occupa de la petite salle de bains qu'avait occupée son amie. Aucun fard à joues, un collutoire pour les aphtes, un savon hypoallergénique. Pas grand-chose. Il rangeait tout dans la trousse de toilette laissée sur l'étagère, quand il fit tomber un stick à l'aloès pour les lèvres, qui roula sous le meuble du lavabo. En se relevant, il les vit : dans le tiroir d'en bas se trouvaient les cisailles.

À cet instant, Malinverno fut frappé par une illumination. Quelqu'un était entré ici.

Il retourna auprès d'Arrigo.

— Tu m'as bien dit que tu avais pris le numéro de téléphone indiqué sur le prospectus ?

— De quoi tu parles ? Quel prospectus ?

— Ohé, réveille-toi ! Tu m'as dit que tu avais appelé le jardinier dont le numéro figurait sur un prospectus...

Il comprit alors ce que son fils voulait dire. Il ôta le magnet humoristique qui le fixait et saisit le prospectus que lui avait donné Adelfa Maiorini.

Michele AR... DITO MAGICO
– Tous services à domicile

Suivait la liste des prestations : *Débarrassage de cave, peintures, déménagements, petites réparations domestiques, hydrauliques et électriques, travaux de menuiserie, jardinage, courses, etc.*

Il y avait aussi le numéro de téléphone et l'adresse.

Mais bien sûr ! Il se souvint de l'histoire du commis qui exterminait des familles auxquelles il livrait le lait. Pourquoi n'y avait-il pas pensé plus tôt ? C'était comme dans ce mauvais film vu sur l'île Tibérine.

Celui-ci n'était pas livreur, mais homme à tout faire.

Peu à peu, il comprit tout. Il glissa les cisailles dans un sac en plastique, en espérant ne pas avoir effacé d'éventuelles empreintes. Et il se mit à raisonner en partant du début, rembobinant toute l'histoire qu'il avait à présent sous les yeux et que seule l'angoisse provoquée par la mort de Carla lui avait masquée.

Toutes les victimes du Tatoueur avaient eu affaire à *Michele Ar... dito magico*, "doigt magique", c'est-à-dire Michele Ardito. Même le prénom du garçon coïncidait. Michelino... Michele.

La clarté avec laquelle il pouvait désormais analyser tous les détails les lui faisait apparaître de façon évidente : c'était lui, le fils de la putain de Bologne. Le petit garçon turbulent, roué de coups par son père et rendu mutique par la brutalité des autres adultes qui faisaient du mal à sa mère. C'était lui le tueur en série.

Les victimes connaissaient leur assassin. Tout cadrait.

Simon Intrieri avait fait repeindre sa salle de répétitions, Sabrina Olcese avait dû refaire son appartement après son déménagement à Rome, le magasin de Carola Piezzi s'était adressé à Michele et à sa fourgonnette pour récupérer tableaux et objets d'art. Quant à Giannino Orrù, il avait eu besoin de lui pour charger et décharger les cageots de poissons. Et même l'atelier d'architecture où Sabrina Olcese avait été tuée avait recouru aux services d'Ardito pour les toilettes bouchées. Il aurait suffi de poser la question à Zega, l'architecte.

Les cisailles retrouvées dans la salle de bains appartenaient à Michele Ardito.

— Un des jardiniers venus travailler ici avait-il les cheveux longs ?

Arrigo réfléchit un instant.

— Non, je ne crois pas.

— Comment ça, non ? Ils étaient peut-être attachés… Essaye de te rappeler, tu n'as pas l'air convaincu.

Il réfléchit encore un peu.

— Personne n'avait les cheveux longs, je te le répète. L'un d'eux était même chauve.

— Michele ?

— Oui, le chef. Il s'appelait Michele.

Il chercha d'autres confirmations de ses déductions.

— Ils ont demandé à aller aux toilettes ?

— Seulement le chauve. Michele, justement, peu de temps avant de partir.

— La salle de bains de Carla ?

— Oui. En sortant, il m'a dit qu'il s'était débarbouillé. Les autres l'ont fait avec le tuyau en caoutchouc qui est dans le jardin.

Après la diffusion en boucle, dans les journaux télévisés, de la vidéo où on le voyait agresser Orrù, il s'était sûrement rasé pour se rendre méconnaissable.

Depuis la fin du mois de juillet, Mimma n'était pas venue faire le ménage. Les cisailles étaient restées là depuis que Michele Ardito les y avait laissées. Pour se laver, il avait enlevé sa salopette, son tee-shirt ou ce qu'il portait et avait posé l'outil sur le tiroir. Il se demanda si c'était vraiment un oubli. C'était peu probable.

Personne ne lui enlèverait de la tête que, avec cette erreur apparente survenue dans la salle de bains, l'assassin avait voulu le provoquer. Le pousser vers la solution. Se faire reconnaître et arrêter.

41

Il aurait voulu avertir Lucia Simoncini, mais celle-ci – et il la maudit – avait éteint son portable. Il lui envoya un SMS avant de sauter sur sa Lambretta pour se rendre à l'adresse de Michele Ardito.

Mille pensées se bousculaient dans sa tête pendant qu'il filait entre les rares voitures qui circulaient, les doublant à droite, sans trop de précautions, le long du viale del Muro Torto.

Il arriva à destination grâce au GPS de son portable, après avoir brûlé plusieurs feux rouges. Il se trouvait à la hauteur de la gare de San Pietro, au-delà de la via Gregorio VII, une zone verdoyante en friche, occupée par un bidonville depuis les années 1960. Elle était à présent destinée, en grande partie, à devenir un jardin public aménagé pour les joggers, les cyclistes et les enfants. En réalité, l'endroit était peu fréquenté.

Tout en observant à une distance prudente les constructions entassées sur la colline qui, à Rome, était appelée Monte Burro – Montagne de Beurre – depuis que, plus d'un siècle auparavant, par un mois de février glacial, elle avait été recouverte de neige, il rappela le numéro de Lucia Simoncini. Toujours éteint et injoignable.

Il monta encore vers le sommet de la colline. À l'adresse figurant sur le prospectus transmis par Adelfa

Maiorini, qu'Arrigo avait utilisé inopinément, correspondait un petit hameau, totalement incongru par rapport au contexte.

Plusieurs cabanes en bois, recouvertes de plaques de tôle et de bâches en plastique mal fixées, étaient disposées autour d'une maisonnette en briques sans enduit. De vieilles baignoires pleines d'une eau verdâtre servaient d'abreuvoir pour les dizaines de brebis et de chèvres qui broutaient les plaques d'herbe souffreteuse alentour. Des poules, des oies et des canes picoraient librement. Un décor plus misérable que bucolique. À quelques mètres à vol d'oiseau, des foules de visiteurs se pressaient pour voir la chapelle Sixtine et les musées du Vatican.

En s'approchant près du clapier surélevé par rapport au sol – plein de lapins et de lapereaux –, Malinverno vit le gros berger des Maremmes. Le chien, dont le poil hérissé sur l'échine était encroûté de boue, se mit à aboyer de manière rageuse, heureusement sans pouvoir l'atteindre car il était attaché avec une corde. Des outils agricoles, des échelles pliantes, des brouettes, des planches traînaient çà et là, comme si on les avait oubliés après s'en être servi distraitement, renforçant l'impression de négligence et d'abandon des lieux.

Il se dit que Rome était la seule ville où, à deux pas de la basilique Saint-Pierre, pôle d'attraction des touristes, un tel amas de cabanons laisserait place, sans transition, à une rénovation urbanistique légale.

Il avait foncé ici presque sans réfléchir, et il fut pris de doutes. Il était seul, le brigadier Simoncini ne répondait pas, et les lieux à contrôler étaient nombreux. Il ne craignait pas pour sa propre sécurité mais il savait, pour plusieurs raisons, qu'il avait été téméraire.

Derrière un massif de lauriers, il vit le nez d'une fourgonnette Volkswagen Westfalia, un véhicule remontant à la préhistoire de l'industrie automobile. Il s'approcha de la porte d'entrée de ce qui semblait être l'habitation principale, la seule entièrement construite en dur, même si elle n'était pas recouverte d'enduit. Les volets étaient fermés. Il frappa et crut entendre, venu de l'intérieur, un cri étouffé. Il colla l'oreille à la porte. Rien : c'était sans doute le cri d'un des animaux de basse-cour.

Le chien continuait d'aboyer et de gronder, l'écume aux babines. Si la corde, tendue au maximum, avait cédé, Malinverno aurait passé un mauvais quart d'heure. Peut-être moins, à en juger par les mâchoires de l'animal.

Il tourna autour de la construction, mettant ainsi une distance de sécurité entre lui-même et les crocs du chien furieux.

À l'arrière de la maison, le désordre était encore plus flagrant : cageots de légumes empilés à la va-vite, boîtes en carton, seaux, bouteilles de bière jetées çà et là, une planche sur laquelle séchaient des tomates, des sacs d'ordures pleins à craquer…

L'attention de Malinverno fut attirée par le portail en fer forgé qui, à en juger par son dôme recouvert de branchages, pouvait être l'entrée d'une des casemates du XIXe siècle, reconverties en bunkers pendant la Seconde Guerre mondiale.

En s'approchant de l'entrée sombre, à quelques pas du seuil, il eut une telle peur qu'il frôla la crise cardiaque. Un corbeau faillit le frapper au visage avec son bec, surgissant de l'obscurité avant de s'envoler. Il eut à peine le temps de baisser la tête : une seconde de plus, et l'oiseau l'aurait aveuglé.

Il descendit les marches conduisant à une pièce circulaire dépourvue de fenêtres, nettement plus fraîche que l'extérieur. La seule lumière provenait de la porte. Là-dedans, on sentait clairement l'odeur douceâtre et écœurante du sang. Elle devait provenir de la bâche recouvrant la planche en bois, posée sur deux chevalets et adossée au mur tapissé de mousse. Malinverno souleva la bâche. Sous celle-ci se trouvait la charogne d'un chevreau ; la tête reposait à quelques centimètres à côté, ainsi que la hachette qui avait servi à la détacher du corps. Il eut un haut-le-cœur à cause de la puanteur et du nuage de mouches qui s'était élevé de la carcasse, sur laquelle grouillaient des vers et des fourmis.

Un autre escalier, plus étroit et plus raide, donnait accès au niveau inférieur : un couloir exigu sur lequel s'ouvraient plusieurs portes. Derrière chacune aurait pu se cacher le Tatoueur, à savoir Michele Ardito, venu de Bologne pour répandre sa rancœur dans les entrailles de la capitale.

C'était là son antre insalubre, antichambre de l'enfer.

Il se demanda quelle était la meilleure chose à faire. Sortir et attendre les carabiniers, ou continuer à chercher et se procurer des matériaux de première main pour son travail ?

En s'éclairant tant bien que mal avec la lampe-torche de son iPhone, il essaya de compter les portes : trois sur le côté droit, quatre sur le côté gauche. Toutes fermées. Mais de la première à droite, par une fissure sur le sol en terre battue, apparaissait un rai de lumière éclatante.

Il décida d'avancer et manqua de tomber dans l'escalier, faute d'avoir remarqué le manche d'une bêche qui l'avait fait trébucher. Si le Tatoueur avait été là, il aurait entendu le bruit de pas et celui de l'outil qui dégringolait dans l'escalier en pierre. Et l'homme aurait eu l'avantage de pouvoir se tapir avant de l'attaquer.

La curiosité, plus puissante que tout appel à la prudence, poussa Malinverno à poursuivre son exploration. La première porte à droite s'ouvrit dès qu'il l'effleura. Ce qu'il vit le stupéfia.

Sur le mur du fond, un grand portrait photographique, représentant une jeune femme d'une trentaine d'années, très mince et entièrement tatouée, au pied duquel brûlaient une dizaine de cierges. Mais la découverte la plus effrayante fut la femme assise au centre de la pièce, sur ce qui ressemblait à un trône, les pieds et les mains liés aux accoudoirs et aux pieds du fauteuil.

Ce devait être la femme de la photo. L'état de momification avancé et l'absence de puanteur, caractéristique d'un corps en décomposition, ne pouvaient pas évoquer Clotilde, la nièce de Sgrò.

À l'aide des cordes, il finit d'attacher Felicia au fauteuil. Un vieux fauteuil rembourré et aux accoudoirs dorés, spécialement acheté au marché de Porta Portese. À cause du ruban adhésif qui la bâillonnait, elle ne pouvait rien faire d'autre que mugir et grogner comme un animal qui attend d'être égorgé. Dans la casemate sans fenêtres, personne ne pouvait l'entendre. Il la laissa pendant quelques minutes.

En parcourant le trajet entre le bunker et la maison de Michele, il ferma son blouson : en mars, le vent qui soufflait était encore froid. Dans la cuisine, il prit l'héroïne dans le tiroir où la jeune femme la conservait. Il la prépara comme il l'avait vue le faire souvent, avec la flamme, la cuillère à café et le jus de citron. Il utilisa toute la poudre trouvée dans l'enveloppe en plastique : de toute façon, c'était la dernière fois. Après quoi, il ne voulait plus voir cette saloperie.

Il lui avait dit et redit de ne pas baiser avec les autres, de ne pas faire comme sa pute de mère.

Ce qu'elle gagnait avec les tatouages ne lui suffisait jamais. Il lui avait donc répété, encore et encore, qu'il lui donnerait l'argent pour la drogue… Et deux jours auparavant, en revenant d'un chantier où il était allé charger des gravats, il l'avait surprise à genoux devant un type qui voulait une reproduction de dragon sur son dos. Mais au lieu de se mettre torse nu, l'homme avait baissé pantalon et caleçon.

Comme sa mère… Non, il ne pouvait pas le supporter. Plus jamais.

Si la pouffiasse ne s'était pas interposée, les choses auraient fini encore plus mal, pour ce ver de terre. Il s'était contenté de le chasser à coups de poing et à coups de pied, se promettant de le retrouver au plus tôt pour lui faire payer son forfait.

Quand elle vit Michele revenir, Felicia écarquilla les yeux et se remit à geindre en secouant la tête. Mais elle finit par se calmer : grâce à la lueur des cierges au pied de sa photographie, elle avait remarqué que son homme tenait la seringue. Elle la connaissait bien. Et elle n'en avait pas peur. Lacet hémostatique, aiguille dans la veine. En quelques secondes, l'extase l'envahit. Michele la débarrassa du ruban adhésif dès qu'il sentit sa respiration ralentir. Les pupilles de la jeune femme se réduisirent à une tête d'épingle. L'écume aux lèvres, puis les convulsions : puissantes, terribles. Le pantalon trempé d'urine.

Pendant qu'elle mourait, il lui caressait la tête, il la caressait et pleurait. Sa Felicia. Elle était si belle, il l'avait tant aimée… Désormais elle serait à lui, à lui seul.

Pendant qu'il méditait sur le destin de ces misérables restes humains, Malinverno fut poussé en avant et chuta sur le cadavre : ils se retrouvèrent nez à nez dans une étreinte forcée, répugnante.

La voix de Lucia Simoncini.

— Leo, Leo, tu es là ?

Il eut juste le temps de se soulever et de croiser le regard de Michele Ardito, un regard plein de perfidie.

Il était donc devant lui, le Tatoueur : le bras armé des furies, l'impitoyable disciple de Caïn. Pas très grand, mais bien bâti ; plus que musclé, nerveux et tendu. Lui aussi avait le cou et les bras couverts de tatouages. Et il était totalement chauve.

Il s'était caché derrière le battant de la porte. Il tenait un maillet et s'en servirait pour frapper Malinverno si…

— Malinverno, réponds !

— Je suis là, venez…, cria-t-il.

Il n'oublierait jamais l'expression de défaite rageuse d'Ardito, qui prit la fuite à l'extérieur, du côté opposé aux voix. Sans prononcer un mot.

Dès que Malinverno vit Lucia Simoncini suivie de deux carabiniers, il les exhorta en leur indiquant la direction à prendre :

— Il est encore là ! Allez de ce côté, allez-y… poursuivez-le !

Ils ouvrirent les portes et éclairèrent les lieux.

D'autres hommes en uniforme arrivèrent. Ils cherchèrent partout fiévreusement, semblant oublier qu'ils étaient sur le territoire de l'assassin et qu'il aurait pu les agresser en surgissant d'un recoin.

Trop tard. Une des portes du couloir, qu'Ardito avait fermée à clé derrière lui et qu'ils avaient dû enfoncer, perdant ainsi un temps précieux, donnait accès à une courte galerie. Au bout de celle-ci, les broussailles du Monte Burro. L'assassin avait pris sur eux un avantage difficile à rattraper.

Et il fallait penser à Clotilde.

Sur un petit lit crasseux, dans l'une des pièces de la casemate, elle gisait sur ses déjections. Une puanteur insupportable qui fit vomir un jeune carabinier. Elle avait été maintenue en vie grâce à deux perfusions, l'une d'antibiotique, l'autre de glucose et de sels minéraux.

La blessure au poignet, sur lequel Ardito avait prélevé le tatouage envoyé à Sgrò, était infectée, malgré l'application d'une crème cicatrisante.

Au moment où ils la secoururent, la jeune fille était étourdie par le chloroforme utilisé par le Tatoueur pour l'empêcher d'appeler au secours, quand il avait vu arriver Malinverno.

En tout cas, elle était sauvée. Elle guérirait rapidement de ses blessures, du moins sur le plan physique.

Pour Felicia, ils étaient arrivés trop tard. Elle était morte depuis six mois, confirmerait le médecin légiste, d'une overdose d'héroïne.

Outre une pièce pleine de livres – parmi lesquels plusieurs Bibles, des classiques italiens et étrangers et des textes scientifiques –, ils trouvèrent tout le matériel professionnel pour réaliser des tatouages. L'atelier de Felicia Risso.

Il y avait là les inquiétants tableaux en peau humaine réalisés par Michele Ardito : les furies, l'elfe, la tête de loup, le symbole de l'infini… Dans le cahier posé sur la table à dessiner, ils trouvèrent les noms des clients, cerclés de rouge pour ceux qui étaient destinés à mourir prochainement. Désormais, ils seraient sous protection jusqu'à l'arrestation d'Ardito.

42

Le bruit de l'interphone tira Malinverno de la lecture des quotidiens, avec, en fond sonore, le *Concerto pour piano n° 2* de Rachmaninov. Il enfourcha ses lunettes et, par la fenêtre de sa chambre, il vit Tommaso Lembo : l'air embarrassé, il fixait le bout de ses chaussures.

Malinverno crut savoir pourquoi il était là.

La tornade médiatique provoquée par ses articles sur l'identification et la fuite du Tatoueur avait dû renforcer Orefici dans sa conviction : le sous-directeur du *Globo* était un parfait imbécile.

Il alla à sa rencontre et ouvrit le portail, sans l'inviter à entrer.

— Je dois te présenter mes excuses, Leo.

Il l'avait dit d'un trait, comme pour se soulager d'un poids.

— Tu dois ?

— Je dois et je veux.

Il le fixait, les mains dans les poches.

— Ce n'est pas la même chose.

— Ne pinaille pas, s'il te plaît.

— Ce n'était pas dans mes intentions… J'étais en train de lire tranquillement, c'est toi qui as sonné à ma porte, sauf erreur de ma part…

— J'ai réfléchi et je considère avoir exagéré. Je

t'attends demain au journal. Le ton n'était pas celui de quelqu'un qui a des regrets.

— Je n'y pense même pas, dit Malinverno en secouant la tête.

— Qu'est-ce que ça signifie ? Tu préfères rester au chômage ?

Malinverno haussa un sourcil.

— Qui te dit que je resterai au chômage ?

Il venait de prendre sa décision à l'instant. Il n'avait aucune envie de retourner travailler avec Lembo. Et surtout, sans Carla à la rédaction.

Même s'il n'était pas ravi à l'idée de décevoir Pietro Orefici, le directeur qui, le premier, lui avait accordé sa confiance, il accepterait la proposition de Saro Currò. Une époque s'achevait, celle de l'*Eco d'Italia* commençait.

— Tu es fou, Malinverno.

— Encore plus que ce que tu crois !

Cet été douloureux qui, heureusement, touchait à sa fin, invitait Malinverno à un brin de folie.

Et pour lui, la folie avait le nom et le visage d'Eimì Varlados. Peut-être pouvait-il donner une chance à leur histoire, en mettant les doutes de côté. Rien que pour voir l'effet que cela faisait.

Peut-être était-il encore temps.

Il prit la Fiat 126 et alla jusqu'à l'Isola Sacra. En fin d'après-midi, la lumière ne blessait plus les yeux, et une brise vivifiante s'élevait de la plage. Il se gara au Lido dei Sargassi, non loin de la villa où habitait la jeune fille.

Sur le bord de mer, c'était l'heure de la promenade : des familles avec leur progéniture, des amoureux, des propriétaires de chiens, gros ou petits… Sur les bancs en béton étaient assis des petits vieux qui voulaient profiter des bienfaits du soleil enfin dompté.

Il les vit de loin, dans la véranda de la maison. Eimì et Jimmy Caviglia. Ils s'embrassaient et leurs corps semblaient rayonner, baignés de lumière.

Lui avait une main posée sur le dos d'Eimì, et de l'autre, il lui serrait un bras, comme pour l'immobiliser. Mais il ne pouvait pas y avoir de doute, elle s'abandonnait totalement à cette étreinte.

Lorsqu'ils changèrent de position, Malinverno se cacha derrière la charrette des boissons et des glaces. De là, il put continuer de les observer à loisir.

Dans le bar de plage où, quelques semaines auparavant, ils avaient pris un apéritif ensemble, les haut-parleurs diffusaient la voix d'Ed Sheeran, *Thinking out Loud*.

Malinverno se mit à réfléchir à la façon dont "les gens tombent amoureux de façon étrange".

Main dans la main, Eimì et Jimmy pénétrèrent dans l'espace de plage libre, devant la villa. Ils laissèrent leurs serviettes sur le sable avant d'entrer dans l'eau. Lorsqu'elle leur arriva au-dessus de la taille, ils s'embrassèrent de nouveau, mais avec encore plus de fougue et de passion.

Ce que j'ai vu tout à l'heure était-il leur premier baiser ?

Il ne pouvait pas les voir, mais Malinverno imagina les jambes magnifiques d'Eimì accrochées au bassin de Jimmy. Comme elle avait l'habitude de le faire avec lui à Santorin, lorsqu'ils se baignaient ensemble.

C'était insupportable.

Il décida de mettre fin au supplice. Il se traita d'imbécile et surtout de présomptueux, pour avoir imaginé qu'une fille comme elle l'aurait attendu. Malheureusement, il ne pouvait s'en prendre à personne. Et surtout pas à Jimmy Caviglia. Au fond, c'était lui qui les avait poussés dans les bras l'un de l'autre. Il ne devait s'en prendre qu'à lui-même, car il était incapable de s'abandonner aux équations inconnues de l'amour.

Il fit demi-tour afin de regagner sa voiture. Au même moment, une grosse mouette plana majestueusement à quelques mètres de lui pour aller se poser sur le muret délimitant la plage.

Le soleil, la chaleur, la lumière me manqueront, et le vol des mouettes…

Carla Tesei lui avait bien dit qu'il s'en repentirait. Et il était en train de s'en repentir. Il sentit ses yeux s'humecter. Même s'il n'aurait jamais reconnu que c'étaient des larmes, il les ravala à plusieurs reprises.

Le soleil, la chaleur, la lumière me manqueront, et le vol des mouettes, et les bonnes choses à boire et à manger.

Il monta dans sa voiture. Il retrouva un petit restaurant en bord de mer, à Ostie, où il se souvenait d'avoir très bien mangé.

Quelques années auparavant, il y était allé avec Carla, lorsqu'ils fréquentaient presque tous les jours le littoral romain pour une enquête sur la mafia locale.

Il s'assit en terrasse, face à l'assaut des vagues à la senteur iodée. Il commanda une bouteille de Greco di Tufo* bien frais et des spaghettis aux tellines.

Il leva son verre afin de trinquer en imagination à l'amie qui avait fait preuve de tant de courage.

Au même moment, sur le fond du crépuscule strié de nuages rougeâtres, une autre mouette – mais il aurait juré que c'était celle de tout à l'heure – se posa sur la rambarde en bois. Elle semblait l'observer avec curiosité : que pouvait-elle bien penser de cet humain dont le

* Vin blanc sec de Campanie.

bras et le verre étaient suspendus en l'air ? L'espace d'un instant, leurs regards se croisèrent réellement.

Tu me manqueras, mais je sais que tu te souviendras toujours de moi…

À ce moment-là, il se sentit seul. Plus seul que jamais.

Son téléphone sonna, c'était Saro Currò.

— Salut, chef, dis-moi…

REMERCIEMENTS

Merci à Flavia et à Sofia, mes filles adorées, surprise et inspiration quotidienne.

À Raffaella Spaziani pour son regard attentif.

Comme toujours, à Elda Lanza, que j'ai eu la chance de rencontrer.

À Mattia B., neveu à l'irrésistible humour anglais, qui a accepté d'être mon consultant pour le chapitre sur le *calcetto*, le foot à 5, un sujet auquel je ne connaissais rien.

Merci à Cristina Marra pour son affection et son estime, que je partage.

À Giada Trebeschi et à Rosalia Messina pour leurs précieux conseils.

À Carla Porcaro et à Roberta Maiolini.

À Mariagrazia Mazzitelli pour sa confiance, ses réponses, son soutien.

À Laura De Tomasi pour avoir amélioré mon roman.

À Elena Di Mauro Morandi.

À Simone Gambacorta, collègue autorisé, mais aussi précieux compagnon de route.

À la chère Lucia Pecorella ; et à Sasà Amico, Massimo Livi, Laura Lombardi, Francesca Battisti, Umberto Piancatelli, Matteo Persica, Fabrizio Aversa, mes amis et soutiens.

À Eimì, qui m'a prêté son nom sans même un "ouah".

Et enfin – que serait un écrivain sans lecteurs… – merci à toi, qui as bien voulu arriver jusqu'ici. Si tu veux m'écrire, je te lirai avec plaisir :

m.sabatini@libero.it. À bientôt !

COMPOSITION ET MISE EN PAGES
NORD COMPO À VILLENEUVE-D'ASCQ
ACHEVÉ D'IMPRIMER
SUR ROTO-PAGE
EN FÉVRIER 2023
PAR L'IMPRIMERIE FLOCH
À MAYENNE
POUR LE COMPTE DES ÉDITIONS
ACTES SUD
LE MÉJAN
PLACE NINA-BERBEROVA
13200 ARLES

DÉPÔT LÉGAL
1re ÉDITION : MARS 2023
N° impr. : 102011
(Imprimé en France)